斯妤文集

某年某月

斯妤 著

人民文学出版社

图书在版编目(CIP)数据

斯妤文集：全4册/斯妤著．—北京：人民文学出版社，2012
ISBN 978-7-02-008924-6

Ⅰ．①斯… Ⅱ．①斯… Ⅲ．①中国文学：当代文学—作品综合集 Ⅳ．①I217.2

中国版本图书馆CIP数据核字(2011)第281620号

责任编辑　包兰英
责任校对　李　雪　韩志慧
封面设计　吴　捷
责任印制　李　博

出版发行　人民文学出版社
社　　址　北京市朝内大街166号
邮政编码　100705
网　　址　http://www.rw-cn.com

印　　刷　三河市鑫金马印装有限公司印刷
经　　销　全国新华书店等

字　　数　782千字
开　　本　710×1000毫米　1/16
印　　张　76.75　插页8
版　　次　2012年7月北京第1版
印　　次　2012年7月第1次印刷

书　　号　978-7-02-008924-6
定　　价　280.00元(全4册)

如有印装质量问题，请与本社图书销售中心调换。电话：01065233595

斯妤,女,当代作家,中国作家协会全委会委员,中国散文学会常务理事。

1980年开始写作,已出版散文集、小说集二十多部。代表作有散文集《两种生活》、《斯妤散文精选》,小说集《出售哈欠的女人》等。

曾获"鲁迅文学奖"、"庄重文文学奖"、"紫金山文学奖",两度获"当代女性文学创作奖"。其散文既先锋又典雅,既绮丽又深情;小说则奇崛诡异,灵动饱满,熔沉重与幽默、悲剧与荒诞、现实与幻想为一炉。作品受到青年读者和知识女性欢迎,并被译成英文、法文、德文介绍到国外。现居北京专业写作。

不让自己仅仅是"自己"

(代序)

林丹娅

二十多年前,少女斯妤站在她家乡闽南海边番薯地的青青藤蔓里,拄着锄头想起她刚读过的一篇小说,忽发预感:"我相信自己此生将是一个作家。"

当一个人在说自己经历不多而能感到很多的时候,当一个从来不喜怒形于色的人说"有一种眼泪是从心里流出来"的时候,当一个一贯周正平和的人说出"先锋是一种精神"的时候,当一个历来就讷于言语的人说出"语言是我钟爱所在的"时候,我们不得不相信,有一种作家的潜能,正从她的身体内部苏醒。平顺的生活秩序,庸常的生命节律因为她的出现而打破了惯常的表现形态与运行轨迹。斯妤,就是这样一种现象的命名。它首先表征了被它命名的生命所具有的诗性气质,接着标示了她以文学抵达诗性生活的一种言语方式。一九八〇年,斯妤开始文学写作,而散文作为一种文学样式,曾经是她的最爱。"我近乎执拗地在散文这个小小的空间里着力耕耘,发愿要在它的内涵、形式、风格上有所拓展。"

这真是斯妤化了的文学言志,全然突破了她一贯温良恭谦的态度,于是从第一本散文集《女儿梦》开始,到迄今为止出版的《两种生活》《感觉与经历》《文字内外》等散文集中,我们可以清晰地看到她对上述理念持恒不懈的追求:上世纪八十年代初期对"三家模式"的反叛,力图在散文中表现以真为宗旨,以善为极致的审美情趣;一九八五年后转为对人生荒诞与人性荒谬的审丑思考;而九十年代前后萌发的女性意识的自觉,不仅使她的散文内涵增添了文化历史的质感,而且也增添了思想的厚重感与浓郁的思辨色彩。斯妤对散文文体写作的偏好,对拓展其形式与内蕴的执着,成全了她在散文方面的建树,使她以散文名家蜚声文坛。文评家吴义勤曾指出斯妤的那些带有终极意味的形而上追问的散文,改写了散文"轻文体"的形象,提升了当代散文的品格。这个评价应该说是恰如其分的。如此看来,斯妤的出现,即便就是为了散文写作,那么至此也算是功成名就了。然而,斯妤的作家使命似乎还不止于此,散文文体的写作似乎并未全面开发出作家斯妤的潜能。散文也许可以直接宣泄她的情感,也能充分体现她的智性,它给我们带来平实的生活气息,也不乏思想深度的冲击与震撼,但它并没有完成把她带入真正的文学创造中去的使命,因为文学绝不止于真实的表述或记录。文学与所有真正的艺术一样,它更能体现世界上所有事物本质之间的联系,以及这种本质联系与作家想像力之间的奇特关系。

或许是出于作家特性的感召,或许是出于内心表达的需要,一九九三年,斯妤暂时结束了如日中天般的散文写作而转向小说领域。如果说写散文的斯妤,还在人们的料想之中,那么斯妤写的小说,可就大大出乎人们的意料了。一向温柔敦厚,并以散文写真名世的斯妤,作起小说来却一反常规,出手凌厉,风格怪诞,立意高远,内涵繁复,意味深长。一种洞明世事的清澈与鞭辟入里的尖刻,把个众生相,尤其是女生相的本质,通过充满想像力的架构入木三分地铺陈给我们看,令人触目惊心。如《狂言》中的"我"在失态后的狂出真理:"我不是透彻之后才善良(更彻底的善良),而是善良导致了不透彻。所以我说我更像个瞎子而不像是圣徒。"斯妤把人性方面一个十分微妙的症候揭了开来:善良有时就是怯弱的美化与托词,所以看起来对人满怀善意的人,走到后来却只有对人的恐惧。《浴室》把这种人性的荒诞表现得更为具像化了:一个常常受制于人,不敢说"不"的怯弱女人,通过一次幻想式的境遇改变了她一直想改变的现状。饶有意味的是,用幻想替代现实恰恰是女人逃逸现实的通病,幻想的力量后面是真实的无能。因此,当女人也用这个方法去改变她的色狼上司——女性生存恶劣境遇的象征时,他反而得以如愿以偿地占有了女人的身体。此时,身体被锐痛刺激的女人才真正如梦初醒。如果想了解女性主义"身体写作"的真正涵义,这个文本倒真是一个十分形象的诠释:也许头脑还在接受并制造幻觉,只有身体感受才会真正道破真相。斯妤的叙事揭示了女性在性别关系中不仅弱势而且劣势的生存形态、心理形态与反抗形态。对现实的逃逸,结果是被现实罩牢。女性幻想式的反抗反而成全了男性的梦想而成为男性的现实、女性的梦魇。斯妤在小说中充分施展了她对事物本质的认识,故事被她以荒诞的形态所呈现,人生与人性的荒谬尽在其中流露无遗。《出售哈欠的女人》、《竖琴的影子》就是她此类小说的代表作,当这些小说惊艳文坛时,一个文学的斯妤真正诞生其中:在笨拙的言谈举止后面,是思想的灵动与锋芒毕露;在循规蹈矩后面,是诡异狡黠的横空出世;在躯体的懒散惰性后面,是汹涌澎湃不能止息的内心生活;在粗糙的日常事务后面,是精细入微的观察与思考;表面的随和、懦弱后面,是敏感、尖锐、执着、特立独行。当斯妤写出这些小说时,我们才能真正理解罗兰·巴特把作家区分为两类是什么意思:一类作家写重要事物,一类作家不写重要事物而只写人。他觉得后者才是真正的作家。而对于斯妤来说,她起码以此实践了她的口出狂言:"不让自己仅仅是自己"这样一个貌似简单实则极具伟大的目标。

目　录

不让自己仅仅是"自己"（代序）……………… 林丹娅 001

家 ……………………………………………… 001
在海边 ………………………………………… 005
静物 …………………………………………… 009
遥远的校园 …………………………………… 012
梅林 …………………………………………… 020
橄榄树 ………………………………………… 023
还乡 …………………………………………… 029
碧水长流 ……………………………………… 033
白太阳 ………………………………………… 036
窗外 …………………………………………… 040
故乡 …………………………………………… 045
武夷日记 ……………………………………… 048
下海 …………………………………………… 053
蓬莱走笔 ……………………………………… 057
在自传的题目下 ……………………………… 061

开始	068
敲门	071
心的形式	074
幻觉	082
爱情神话	084
幻想三题	087
凝眸	091
生命·神启·爱	094
童年	104
新雪	110
大眼睛,小眼睛	112
冬梦	116
"入学"记	118
稚语	122
永远的冰心	125
似曾相识蒋子丹	130
碎片拼接——关于舒婷	132

并非梦幻	137
除夕	140
某年某月	145
追忆尴尬青春	149
心灵速写	154

正午	160
夜晚	163
真实梦境	168
白漩涡	172
马年夏季	175
倾听蝉鸣	178
我因为什么而孤独	181
梦魇	184
雨	189
窗外·圆歌	191
北风	194

阿端	197
应婆子	202
近邻	206
玉兰仔	211
玫珍	216
方姑姑	220
文莲女士	223
美玲	227
锦云姐妹	230
安宝	233
汪娘与琼	237
美倩	240

特派员	245
二舅	248
祖父	252
韩舟	257
表舅母	264
歪嘴仔	273
婉穗老师	279
回想外婆弥留之际	287

跋 ……………………………………………… 294

家

外祖母的家紧挨着港湾。那是闽南海边的一个普通小镇。鳞次栉比的一排"竹篙厝"里,有我魂牵梦绕了三十年的家。我在那里度过童年和少年。矮小瘦削的外婆把这个家建成了我的乐园。楼上楼下是我疯跑的场所,二楼平台上有我开辟的菜畦。天窗里流泻下来的月光,我把它当成宝石来欣赏,虔诚地一跪就是半天。屋后的葡萄架下,每到夏夜便有外祖母略带沙哑的嗓音,一遍遍地讲述神秘故事,连星星也受了吸引,探出身子来倾听。虽然大门上的铜环里常常有绳子伸展下来,拦腰拴住我的弟弟和妹妹,外祖母却始终对我网开一面,任自由和欢乐无边无际地覆盖我。

接下来是天灾人祸争相肆虐的三个年头。三年里家中少了笑声,多了嚼菜根、喝清汤的叹息声。老人们饿得连皱眉头都没力气。孩子们饿得天天嘬着手指在阳光下发呆。我背着书包有气无力地往家走。刚拐过横街,隔着港湾便看见外婆站在屋后的土台上,用手遮着前额朝这边眺望。饿得腰已直不起来的外婆终于看见我了,嘴角绽出灿烂的微笑。她有些诡谲地朝我摆手,示意我别走大门,沿邻居家后院的小路直接到厨房。我走进厨房，外婆已把厨房的门掩上，正从冒着热气的锅里端出一碗绿油油的食物来。我顾不上道谢也顾不上看碗里是什么，三口两口便将食物倒进肚里。

吃完后才知道碗里装的是番薯叶心。

那一阵全家的口粮是番薯叶，又苦又涩难以下咽。外婆心疼我，将嫩绿的番薯叶心一片片挑出来，拌点油（珍贵无比的油！）拌点盐藏起来给我吃。

拌了油的番薯叶心比清水煮的又老又涩的番薯叶好吃二十倍，外婆天天支走小舅小姨给我开小灶。每次吃完后看着外婆那憔悴的面容佝偻的腰，我尚不省事的心里也会涌起阵阵涟漪：家多么好，亲人多么好呵！

父母亲的家搬离老屋，迁到母亲学校的宿舍时，家便成了一个狭小又鼓鼓囊囊的口袋。一间教室用竹帘一隔两半，里面是父母和小弟的卧室，外面是饭厅兼妹妹和我的闺房。有客来访，饭厅与闺房又变成了会客室，床板与矮凳同样供客人落座。碰上饶舌的访客，几杯安溪茶落肚更是谈兴遄飞，无意告辞，我和妹妹只得恨得在里屋跺脚。事后向父亲抗议，父亲总是温和地一笑："是旧日的学生，好些年不见了。"

不过家虽狭小，温情却如空气一样弥漫。下班回来，母亲总是不停地忙碌，不是呆在厨房里研究菜谱，为家人烧制可口的饭菜，便是埋头案前，裁布料，做衣裳，精心装扮每一个家庭成员。母亲的烹调、缝纫技术堪称一流，便时常有父亲的同事来要酒席吃，有母亲的同事来求裁衣做衣。父亲不堪烦扰，时常皱眉，母亲却一概来者不拒。我时常纳闷母亲那样瘦弱的身体,如何有那样充沛的精力。每次都是我们一睁眼,便看见母亲忙碌的背影,夜里醒来时,母亲的房里总还亮着灯。我们姐妹时常戏称母亲是铁打的身子豆腐的心。而且至今我们仍常遗憾母亲那充足的精力没有遗传给我们(我们姐妹都是懒散的人),而母亲如今已六十出头了,仍旧天天不停地操劳,似乎从没有感觉疲倦的时候。

母亲里里外外操持的时候,父亲总是静静地在里屋看书。父亲早年即是闽中地下党成员,他介绍入党的人里有的早已在省里身居要职,他却从土改后自愿转到教育界起便始终留在教育界,而且渐渐从正职当成了副职。父亲的许多学生为父亲不平,因为他们深知父亲热爱教育爱惜学生,也深知父亲的才学与清正不阿,父亲却始终泰然。我常常觉得父亲身上有种大智慧,他认为结果就行为(不媚上欺下,不蝇营狗苟,不与官场周旋)来说十分公平。或许他想要的就是这种恬心怡性,不扭曲自己,以及随之而来的淡泊与安静?总之父亲在家的时候(此时正是"文革"盛期,打斗吵闹甚嚣尘上,父亲作为走资派下台后,因历来爱惜学生,在师生中口碑好,故蒙两派学生默许,回家逍遥),他捧在手里的书,他透过眼镜流露出来的目光,甚至他床头那盏橘黄色的灯,总是令家中弥漫着一股恬淡、安然的气氛。这气氛我至今一闭上眼仍能真切地感受到。

告别父母亲的家,独自踏上自己的人生旅途至今已近二十年了,二十年里说不上腥风苦雨也常常有忍不住要放声大哭的时候。每次痛苦要淹没我的时候,母亲坚忍的背影、父亲泰然的目光常常会蓦地涌进心里,使我顿时猛醒,顿时收束起眼泪并为刚才的泪下如雨羞愧。由此我常想,一个温馨、慈爱、智慧的家,对于生长中的心灵、漂游中的心灵是多么重要,多么不可或缺啊,但愿我也能为儿子营造一个这样的家。

(1988年)

在 海 边

我是一个生在海边,长在海边的人。厦门岛四周的海水湛蓝澄碧,温婉妍丽,那近乎透明、终日涌动不息的蓝色衬着岛上西式建筑的红砖绿瓦,还有散立在海滨山坡的芭蕉、椰树、凤凰、木棉,孕育、滋养了一个又一个诗人、音乐家,也使岛上的男子汉们日追一日地慷慨热情。这是南方的海,我故乡的海,终日奔涌喧哗着阳光的海。我曾是那片海域的女儿,它那湛蓝得近乎神奇的宽广怀抱,培育了我最初的温婉深情,明媚清丽。

(然而,丧失温馨情怀仿佛有一万年之久了。这丧失是否和背井离乡、长期漂游在凛冽的北方有关?)

现在,我面对北方这恢宏、壮阔的大海,灵魂突然一阵战栗。大连的海域是如此广袤,如此苍茫,如此灰暗滞重、阴郁沉雄。当海浪雄狮怒吼般地朝岸边席卷而来时,我感觉到的不是人类的伟岸,生命的欢乐,而是宇宙的无限,自然的浩荡,造物主的神秘与威严。

还有时间那亘古不变的循环、流转,人类命运的瞬息万变、无以把握,空间的浩荡连绵、无始无终,这一切,透过脚下这蓄积着原始伟力的海浪朝我呼啸而来时,我心里突然涌起了无尽的乡愁。

（我想要那温柔妩媚的湛蓝吗？我想要那奔涌喧哗的阳光吗？我想要那玲珑美丽的故乡来抚慰我,庇护我吗？）

是的,我想要梦幻来对抗现实,我想要善良的虚假来抵御严酷的真实。我愿意抛弃清醒、明敏、透彻,重新回到懵懂无知、混沌盲目。

然而人类已无法回到童年。

在名震中外,号称"神力雕塑公园"的金石滩,造物主又一次让我嗒然无语,惶惶不安。

一堵由紫色、白色、灰色条纹相杂而成,浓缩了亿万年宇宙沧桑的叠层石灰岩悚然出现在我们面前。岩石是六亿年前海洋藻类生物化石而成。巨大而斑驳的断层上,一片莽莽苍苍,凹凸嶙峋。六亿年的时光熔铸了它的苍茫,无数海底生命造就了它的丰厚。时光使生命变成了石头,生命又使时光得以凝聚。

然而生命毕竟变成了石头。

同伴们纷纷在这巨型化石前留影,因为这是著名的"天下奇石"（美国地学部主席柯劳德语）,是世所罕见、地球上不可再生的瑰丽景观。我也怯生生地走过去,在摄影师按下快门的那一刹那,做出了一个怯生生的笑容。

我知道照片冲洗出来后,那巨石会更加奇崛伟岸,而我们这些人类会愈加渺小委琐。我们在它面前将不复是天地灵长、宇宙主人了,我们和地球上所有生物一样,只是渺小、脆弱的生灵。

是的,面对这无言耸立着的宇宙沧桑史,我又一次强烈地感到浮沉在漫漫时空中的人类的悲哀。"流逝的不是时间，而是一代又一代的人。"一代又一代的人流逝了，沉积下来的便只有一代又一代灵魂对战胜时间、建立不朽的永恒渴望？

希腊神话里有位坚定的西绪福斯。诸神处罚他，让他不停地将一块巨石推上山顶，而石头由于自身的重量又滚下山去。明知无效无望，但西绪福斯日复一日，迈着坚定的步伐下山，将巨石又一次推上山顶。

汽车终于驶上风光旖旎的滨海路。这条依山傍海逶迤而行的公路是近年才开通的。据说这是全国最长的滨海公路，一共蜿蜒三十里。我不知它是否真是全国最长（大连这座城市很独特，它有许多全国之最），但它所展现给我的，确是最新鲜、最独特的。

海风刚烈而强劲地刮，仿佛把我们的面包车当成了待举的风帆，一定要把它吹灌得满满、张扬得高高的才肯住手。滔滔黄海在前，郁郁青山在后（被车抛到了身后），大海以永不止歇的热情呼啸着、奔腾着，凌厉强悍的北方气息灌满了整条公路，弥漫在每个人心头。汽车疾驶着，树木飞掠而过。涛声时远时近，时远时近，一片坦荡无垠中，突然转出一弯苍翠，又一弯苍翠，然后"哗"地一声，一片坦坦荡荡的海滩拥着一湾汹汹涌涌的海浪出现在眼前。远处近处，偶尔冒出几座红砖小楼，像是在倔强地显示人类的意志。而左侧的青山，则时坐时卧地逼视着这一切，仿佛它也不肯袖手旁观，只要稍有动静，便会"嚯"地耸立起来，慷慨激昂地参与这个世界的事务……

盘旋在逶迤的滨海路，我更多地感觉到了人类的气息。日月闲闲，宇宙浩浩，人类除了仿效那明知虚妄却仍旧坚定仍旧义无反顾的西绪福斯外,又能怎么样?我们明知我们无论走过多么漫长的岁月,最终都指向消亡,明知生命有欢乐,更有无尽的劳作和苦难,我们也得迈着"沉重而均匀的脚步"走下去,并且尽可能地使这过程充实、辉煌,充满创造的荣耀。

  从海边回到住地,我五岁的儿子突然十分严肃地问我:"妈妈,谁能活得比'时候'长?"我被他突兀而犀利的追问所震动,一时竟无言以对。如今想来,这个问题是谁也无法彻底解答的。只有当他长大成人,体味了百态人生,并且终于能够和大自然静静对视,在心里一再问自己,"时光流逝,在这过程中一直保有新鲜生命的东西是什么"时,他才能找到属于自己的答案。

(1991年)

静　物

器皿用具作为物质世界的一员，显然是无知无觉、冰凉呆板的，但那是它们呆在橱窗里，摆在柜台上，和我们无关无涉的时候。一旦它们进入我们的家庭，成为我们生活的一部分，它们就被赋予了声音、气味、情感、知觉。它们渐渐成了我们的熟人、我们的朋友、我们的家庭成员。它们和我们一起凝视这个世界，应对这个世界，它们目睹我们的喜怒哀乐、成败得失。当我们喜气洋洋、兴致勃勃的时候，它们也容光焕发、神采飞扬，当我们忧愁烦恼、沮丧悲哀的时候，它们也黯然神伤、憔悴沉闷。它们，这些没有生命、无法开口的物品，它们甚至也和我们人类一样，既能活着，也能死去，既能存在，也能消失。

我的脑海常常无端浮现出某些已成过往的物品。它们有时成双成对，有时形单影只。它们每次出现都让我怦然心动，因为它们就像一个熟悉的声音，一张亲切的面容，一纸熟悉的笔迹，提示给你很多久违了的场景、氛围、情感、往事，同时让你深深地遗憾，它们也像故人一样，久违了，消逝了。

这时你会蓦地意识到，它们并不是没有生命的，它们也像人一样，能够存在，也能够消失，能够苏醒，也能够死亡。它们，唉，那一叠外婆常用的福州漆盘，那个总是伴着祖父度过漫漫寒冬的竹编手炉，那座每隔半个小时就要报一次时的老式木钟，甚至那堆被新社会也被老祖母遗弃的、乱糟糟塞在柜子里的过时的绣花鞋，还有那曾经精致小巧却终于被你砸成废铜烂铁卖到废品收购站的铜戥子，它们虽然早已烟消云散，不复存在，但是它们并没有真的消失消亡，它们会在某个时刻突然苏醒，突然复活，并在倏然降临的时候在你心里发出重重的铜锣般的叹息。

你的每根神经、每个感官此时全都奔向故地。你突然回到童年、少年，回到那所闽南海边的"竹篙厝"。你重新见到了亲爱的外婆，亲爱的海湾，亲爱的夹竹桃……你发现斗转星移，时光流逝，可是你那流泻月光的天窗依旧清澈明亮，你那墙上的挂钟依旧叮当作响，你那斑驳苍老的门环依旧斑驳苍老地悬挂在木门上，它们在你推开大门的时候仍旧当仁不让地一阵乱晃……唉，还有那些总是倏然入梦的珠子拖鞋，那些外婆珍爱有加的福州漆器，以及那些节日才会出现在餐桌上的微微发黄的象牙筷子，它们依旧或秩序井然或乱糟糟地呆在柜子里，仿佛你随时都会来开门，来取用……你的童年是那么历历在目、栩栩如生，它既没有老去，也没有变形，它依旧雀跃如昨，它只是暂时封存在故乡的角落里，静静等待你来开启，来重历，来品味。

这时你知道获得巨变的是什么了。那静静地浮现在你脑海的漆盘、手炉、老木钟，那门环上的斑驳锈迹，天窗里的清澈月光，它们不只是你渡过时光之河的竹筏、舟楫，它们在你目光的辐射下孵育下已经欣然苏醒，获得生命了。它们既和你的童年共生,和你的往昔共存,它们也能穿梭游走,独往独行,在你思念它们、向往它们的时候呼之即出,翩然降临……

是的,死的东西果真具有占领活的心灵这样一种权利。或者说,静止的物品能够在流动的心灵行走,并因之而受孕成活,生成生长……而我们人类,也在这种对物的深情凝视中,使一去不复返的存在,变得循环往复、生生不息,并于瞬间抵达某种诗意,某种向度。

(1997年)

遥远的校园

那一天天有点阴。台风刚刚过去,镇东头你挤我挤地倒塌了一片房屋与榕树,落叶慌慌地飘在街头和巷尾,给人浓浓的苍凉感。尤其那些满身根须的老榕树俯腰折背地倒在水边,像一个个百岁老翁酒后行路,突然栽倒再也爬不起来一样,让人惋惜让人惆怅。

那一天我们中心小学一年级一班的同学个个都感到浓浓的惆怅。我们的语文教员、班主任,有着深深的皱纹和略带沙哑嗓音的林老师突然调离了本校。她没有和我们告别。强台风袭击闽南一带,小学校停课三天,三天后同学们一个个回到自己的座位,林老师却已不知去向。

新来的班主任姓钱。很胖的身材,很黑的脸,虽然眼睛很大也很美,我们却讨厌。我们认为她眼睛长得凶,脸上的皮肤也黑得凶。

而我们的林老师是慈眉善目白皙洁净笑起来像月光一样的呀。

关于林老师无论当时还是现在我所知都不多。我们是刚入学的新生,她教我们总共不到两个月。我们只知道她那在闽南一带极普遍极平常的姓,只知道她的家在距学校三公里远的锦里村,只知道她已不年轻,她的额上有深深的皱纹她的嗓音略带沙哑。我们甚至不知道她的名字,然而我们谁都忘不了她那慈爱的笑容亲切的笑容——那笑容给我们的感觉是皎洁的月光,叮当作响的月光呢。

我时常觉得奇怪,无论小学还是中学,我都得到各年级老师的特殊喜爱与关心,惟独林老师例外,她从来不曾偏爱我,而且,她教我们的时间是那样短暂。然而,二十七年过去了,她亲切的笑容却常常无端浮现在我的眼前,使我眷念使我向往。

难道林老师天生地具有魔幻般的吸引力?

总之那一天放学后,我们一年级一班的三十几个同学都因思念林老师而拒绝回家。我们沿着落满枯枝败叶的小路朝三公里外的锦里村走去,我们去寻找我们的老师我们的月光。

直到天完全黑下来了,我们才找到林老师那矮小的家。

我们当然见不到亲切的林老师,她早已到遥远的新学校去照耀别的小孩子了。

但是我们见到林老师的丈夫林老师的儿子还有林老师的家了。我们深深深深地替林老师感到委屈。

林老师的丈夫坐在灶火前,正在一把一把地往灶膛里塞柴草。他又长又瘦又佝偻。他扭过头看我们时,很丧气的脸与很不耐烦的神情正好和林老师光辉灿烂的笑容形成对比。

林老师的儿子坐在大门口。他长得一点也不像林老师。他正在那里就着一盏昏昏的灯切猪菜。他不时从刀下的番薯藤里挑出一个番薯根,迅速塞进嘴里,嘎巴嘎巴地嚼。

而林老师的家,它简直就不是家呢。房间又窄又矮。床铺、饭桌、扁担、镰刀、稻草、番薯,摩肩接踵地挤成一片。它甚至连一张书桌都没有。

林老师在哪儿备课呢?

从林老师家出来的时候,天上很冷地闪着几颗星。我们三十几个人几乎同时都觉得冷觉得饿。大家闷闷地走,像一群疲惫的逃兵。

家住锦里村的同学林水龙和我们分手时突然很大声地说:

"你们不要小看林老师的丈夫!他以前当过教育局长,他现在是右派但他当过局长呢!"

听了这话我们稍微吁了一口气,我们都替林老师振作了一下。但很快我们又气馁了。那样佝偻的腰那样丧气的脸即使当过局长又怎能配得上我们白净的老师月光般的老师呢?

我记得我那时曾暗暗发誓,我长大了一定要当厦门市的市长至少我要嫁给一个有威风的市长,然后我就要给林老师重新配一个丈夫。她的新丈夫将是高大英俊热情整洁并且没有一顶丧气的右派帽子的,他将使我们一年级一班的全体同学感到骄傲。

五年级的时候是彭老师教我们数学。

他很高,长着一头鬈发,眼睛很大鼻子很尖。但很可惜他的腰不太直,这一点大大影响了他的风度。他又有一个坏毛病,在黑板上演算数学题的时候,常常要突然停下来用两只手臂夹着裤腰往上提一下,尽管他的裤子丝毫没有脱落的意思。而且，他的脾气又很大。当他讲课的时候，要是哪个同学小声讲话或者做了小动作，他立刻会瞪起眼睛，将手中的粉笔狠狠朝他砸去。

好多同学不喜欢他，包括我在内。我们背地里叫他"恶彭"。他却喜欢我。

他指定我当数学科代表。下课后有时我经过办公室，他看见，一定要叫我进去，给我看画册或者送我一本新到的《少年文艺》。

有一次他见我指甲很长没有剪，他甚至让我站在他面前，他拿剪子很仔细地帮我剪了。

然而我仍旧不喜欢他，虽然他的课讲得很好，我仍旧和同学一起偷偷叫他"恶彭"。

期末考试到了。我和往常一样将大家的作业送到办公室。八角形的办公室里静悄悄的，只有彭老师一个人。

我转身要走的时候，彭老师叫住我说："你复习得怎么样了，唔，这本书你拿去看。"

这是一本教学用的书。我顺手哗啦啦翻了一下，看见到处都有红钢笔字一行行地挤在黑铅字下。我对认真的彭老师顿时肃然起敬。

回到家我就将书扔到抽屉里了。我功课好一向有些自负，考试我从来不紧张不拼命复习的。我很得意，因为尽管这样我仍旧年年考第一。

第二天试卷发下来的时候我发现今年的试题比往年难。尤其最后两道附加题，它是超出我们目前的教学程度的。

这两道题答不出来不扣分，答对了却加二十分。

考试的结果仍是我第一。全年级只有我一个人将附加题做出来了。虽然它们整整用去我一个小时——那是整个考试时间的三分之二。

　　我将那本教学书拿去还给彭老师的时候,彭老师正在打点行装准备回城里过寒假。

　　"怎么样这书有用吧?嗯,我对功课好又听话的学生向来是照顾的。"

　　面对老师的好意我突然觉得惭愧,我一冲动便老实承认这书我还没看,但我表示如果老师希望我看假期里我一定将它看一遍。

　　彭老师看了看我,突然异样地笑起来。那笑容的意思仿佛我是某桩谋杀案的同谋。

　　他异样地笑着并且迅速打开那本书,他翻到一处画了红杠杠的地方看着我笑:"嗯?这也没看?"

　　我低头看书。这一看我大吃一惊,那上面正是试卷上的附加题,而且解题过程、答案都赫然地印在那里。

　　我不明白既然这书这么重要彭老师为什么将它借给我?哦,幸亏我没看否则这次考试我的成绩岂不是假的?

　　"我把书给了你我就知道你能考第一。嗯,你还不承认我对你的特别照顾?你瞧我还特意用红笔给你圈出来了。好吧你是个聪明孩子你说没看就没看吧。"彭老师意味深长地笑。

　　直到此刻我才明白我正在蒙受弥天大辱,而且这侮辱是这样恶劣这样可怕!

　　我相信浑身的血都冲到脸上头上来了,泪水在眼眶里打转,牙齿生平第一遭"格格格"地打起战来……

"你怎么啦——"彭老师惊诧地看着我不再异样地笑了。

我终于"哇"的一声哭了出来。我使尽全身力气把书重重摔到彭老师脚下,然后狂风暴雨般地跑了出来。

这一幕发生在我刚满十一岁的那一年。那一年我本来非常高兴我即将毕业即将成为中学生成为大人了,然而眼睛很大鼻子很尖的彭老师弄乱了这一切。我顿时改变了对成人社会的看法。整整两年我认定大人们很坏很恶劣,成长为大人是可怕也是可悲的。

所以当一九六八年中小学开始复课的时候,我没有像父母所希望的那样进镇上那所正规中学,我选择了中心小学的"戴帽"初中班,也就是说我仍旧留在小学校里了。

中心小学的校长是位美丽威严的女士。每个星期一早晨全校同学做完早操整整齐齐站在操场上时,美丽威严的林校长必定飘着白纱巾站得高高的对大家亲切演讲。

她的演讲照例十分钟左右。她的声音很好听,有时配上大一点的风吹过来,简直就像风铃一样发出叮叮当当的乐声来。有一阵我对她的声音简直着了迷,天天盼着星期一早晨,盼着那天早晨刮起一阵一阵清爽的风。

同学们都认为林校长是全校女教师里最漂亮的。事实确实如此。她服饰讲究,风度超群,虽然那时已三十七八岁,仍旧长着一双好看的大眼睛。不过,我常常觉得那眼睛有一种意味,一种我那时说不出后来才明白的意味,那其实就是忧郁。

那时候林校长在整个镇上都备受尊敬,因为她丈夫原是地下党的一位负责人,厦门临解放时被敌人绞死了。她自己原来也是地下党的外围组织成员。

　　林校长除了每个星期一早晨对全校师生亲切演讲外,她还主持学校的教务会、班主任会。每周四下午少先队活动的时候,她总是来和辅导员站在一起,微笑着看正护卫队旗绕场一周的庄严的我们。

　　我那时常常纳闷林校长那样美丽那样威严为什么她的眼睛里即使在微笑的时候也有一种忧伤的神情呢?

　　后来仿佛魔术一般,我发现林校长眼里的忧伤消失了,她变得平静而快活。

　　再后来有同学从她当老师的妈妈那里得知,林校长再婚了,但可惜的是她的新丈夫不能带给她荣誉只带给她耻辱。

　　她从此不再是烈士家属了,她甚至变成了"黑五类"的妻子。

　　她的新丈夫是一个地位低、出身黑的小学教师。

　　然而林校长依旧美丽威严。每星期一早晨她依旧飘着白纱巾对我们亲切演讲。

　　没多久爆发了"文化大革命"。两个很年轻的老师戴着红卫兵袖章变成了中心小学的领导者。他们做的第一件事是给美丽威严的林校长戴一顶很高的纸帽背一块很大的木牌。

　　木牌上写着:

　　"背叛烈士蜕化变质,反动权威死不改悔"

　　纸帽上是两个竖排的字:

　　"破鞋"

　　林校长被她的高年级学生押着跪在露天礼堂的戏台上。她脖颈上的纱巾依旧飘着只是已染上了浓黑的墨汁。

造了反的老师先后上台揭发林校长的罪行。他们说林校长执行反动路线,说林校长腐化堕落,蜕化变质,说林校长一直抓着资产阶级生活方式不放……

当气势汹汹的造反老师要求林校长坦白交代时,林校长被粗暴地推到戏台中间来。闹哄哄的会场顿时寂静下来,大家都静静地等待林校长开口。

林校长抬起美丽的眼睛看着大家。我惊奇地发现那里面没有恐惧没有忧伤也没有求饶的神情,那里面甚至涌出大量的平静与固执……

远处突然传来风铃清脆的歌唱了,它叮叮当当叮叮当当一路歌唱着朝我们走来,它一直走进会场走进我十二岁的心底——它甚至一直伴随着我走到现在。此刻,当我刚刚过完三十四岁生日,在这个深秋的夜晚凭栏而立,久久眺望南方那遥远的校园时,它又在我心里叮叮当当叮叮当当地唱起来了。

(1988年)

梅 林

那时候真年轻。十八岁的脸庞浑圆红润,皮肤亮得如同刷过一层油。身体也绝不似现在的纤细。身体厚实并且挺拔。圆而结实的双肩轮流担负着百来斤的担子,在那时是家常便饭。

但是挑着裹满了海泥的海枷椗上山去却不是轻松的事。山很高,是方圆几百里最高的那座。阿伯阿婶们敬畏它,恭敬地称它"岩神",女仔少年家则比较放松,他们只叫它"岩"。

上一趟"岩"要近两个小时,早早地起来,挑粪水,或者挑海枷椗上山,去沤在山顶上的水田里。山路蜿蜿蜒蜒,漫长如浩浩的人类历史。海枷椗在两肩来回地换着,似山,似磐,终于越来越泰山压顶般地压在肩上压在心里。

于是便极深地体味人生。幸福不再遥远,不再富丽堂皇——对于大汗淋漓、上气不接下气的负重跋涉者来说,空着肩,甩着手,在熙熙攘攘的中山路上闲逛,便是幸福,便是奢侈。

但早春的时候上"岩"去,后来却成为我的希冀,我的向往。

当终于觉得两腿已不复是肉体,而是僵硬的木拐,再也迈不动一步路的时候,"岩"顶的水田正好转到了眼前。于是,拼足最后的力气,把山一样的担子甩到田里,人便重重地跌坐在田埂上。

横着,躺着,苍翠的田埂供给劳作者舒适的眠床,歇够了半个时辰,活力渐渐回到体内,于是,芳儿过来拎起我,带我去游"岩"。

"岩"有青柏相思、野梨野桃。"岩"上杂草茂密,树影如穹。芳儿很快活,她溜上树去,摘青柏蕾,寻相思子。

我却仍是疲惫。我拖着扁担绳子,懒洋洋地闲逛。

但是一片耀眼的白光使我身心一震——眼前转出一个山洞,洞口横伸着几丛怒放的梅花!

大脑迈过片刻的空白,惊喜攫住我的心。我想我遇上了世外桃源。

当我低头弯腰,小心翼翼地躲过洞口的梅花,进入山洞后,我发现它既不是桃源也不是山洞,它是一片拐了弯又凹进去的小小的梅林!

我现在已不能复述那片梅林的具体形状,几年来牢牢占据我脑海的是一片辉煌与迷蒙:

梅树怪异,风骨铮铮。或肃穆,或豪放,或傲然,或诡谲,每一株都充满意志充满个性。一片鲜明而怪异的褐色中,弥漫起伏着连绵的洁白。竞相盛开的梅花,云一样地积聚,雾一样地弥漫,似火燃烧,似浪奔涌,似无数个雪天的小太阳闪闪烁烁! 每一朵都静静地放着银辉,吐着光芒,温馨而璀璨。小小的山洼,被这万千洁白的太阳照耀得辉煌而迷蒙……

面对这洁白,这辉煌,不知为什么,我没有产生那个时代应有的"崇高"与"庄严",而是,我无法遏止地想起雪白的礼服。

我突然强烈地渴望穿上雪白飘逸的结婚礼服,穿过这一片宁静而辉煌的梅林,走向教堂,走向新房,走向生命所有未知的领域。

我甚至渴望毁灭,渴望死。因为死也是洁白而辉煌,辉煌而洁白的……

后来,当我一次次颤栗着心再度寻找这梦一样的梅林时,我发现它不复存在了。

我至今不明白它是一个真实的存在,抑或只是一个梦?我也不明白以我当时的单纯与虔诚,何以会涌出那些异端的思想?

但那"岩"上的梅林,那梅林里的辉煌与迷蒙,那辉煌与迷蒙里的陶醉与梦呓,是鲜明而深刻地留在我的记忆里了。虽然算起来,我告别那健康红润的少女时代已经十四年了。

(1987年)

橄榄树

户主常常说,下辈子谈恋爱事先一定要先问饭后洗不洗碗。他说这话是因为我最深恶痛绝的是饭后洗碗,而他最深恶痛绝的是我饭后从来不洗碗。他饱受了堂堂男子汉饭后洗碗的委屈,而我却怡然自得,因为他的委屈与我无关——我主张饭后将碗筷一扔了事,人不应做器皿的奴隶。

户主没有我这份潇洒,所以他只能一边忍辱负重,一边怨声载道。

当然我也做饭也洗衣,也收拾房间也带孩子,不过当我为这一切忙得团团转而不得不将心爱的书籍丢到一边时,我会骤然恨起这繁杂人生来。我弄不懂人类为什么非得有衣食住行的一大串事?惊人发达的现代科技为什么不能发明一种针剂,它只需每月注射一次,就能使人类删繁就简地生存,既不需要整夜整夜地睡眠,也不需要每日买菜做饭做饭买菜地转圆圈!

户主于是认定我是天底下最懒的人,我不屑与他争论,我只是偷偷买了些廉价的餐具存起来,预备在他出差时扔。但是后来我饭后连碗筷也不用扔了,因为在他出差的那些日子里,我顿顿只吃面包和茶。

当面包实在吃不下去的时候,我会突然非常想念一样东西。那应该是一笔数目不大不小的钱。我想像有了那笔钱,我可以隔两天去餐馆里吃一份快餐,而不必天天这样嚼蜡似的嚼面包。或者我可以请一位厨娘,她只需每天来一趟,为我做一顿可口的晚餐,并为我洗涤那几只餐具。如果钱多一些,我还可以请她住下来,为我的家庭缝缝补补、洗洗涮涮。而我,从此可以整天读自己想读的书,做自己想做的梦,不必常常为柴米油盐、吃喝拉撒的繁杂人生唏嘘皱眉了。

我非常敬重的一位老师曾经说:"人生最痛苦的莫过于有那么多该读的书却没时间读!"他说他常常将想读的书从书架上抽下来,几天后不得不又原样放回去,因为他要上班,要开会,要翻译,要著书,要政治学习,要应付人生的种种问题,可以用来读书的时间实在太有限。对他的感慨我十分理解,因为作为女人,我更有一层女性的负担。

在为世事所苦的时候,我会非常强烈地想望那笔能够救我出重围的钱,但是钱从哪里来呢?我不屑经商更不会经商,假如我去开个体餐馆,恐怕只会弄得入不敷出。写暴力加色情的畅销书吧,明知它可卖重金,却仍是不忍为之。而且说到底,恐怕胡编的功夫也不会到家。于是有一段时间,我只得和文学界的朋友们一心一意地期待大幅度提高稿费。但是现在,大家都明白了——这是不可能的。

于是有一天我卖掉了妹妹送我的新年礼物。那是一件进口时装,它漂亮、时髦、昂贵得我不忍穿它。只是我卖它不是为了吃快餐或者请厨娘,我卖它是为了去买一套我企盼已久却价格暴涨的书。

妹妹爱动，我爱静；她爽朗，我多思；她爱热闹，我爱独处，当然还有——她宽裕，我拮据。然而我们之间仍然不乏共同之处。

妹妹深信她命里有"财气"，因为在她当工人的时候，她调到哪里，哪里的奖金、加班费便会突然大增起来，而当她一调开，一切慢慢都会恢复原样。一年多前她辞去工厂文书的职务回家，她家里的房租、股金收入等明显激增起来，这使她自信又自豪，她的神秘主义倾向也因此愈发浓厚。而我呢，当我买菜的时候，西红柿我绝不会买三个，洋葱绝不会买五个，只要是论只论个的，我都一概买双数。给儿子吃饼干更是严格，或者两块或者六块八块，绝不含糊。有时自己也觉得好笑，如此谨慎拘泥，到底从什么时候开始的呢？

当儿子较长一段时间不生病时，我最怕别人当他的面夸他身体强壮，因为我发现每次这么一夸，没几天儿子便会发烧咳嗽地闹起来。户主笑话我，说那是因为儿子攒了一段时间的内火，正好到了闹病的周期。我相信他说的不无道理，然而当别人又向我夸儿子时，我仍然会莫名地紧张起来，我会连声否认连声说："不，他闹病的，刚刚闹过的。"

记得插队时我是坚定的无神论者。我和伙伴们办墙报、搞批判，天天守在村里的旧庙前，批评劝阻前去拜佛敬神的虔诚农民。然而当儿子十个月时第一次高烧并且持续三天不退时，天天夜里我都跪在床头向老外婆信奉了一生的"主"求救……

一般认为宗教源于恐惧，我想这恐惧恐怕又源于爱。因为只有在你爱的时候(爱人或者自以为爱繁杂尘世),危难时你才会恐惧,才会在心底倾听神的声音。

和每个女人一样,我有时会非常喜欢起饰物来。甚至在潜心写作的时候,我也常常会没来由地突然从书桌前抽身,将放在衣柜中的几件小饰物拿出来,细细赏玩一番,或者挑出一两样戴上,然后带着一种全新的心情回到书桌前。这种没来由的冲动常常隔一段时间便要发作一次,而且越是写得亢奋艰辛,它发作的频率便越高。有时连自己也疑心这是一种病态,因为那些小饰物实在没有多大魅力多大价值,除了外婆遗下的一只戒指我视为珍贵念物外,其余无非是些兴之所至时顺手买下的小装饰品,它们既不珍贵也无一点爱情信物的意味。它们实在值不得我这样的珍惜。

不过,嘲笑归嘲笑,一旦伏案写作,辛苦攒足了那冲动便会定期发作。仿佛那是一服迷糊中的清凉剂,烈日下的遮阳伞。而且,说起来也奇怪,每次冲动发作过后,那份写作的辛劳便似乎减轻许多,重新回到书桌前的心情是鲜润而怡悦的。

常常自己也觉得好笑。天性不喜珠光宝气,也从来不想环佩叮当地人前招摇去,却偏爱在咬文嚼字时插进一段女人的小小把戏,看来真是修炼多年终未能免俗了。

于是想起少女时代。那时天天都是一身绿军装,两只短发辫。那时每个女孩胸都束得平平的,脸都晒得黑黑的。那时候我偶尔想过婚姻这种可怕又不可避免的事情时,也是咬牙切齿,算定在床上画出三八线,把圣洁的革命性与卑微的人性永远区分的。

少女时代的我喜欢把自己往丑里打扮,比如常常把双手插到泥土里,沾满土灰后再往脸上抹,使十九岁的脸不再红艳鲜嫩。或者整个冬季不抹油,成功地把脸颊、手背冻得粗粗粝粝。然而童年时代我喜欢做的梦却是流浪。那时候我们小镇有一座窄窄的石板桥细细长长曲曲折折地伸到海里去,石桥折身处是一座隆出海面的褐色岩石,持续了几百万年的潮起潮落把岩石磨得光滑并且起伏有致。有一天六岁的我沿着石桥走去,看见一个流浪琴手坐在起伏有致的岩石上边弹边唱。这琴手发长如草,衣衫褴褛,像是穿过两个世纪流浪而来,然而他的眼睛却明亮,歌喉却宛转,琴声却悠扬。他那行吟海边、狂放无羁的形象使六岁的我大大感动起来,从此一个美丽的流浪梦便长驻心间。

如今已近中年,却仍然常在心底拨响一曲《橄榄树》。

有时会突然对书呆子生活厌倦起来。每天读书写作,写作读书,然后是做饭洗衣洗衣做饭。相同的时间里做相同的事,相同的睡眠里做相同的梦。甚至不同时间、不同地点、不同人也说相同的话。日复一日的刻板、单调;日复一日的机械、拘谨。漫长的冬季里甚至连一口新鲜空气也呼吸不到,室内是书籍混合着水暖气的怪味弥漫,室外则肆虐着无数灰蒙蒙的小烟囱。唉,北方凛冽的天空,北方狭小的家已不再使我留恋。

甚至写下的文字也使我惶惑。我曾经相信它们能够使我找到自己,实现自己,超越自己,然而它们果真能吗?当我视它们为生命的本质,并为它们舍弃人生的其他内容甚至最珍贵的自由时,我是不是正在犯一个天大的错误?

一个声音老在我心底回响。它告诉我什么是生命的本质，什么是生活的极致。那声音是从海边岩石上衣衫褴褛的流浪琴手嘴里发出的，那声音使我神往。

……

如果说我至今不曾抛开我熟悉的一切流浪而去，那只是因为我的疲倦还不到极致，我的微薄的爱也尚在延续。然而当一个人心底不时奏响《橄榄树》的旋律时，你很难说她对自由的渴望已经结束。

（1990年）

还　乡

　　不知从什么时候开始我相信沧镇不会永远矮小肮脏,不会永远随随便便躺在海边,活像一个贫病老丑的妓女。我的小镇应该日日如记忆中美丽,温馨,博大。不要说许地山先生曾经客居小镇——虽然我至今尚未寻到许先生的旧居——单只是小镇的苍生、小镇的风情,小镇那长长长长的海岸线那曲曲折折伸到海里去的石板桥,就不止一次地支持着我对她的执拗信念。

　　有此信念的不止我一人。在文学批评上颇有成绩的木弓先生和我一样对那个实际上只有巴掌大的小镇一往情深。那天他和我在他《文艺报》的办公室闲谈,一涉及小镇,他立刻两眼放光,几乎是叫着说:"回小镇!回小镇!"

　　我们之所以强烈地想要回小镇,是因为,我们的沧镇,那个和厦门本岛遥遥相对的偏静小镇,很快就要被拆除一空,迁徙一光。台湾岛上的企业家看中了我们的小镇。他要在我们那个温馨的小镇以及隶属于小镇的方圆百里地内建造一个庞大的浓烟滚滚的化工区。

　　我不知道小镇上的父老乡亲对此持何态度。他们庆幸自己将抛弃贫困落后,举步迈进工业文明呢?还是正在为近在咫尺的家园失落,连根迁徙而叹息?

而我们,我们这些浮萍一样漂浮在凛冽北方的孤独灵魂,从此是连回眸的余地都没有了。

木弓眼里的小镇或许丰富或许立体,或许深刻或许古老,因为他是一个男性,而且是一个批评家,而我,我的小镇永远是弥漫着咸腥气息,肮脏然而美丽,矮小然而温馨,古老然而生气勃勃的。母亲的家族在这里繁衍生息上百年,镇上布满了远亲近支。父亲在这里将他辗转四方的脚步停下来,在莲花洲那四面环水的美丽庄园办起了镇上第一所中学。父母的爱情在这里发生,我的生命在这里开始,外公外婆的舞台在这里展开在这里落幕。小镇的石板街、白玉兰,小镇的夹竹桃、相思树,还有小镇那临街而建的一座紧贴一座的"竹篙厝",以及小镇的港湾,小镇的岩石,小镇的西头山与礼拜堂,都无可选择地造就了我、养育了我。

当然令我眷念的还有小镇的人。小镇的人永远是粗糙、本色、丰满的,他们也圣洁也卑微,也淳朴也诡谲。他们在这巴掌大的生息之地殉道、殉情、创造、礼让,也在这巴掌大的土地厮杀、抢劫、诅咒、通奸。乳白色的教堂曾一度关闭,成为阶级斗争展览馆,德高望重的余牧师的小女儿也曾不得不作为"美人计"的主角去嫁满脸"斗志"的贫农党支书,然而小镇毕竟是小镇,它从泥泞的小道蹒跚走来,永远诗意永远温馨地屹立在我们的心头。

虽然这一切很快就将断裂。

木弓也许比我更不能忘怀那一年一度的"发大水"。

那是小镇最绚烂最浓烈的日子。午后时分,汹汹的海潮打了激素似的呼呼往上蹿,不一会儿就喧哗着漫过港湾,漫过土台,风一样地灌进每一所紧挨港湾的住宅。海潮在每户人家中漫延、打转,海潮用盐分与野性把家家的地面浸泡、洗劫。肆虐够了,海潮才呼啸着叱咤着班师回朝,退回浩浩荡荡的大海去。退潮后的港湾不再汹涌激荡了,暗淡的海滩嶙嶙岣岣裸露出来,粗糙而且杂乱,仿佛一个斜躺下来的精神错乱的老妪。

小孩子不会为风情不再的干枯老妪垂泪,我们兴奋的是家里汪洋一片,海进了家,家成了海。我们乘着木质的洗衣盆在汪洋的家中航行,也爬上床去,任海水将古老的木床漂起。我们大喊大叫,我们嬉戏打斗,我们将平静与单调捣毁在这一年一度的"大水"里。

海潮退去后,家家地面留下了薄薄盐层。大人们忙着清洗、擦拭,小孩子则顺着石阶走进海滩,开始专心致志地捉石蟹、钓泥鳅……

木弓正在撰写他的"小镇故事",我也许不久也会这样做。然而我现在更想做的事是——回小镇。我要在隆隆的推土机尚未碾过石板街时到我那千疮百孔却魅力永存的小镇最后走一遭,我要再次触摸我的西头山我的老岩石,我要沿着伸进海里的蜿蜒石桥再度重温少年梦,我要去叩访每一位阿公阿婆每一位女仔少年家,我要把鲜花恭恭敬敬奉献到外公外婆的墓碑前——最后,我要将沧镇这个弹丸之地的博大地名的谜底揭开,并且准确地找到许地山先生的故居。虽然我知道,找到的同时失落也即开始。

然而我还是要做这一切,就像人类明知生的有限生的虚幻也仍旧日日生存一样。

——假如我的返乡计划得不到批准,那么,我将在梦里回去千百次。

(1991年)

碧水长流

童年时摇晃着羊角辫,天天跑到四姑婆家屋后的小池塘边,或浇灌或拔草或默默地守望,一往情深地照料那一小畦湿漉漉绿油油的空心菜,仿佛照料一只无助的小动物或两岁时那心爱的洋娃娃。小小的菜畦是五岁的事业亦是五岁的骄傲。我为它抛弃嬉戏与热闹,它则带给我平静孤独与默默的梦想。

那时候我放下手中的小锄头便坐到池塘边光洁可鉴的石板上。这石板原来锐利粗糙如今平和光滑,它记载着洗衣妇们的日日辛劳。我把白净的脚丫伸进碧绿的池水里,看涟漪泛起,一圈圈静静扩散。不远处那座乳白色的教堂正传出管风琴低沉而庄严的乐声。

我幼小的心灵突然强烈地感受到那份平和宁静,那份深沉的庄严。我相信这是地上的音乐亦是天上的音乐,就像我脚下的池水既源自地下亦来自远方来自天上一样。

当然,这关于池水的认识是四姑婆灌输给我的。她是一个热心的基督徒又是个充满玄思的老太婆。她沿着这池塘从少女走到暮年。她常说人会老地会老天也会老,只有流水不老,流水如圣经,日日苍翠。

后来我告别小镇告别四姑婆家日日苍翠的小池塘,这时我已不扎羊角辫也不爱湿漉漉的空心菜畦了,我已十七岁,我正和同龄的伙伴荷锄走向冷清孤寂的青春。

在集体户那所破旧的老宅后面,却依然奔流、荡漾、歌唱着一条苍翠的小溪。上山时我赤足走过它,溪底的沙砾纷纷聚拢向我致意仿佛我是隐居的女王。溪边那光洁可鉴的洗衣石既令我惆怅更令我坦然。它使我想起又简单又智慧的四姑婆,她带着满手的老茧和一整套玄思溘然长逝,教堂的管风琴虽不再奏响但洗衣石依旧横卧依旧日日收获女人们的辛劳。我赤足穿过溪流宛如穿过一个漫长的世纪……

这时芽儿正在前边兴奋地喊:

"快走快走呀,你看他们已走进彩虹,你看他们多美!"

我抬头,我看见雨后的山脚下,几个年轻的生命正依次走进彩虹里。肩上的锄头是他们的旗帜,而彩虹,那美丽的弧形光环正把他们的过去与未来连接。他们神圣而庄严。

脚边的溪流欢快地奔流、荡漾,它们不舍昼夜,呼啸前行。

然而更早的记忆里还藏有别的东西。

似乎是夏天的黄昏,我随着惊慌骚动的人群拥向几里外的海滩。几乎全镇的人都来了,大人们都睁着恐慌的眼睛在窃窃私语。我不明白也不关心这一切,我只是跟着明哥儿起劲地往前挤。因为明哥儿说,海水把一个怪物冲上岸来了,它或许是无头妖怪或许是海底来的大狸猫。我那时候不像现在这样脆弱,所以我面无惧色一心想要目睹壮观的场面。

但是突然我和明哥儿撞到一起了,我们两人立刻就手脚冰凉双腿发软,从心底狂呼妈妈和奶奶。我们看到的不是妖怪也不是大狸猫,它是一个长发、嘴鼻都挂满海泥的龌龊肮脏丑陋可怕的孤零零的女人头!

这件事肯定给我极大的刺激,因为从那以后我就害怕男人,害怕丑陋,害怕热闹,并且再也没有勇敢与无畏。我甚至害怕长有海枷椗的长长的海滩。那个悲惨的女人就是因为丑陋而被丈夫杀害的。她被带到海上然后被打昏打死然后被分尸五段抛进大海而大海把她变得更加丑陋的头颅又送回海滩。它先被海枷椗缠住然后又被海水冲上海滩,它使那狠心的丈夫的换妻计划变成了南柯一梦。

那女人是千里迢迢从北方来探亲的,她一定很高兴见到大海而大海成了同谋把她吞噬了。

后来我常常想,溪也好海也好,它们有时候很美很有诗意,有时候却那样残忍,那样盛满了罪恶。为什么洪水不能不泛滥,大海不能不如猛兽咆哮,人类不能不互相残杀,天地间不能事事平和安宁?

但是再一想,洪水不泛滥,大海不咆哮,甚至人不再杀人,水不再覆舟的时候,世界就要顿时寂静下来,也就是说世界就要死了。

(1988年)

白 太 阳

五岁的时候我曾经指着月亮和父亲赌气。父亲说那是月亮,里面有嫦娥有桂树。我却指着那冷漠高远的圆球固执地说:"白太阳白太阳白太阳!"

父亲笑我蠢笑我笨。笑过之后又使劲把我举过头顶,称赞我的观察力和想像力。我当然得意非凡。但那得意不是因为父亲的夸奖而是因为,我能高高在上地俯视地面的万物俯视父亲的银框眼镜,还有在父亲脚跟前窜来窜去的小猫阿迪。

父亲坐到他的书桌前去备他那永远备不完的课时,我就偷偷跑到葡萄架下,我躲在里面一边摘着酸溜溜的青葡萄吃,一边透过弯弯曲曲相互缠绕的葡萄藤,静静瞭望那又高又远的白太阳。

可不是白太阳嘛,一样的圆球一样高高地挂在天上,却没有针一样的光芒没有火一样的热度。不是白太阳又是什么呢白太阳白太阳白太阳……

后来我长大了,明白那其实真是月亮而不是白太阳,父亲却依然笑我蠢笑我笨。父亲说你小时候叫它白太阳呢你小时候有些笨不过想像力丰富。我听了当然还是高兴只是不再得意,因为父亲不再把我举过头顶了,父亲只是看着我微笑。

那次我在一个峡谷里行走。两边是峻岭,峡谷中间有一条溪流正潺潺流淌。我经过长时间的跋涉已经精疲力竭。我跌坐在溪流前,正要把脚伸到溪水里冲个痛快,却发现溪流凝固了峻岭倾斜了,眼前出现一片平川。我惊讶得不行欣喜得不行,正要高声赞叹,却觉得头发湿凉脖颈湿凉转眼间遍地雪白。"下雪了下雪了下雪了!"我终于奋力喊出声来。

这一喊才知道什么峡谷什么溪流平川其实只是梦境一片。

可是下雪却是真的。明亮的玻璃窗映进来耀眼的白光,世界死一般的寂静。我匆匆穿衣匆匆下楼,迎着远处的西山轮廓匆匆走去。我不知自己要做什么。也许在想那个奇异的梦境也许想寻心中尚无所感的什么吧。

一块湖泊大小的厚而亮的积雪磁石一般牢牢吸住我的目光。我顿时明白我这样匆匆匆匆一路寻来想要的就是它,想看的就是它。

它静静地躺在那里,蓬松,洁白,熠熠生辉,如一首无字的歌如一泓盈盈清流。隔着相当的距离,一股月光般冷艳的气流依然无可抗拒地朝我袭来,一阵紧似一阵一阵浓过一阵……

白太阳白太阳,童年的白太阳。一样的冷艳一样的光亮一样的离我既远又近白太阳——

我又回到愚笨的童年回到弯弯曲曲缠绕着的葡萄架下

了吗？

　　有一刹那我差点放纵了自己，我想跃入那雪的湖泊中，让松软的洁白滋润心田滋润肌肤，让发蓝的银光辉映眼睛辉映额头。因为相形之下，我已这样衰弱这样苍老这样干涸了。

　　但我终于没能放纵自己，没能跃入湖中。

　　为了这确凿的衰老的证明，我陷入长久长久的悲哀，直到朝阳喷薄而出，直到白太阳点点滴滴化作一潭春水。

　　第一次看见他时他驻足在山峦上没有坐骑更没有车辇。可是他回眸一望，被击中的我的心立即放出万道霞光。于是我看见他披着霞光，庄严而迅捷地朝峰巅升去，不一会儿便金光灿灿如日东升照临巍巍青山。

　　哦，金太阳最初的太阳永恒的太阳！

　　迎着霞光我一步一步朝他奔去，心的呼唤穿越寥廓的空间，如洪水漫延如波涛奏鸣……

　　近了近了那太阳那辉煌的火球。那样耀眼那样迷人那样充满神奇的力量。曾经几度骚扰我的荫翳该永远退避永远逃遁了。生命之火将在我体内永燃。

　　凭着旷世的呼唤我来到他的身边。他收起如网的金光还我以平等的注目。

　　这就是他吗这就是我呼唤了几个世纪的主宰吗？

　　是的。他不容置疑地回答我有如威严的帝王。

　　于是，我闭上眼睛等待他旷世的拥抱等待与之俱来的旷世的幸福……

　　然而穿过深沉的夜浩渺的黑暗，我发现我抵达了彼岸。

彼岸依旧是幸福依旧是莺飞草长，只是幸福于我不再是如火的霞光而是清澈的水淡泊的云。智慧之光使它们永恒。

他依旧披着万道霞光。

那霞光远了近近了远那霞光雪一样的白。

（1987年）

窗　外

五月十九日

　　昨夜一阵小小的风雨，早起已是大晴。拉开窗帘——一条洁白的云河灿然横在眼前！

　　这真是一条云的河流。那样长，那样滔滔不绝地从西天汇集而来，横贯东西，从我窗前"哗哗"流过，直奔我的目力所不及的天际！我得承认，这是一条罕见的云河，这样滔滔不绝，源远流长。看它的气度、阵容，就仿佛一列长长的庄严的仪仗队，队员们个个身着白色礼服，挺胸抬首、气昂昂地守候着奏乐的时刻——其美丽壮观，实在令人为之动容。

　　当然，这滚滚的云河，也不是绝对整齐划一的——一片连绵的雪白中，细细察看，颜色有轻有重、有浓有淡，而形状，更是千姿百态了。你看，这里是一排滚滚的云涛，每一簇白云都浓浓地聚着，铺棉叠絮一般，如同一个个雪白硕大的球体。那前呼后拥、熙熙攘攘地挤着、碰着，一浪推一浪地向前卷去的阵势，真是大有"云涛滚滚，澎湃万里"的气概哩。而这边，虽然也是云河的一段，气度却迥异了。这边的云是薄薄地、匀匀地旋着,这儿一片、那儿一片地透迤着。有的如轻盈透明的面纱,有的如少女脸上淡淡的粉妆,还有的简直就是一匹平整的白绢,无言地铺在碧蓝的空中了。更有那如一挂失了声的瀑布的,线条分明、如奔似溅地横躺着,美丽奇妙得令人叹为观止!而天际——那是最能见造化之神功的了——傲然地挺立着一簇白云,那形状,那气势,活脱脱就是一匹白鬃野马,一跃而上青天,便凝然停住了,只保持着那奔腾的雄姿,专供普天之下的人民抬头仰望!——神奇的自然,有着怎样伟大、怎样令人赞叹的创造力呵。

然而,更妙的是,这云河里的千姿百态,看上去好像是一幅幅静止的、定型的画面,实际上却是时时在移动着、变幻着的。你只要将眼睛闭上一分钟,然后重新凝望它们,你就会发现,原有的行列,原有的图案全都变了!——汹涌的云涛平息了,取而代之的是微波粼粼的湖面,飞泻而下的瀑布不见了,起伏连绵的丘陵出现在你的面前。连那四蹄奔腾的白鬃野马,也正收拢前蹄,似乎要蜷伏下来,潜心休息一阵子了——短短的瞬间,一切都已重新排列组合过了,你若不刮目相看,你便得做一个落伍者了!

六月二十四日

还在晚餐桌上呢,心却已踅出小窗,到那广袤的天地去了。

渐渐地,走向了夕阳下坠的方向。只见一片扇形的金辉从天的尽头透射出来,热烈而炫目,如同来自另一个世界的问候。低垂的天幕上,一层橘黄,一层淡蓝,一层粉红,衔接交融着，相互辉映，缤纷如画，仿佛一匹鲜艳夺目的巨幅锦缎。远处，大约是西山吧，在夕阳的金辉中，轮廓分明地坐落着。但山的颜色，已不是黛青，已不是翠绿，而是灰蒙蒙的，笼着薄雾一般——随着黄昏的降临，西山似乎是睡意蒙眬了。

往回家的路上踱着的时候，偶一抬头，看见了极其动人的景致——半圈明晃晃的月丝，发着白金一样的光辉，静静地，几乎不为人察觉地嵌在暗蓝色的天空！蓝天，银辉；月圈弯弯，天幕垂垂——多美丽的意境，多飘逸的月景！这月圈儿是这样细，又是这样柔，然而却明亮耀眼得令你不敢相信，怀疑它是出现在你头顶的幻影——看着它，我脑海中久久地浮起半只清辉四泄的白金镯子，眼前，则不时闪过一段亮闪闪的弧形的银丝线！

我久久地在月下徘徊，久久不忍离去。我看着这绮丽的月丝终于渐渐丰腴起来，渐渐长成了半轮明月——是的，这月丝原只是残月的细细的外圈，刚才，是造物主划了火柴，先将它点亮了。

八月三日

天是这样的阴沉，地是这样的燥热，我脆弱的心中，又是这样蓄满了烦闷和不安！

百无聊赖地走下楼来，四面八方热烘烘的气流立即汹汹卷来，团团将我围定。哦，天空、大地，你们也有烦躁的时候吗？

是的，伟大的自然也有焦躁烦闷的时候。看天是这样黑,这样阴霾密布,这样气咻咻地板着铁青的脸;地是这样混沌,这样不安,这样蒸腾着灼人的气焰。太阳是吓得无影无踪了,鸟儿、蝉儿、虫儿,全都住了口,一个个都咽了声息潜藏着。只有道旁的松枝柳条还坚守着足下的土地,但看它们病恹恹、蔫不唧的样子,知道它们正受着炙骨的煎熬,已是痛苦不堪了。

然而,烦躁的自然绝不像烦躁的人生。造物主是顽强的、不屈的! 看吧,乌云像涨潮的海涛,一阵接一阵地席卷过来、弥漫过来了,汇成了一支宏大浩荡的部队,那排山倒海、雷霆万钧的气势,显然要一扫天地间的全部抑郁与沉闷;闪电的先头部队已奔赴战场了,这儿一道、那儿一道地射出愤怒的目光,如同利剑快斧、刀光火影;闷雷已在天际隆隆地响着,一声比一声响亮,一声比一声高昂,渐渐地,如同排空的怒涛,由远而近、由弱而强地翻着、滚着过来了。霎时,闪电乱劈、雷声大作,暴雨——造物主愤怒的眼泪,就要漫天倾洒而下了!

我被这伟大的气概慑住了,一反怯懦的秉性,迎着电闪雷鸣,迎着即将倾盆而下的暴雨,勇敢地前行了。

前面,与高楼相接的天空,突然炸开了一声惊雷! 紧接着,仿佛魔幻一般,苍穹上耸起了一片连绵的险峻的峰巅!啊,这样峻峭、这样挺拔、这样延绵不绝的群峰,竟是屹立在天穹上的! 竟是黑的云、褐的云、灰的云堆砌而成的! 看它们,峰峦重重叠叠,此起彼伏,如潮似涌;峰巅高高昂起,突兀奋迅,峻至天表。那傲然耸立于天际的雄姿,冷眼扫视大地的神态,令人想起巨人高耸着的威严的双肩,天帝拧聚着的愤激的眉峰。那深深浅浅的黑的、褐的颜色,更使这千山万銼少了地上青山的娇媚，多了天宇峰峦的庄严！呵，是地上的险峰搬上了天穹，还是闪电劈开了天幕，把天神栖息的峰峦泄露了出来？……莫非，这傲然耸立的群峰，是造物主威严与愤怒的显示？

果然，一道长长的闪电劈了下来，雷声又作了！漫天漫地倾下了如泼的暴雨！哗哗哗，轰轰轰，砰砰砰……到处是急雨，到处是积水。天空、大地、高楼，全都沉浸在一片白茫茫之中了……

暴雨急急地倾倒着自然的烦躁，宣泄着造物主的愁闷，暴雨使沉闷窒息的大地，一变而为活泼热烈的海洋了……

我兴奋地在密匝匝的雨帘中穿行，心头的烦躁郁闷，不知什么时候，已飞溅得无影无踪了——雨还在不停地下着，然而，已经可以预见雨后清新美丽的世界了：天空复归湛蓝，蓝天架起彩虹，大地迎回滋润，空中弥漫着温馨。大自然以艰苦的挣扎、紧张的搏斗战胜了自己，又将恢复宁静，恢复平和了。

勇敢而智慧的自然呵！

"小小的窗棂，窒息了多少黯淡的心灵？窗外，却是一片广袤清新的世界。"——这段刚刚冒出来的文字，此刻和着风声、雨声，又清晰地显现在我的心幕上了……

（1984年）

故　乡

　　故乡——无论繁华的，荒凉的，美丽的，丑陋的——只要是我们的家乡，只要是生我们养我们的故土，她对于我们，就是亲切、温馨的。而我的故乡呵——我敢说，我的故乡不仅在我和我的同乡们心中是温馨的，她在每一个曾经踏上她的土地的人心中，也永远是美丽芬芳的。

　　是的，厦门是美丽的——美丽得可以用"妩媚"二字来形容。你想想，浩瀚的万里碧波之上，宛然浮起两个娇小玲珑的岛屿，袅袅婷婷，并肩而立，活像一支清丽的并蒂莲。天空像蓝宝石一样湛蓝而明亮，洁白的浮云缓缓地流着；海波翻卷着白色的浪花，金灿灿的沙滩绵延而去，花边一般镶嵌在岛屿的四周……椰子树、芭蕉园、紫藤萝，郁郁葱葱地装扮着海岛的躯体；红砖别墅、幽静小巷，疏密有致地罗列在海岛的怀中。翩翩的海鸥，呼啸的鸽群，袅袅的白鹭，终日在她耳鬓厮磨、嬉戏。阳光下，绿琉璃瓦闪闪发亮，紫艳的三角梅攀援、上升，海风携着桂花的清香，轻轻叩开每一扇窗户，趸入每一户人家……

　　当然，厦门的美远不止于此。厦门的美还是流动的、蓬勃的、生生不息的！——你只要去到海边上一站，听着脚下

某年某月

"哗哗"的涛声,望着对面葱茏挺拔的鼓浪屿,不,你甚至可以闭上眼睛,将"哗哗"的潮音当做催眠曲来听,进入蒙蒙眬眬的半睡眠状态——即使这样,你也会惊喜地发现,对面的鼓浪屿,你脚下的厦门本岛,原来都是活的、动的,有着勃勃生机的!因为,你看到,海波从天边席卷而来,一层层地涟涟不息,海面如无数毗连的秋千,左右摇荡,上下起伏;浪花像一群群快乐的海鸟,张开雪白的翅膀,争先恐后地扑向海岛,然后,噼里啪啦地甩下一串湿漉漉的笑声。海面上,无数波浪在回旋,海洋如一片连绵不绝的沸腾的群山……你还看到,抱臂端立于碧波之上的海岛,也并不是磐石一样呆板、顽固、死气沉沉的!——一阵阵卷向她的浪头,一声声打击石壁的涛声,还有如大地一般躺在她脚下的连天奔涌的海波,催发了她的生机,引动了她的力量,使她变得如同一座轻盈的浮桥,一艘欢快的游艇,或者,干脆就是一朵硕大的浪花,在沸沸扬扬的浪尖上跳宕着、起伏着、奔涌着了!——这时,你若是把你的目光移到海上,那它刚一挨着水面,就会翻着、卷着,随波滚去了……你昂首望天,天上白云如注,"汩汩"地流着;你俯身看海,海上白帆似蝶,翩跹地舞着;你闭目谛听,耳边涛声如鼓,到处是"哗哗哗"、"轰轰轰"的一片!于是,你只能由衷地赞叹:好一幅流动的图画!好一片活泼的山水!

可是,还有你看不见的哩——我们厦门的空气,也永远是活泼新鲜的!无论春、夏、秋、冬,厦门岛上永远有蓬蓬的海风拂你的面,吹你的肩!即使是"七月流火"的盛夏酷暑,地处亚热带的厦门,也总是海风森森、花木摇曳的。你只要打开窗户,或者夹一本书端一把矮凳到过堂里、大门口一坐,立刻会有飒飒的海风朝你奔来,把你的短发、绸衫吹得呼啦啦响,把你的郁闷、烦躁吹得无影无踪!——流动的空气弥漫着咸腥的海上气息,杂以岛上遍布着的热带植物的芬芳,有时还带着缕缕呢喃的鸟语——这样清新甜润的空气,更如诱人的醇酒,使人心醉……

当然,你不必因此就以为,厦门岛上只有鲜艳的色彩、活泼的生机,而没有静谧,没有温柔——厦门海滨的夜晚,是一支最娴静、最柔和的小夜曲!你看,新月升起来了,海洋如一个昏昏欲睡的婴儿,停止了嬉闹,停止了哭啼,只剩下摇篮似的徐徐晃动,幼儿般的均匀呼吸,以及海水扑打岸石的催眠曲似的"刷刷"声……长满牡蛎壳的古老的石桥上,投下了一对对颀长的身影。汩——汩——汩,一片桨声中,几只小船轻轻荡开了,海面上,像是飘起了几片轻盈的落叶……海风习习,传来了悠扬的琴声——这是鼓浪屿的钢琴手们争相奉献给这个月夜的。你再看,岸上,高大的椰子树哨兵似的散立着,灌木丛里不时传来如唱的虫声。乘凉的人们头枕着胳膊,怡然地歪在沙滩上。有的听着海涛,有的盯着萤火虫的绿光,有的徐徐地、漫不经心地弹着吉他……海波与沙滩相接处,蹲着一个白衣少年,他专注的目光下,小小的涟波在金色的细沙上呢喃着,缓缓地、亲切地朝他的脚边爬来……空气中,到处是温馨,到处是静谧,到处是陶醉……呵,不,这就够了!——这样的月夜,这样的海滨,你还能找出比它更温柔的来吗?

我以前曾说,我的故乡没有摩天的高楼,没有巍峨的宫殿,没有如潮的人流。然而如今我要说,我的故乡所有的,比起这一切来,要迷人得多,珍贵得多!——厦门呵,我的故乡,你可知道,我是怎样为你骄傲呵!

(1983年)

武夷日记

十月二十日

生为福建人,未揽武夷胜——此桩憾事早在心头缠绕多年了。

早晨,满怀着期待的激动与不安的我,终于扑进了武夷山的怀抱。

汽车在盘旋曲折的山路上蹒跚地行着。渐渐的,车窗外已不是一色单调的山水了。只见一座座突兀昂立的奇峰,竞相奔入眼底,千姿百态,苍翠逼人。有孤峭如柱的,有壁立如屏的,有尖突如笋的,有浑圆如镜的。一片离合断续的山岚中,不时绕出一曲清流,"汩汩"地淌着,却又忽地一转,呼啸着顺峰直奔而去……车越往高处走,越见山各峭拔、水竞灵巧,碧空下,只一派峰峰水抱流,曲曲山回转的胜景。我的心底,突然涌起无限的柔情——这是我们的武夷山,我故乡的武夷山呵!

还是山居好,还是故土亲。这森列的翠峰,这如玉的清流,这澄澈的天空,这漫山的野花,还有故乡大地上特有的亲切气息,会洗尽一切污浊、卑琐、烦恼,而异乡闹市的车水马龙、嘈杂喧哗,只会无端地助长这一切!

突然想起傣家少女来了——今日的初进武夷山,真有如进傣寨之感呢。还未进入风景区,目之所及,山山水水便全是这样绮丽、灵慧,这样勾人魂魄。仿佛进了傣寨,所见全是佳丽——傣家女儿个个都是美人!微黑的皮肤,椭圆的脸庞,微微隆起的颧骨,顾盼闪烁的大眼,还有那裹着明艳紧身衣裙的颀长身材,使她们个个都显得极其妩媚俊美。我们俏丽的武夷山,拿她们来作比,真是再恰当不过了。

山路依然徐徐蜿蜒地伸展着……忽然车子戛然停住了。原来,已到了预定下榻的"九曲宾馆"——单是这名字,就有无限的诗意与魅力,不必说四周都是奇峰峻石,九曲溪就在脚下潺潺地淌着,也不必说宾馆以溪流似的几折分明的优美形式长列在我们面前——单是以九曲溪的名字命名,其自然与淡泊,就足以使我倾心了。

十月二十一日

晨四时许,窗外还是黑压压的一片,廊上已低低地起了骚动。敲门声,唤人声,窸窸窣窣的穿衣声,急促慌乱的脚步声,交织成嘈嘈切切喳喳的一片——这一切原都是压低了的,很带着几分神秘仓皇的色彩——几分钟后,骚动渐息了,一行人急急地出了宾馆,长蛇似的往天游峰方向去了。

当我们气喘吁吁地登上天游顶峰的一览亭时,夜幕已徐徐卷去了。裸露在眼前的,是一派奇妙的景象!

山头点点,云雾重重,薄薄的、盈盈飘动的白云,波浪似的连绵而去，弥漫了方圆几十里的空间。看不见一个完整的山峦，脚下只白茫茫、飘忽忽的一片。无限苍茫隐约中，前前后后，不时有深褐色的峰尖，这儿那儿地浮着、沉着、涌着、退着。仿佛大海中颠簸起伏的船桅，又仿佛仙界里欲露还藏的琼岛。显然，千山万壑尽掩藏在这蒸腾飘渺的云海之下了！这景象，直引得人想起夜幕里掩藏着的千军万马——那样屏心敛气，静悄悄地伏着，一丝儿声响都没有，突然"砰"的一声，信号弹划破夜空，于是狂涛巨浪般地呼啸嘶叫着冲杀出来！——这是怎样汹涌的云海，怎样桅尖般的山峰呵！

还有，环绕在身边的云彩是多么的亲切！一片片，一缕缕，一团团，冉冉地飘来，拂我的面，亲我的额，围绕我的前后左右！把清新、浩洁、飘逸带给我，把天底下最慈的爱、最柔的情带给我——祖母，我想起你来了！这眼前身后照拂着我的白云，令我又念着你博大深厚的爱了；这团团围护着我的白云，把我又引回你的身边，引回千里外祖母温馨的怀中了！

——太阳融融地升起来了……突然，一阵强烈的失望袭上心头！想像中巍巍壮阔的群山，在卸下了云的披巾之后，竟是那样的小巧玲珑！仿佛俏丽的盆景，随意点缀在大自然的案头，仿佛秀美的桂林山水，娉婷绰约地罗列在大地的怀中。既不同于今人所说"有若华山之雄，泰山之峻"，更不似古人盛赞的奇绝伟壮"真人世所罕见"——奇则奇矣，秀则秀矣，美亦美矣，然而绝谈不上雄伟博大，气势冲天！——"盛名之下，其实难副"，这是怎样令人惋惜的事呵。

带着几分遗憾，我们下山了。一路上，我的脑中只盘旋着一个想法——我们的武夷山，应称作武夷山水才贴切。

十月二十二日

没想到,我竟过了一个最悠闲、最温柔的下午。

九曲溪,你才是武夷山的灵性,武夷水的精英呢。

一片潺潺的溪流,依山傍峒,迤透北延,盘绕山中十数里。澄澈清莹、浓绿逼人的溪水,时宽时窄,时南时北,如同一条蜿蜒曲折的玉带,袅袅地将两岸三十六座峰岩萦绕起来。"盈盈一水,九折分明"——这是怎样娉婷绰约,怎样富于风韵的溪流呵!沿溪森列的岩岫,都不是伟岸、险峻的高山,却自有一番奇峭俊秀:有逼卧溪畔的,有退坐山巅的,有临水长立的,有凌空盘峙的,一座座各具神姿。时而是跃跃欲起的卧狮,时而是脉脉含情的玉女,时而又是顶天立地的天柱。更有那破坏了朱老夫子罗曼生活的乌龟精变成的一对石龟,一上一下,极不情愿地趴在水中,神态逼真极了。这一切,都随着溪水的潆洄开合,逐一巍巍峨峨地伸展在我们面前。我们一叶轻舟顺流而下,顾盼转首、言谈笑语之间,便可将两岸的山光水色尽收眼底!

顶上是皓皓的秋阳,脚下是脉脉的流水。四围旖旎的山色中,我们的竹筏像一匹怡然的鹅儿,悠闲从容地飘浮着、行进着。淙淙的水声中,我弃了伞支颐凝坐,听船娘说古,看溪流潜行,山影水痕,尽从两侧缓缓退去,又从前方徐徐移来。一片柔和深切的旋律中,我们祖先古老优美的诗行突然涌进我的胸襟——"蒹葭苍苍,白露为霜。所谓伊人,在水一方。溯洄从之,道阻且长;溯游从之,宛在水中央。"——真难得情景悉合如斯!只可惜白露已晞,只可惜我的恋人不是在水一方,而是在万里外的北京城!

　　夕阳下转过一弯苍翠的山岨,溪流突然开阔起来,湍激起来。一滩棕色的卵石上,"哗哗哗"地翻起层层卷宕的浪花,仿佛一条条争跃龙门的鲤鱼,又仿佛一叠叠雪亮的跳荡的水银,闪闪烁烁,蓬蓬勃勃。更妙的是,我们轻盈的竹筏,这时也一改悠闲飘逸的风度,凌波而起,斑马似的跃过险滩,利箭一般穿过急流,叱咤着、长笑着星驰而下——我恬静柔和的心境,也被这热烈的气氛摇撼了!我击水为戏,我握篙为戟,我大声地说着,忘怀地笑着,我将溪水掬入口中,我将双足伸进溪中——我完完全全回到我无拘的、开放的童年了——祖母!假如你这时就在我近旁,你一定要像二十年前那样,过来揽住我,用你的额抵我的脸,亲昵地说:"轻一些,轻一些,我的爱笑爱闹的小女娃!"

　　溪水又是怎样的动人呵,绿澄澄、清澈澈的。时而清浅如镜,时而厚腻如油,时而潜流如泪,时而飞溅如瀑!此处彼处,远处近处,一片"淙淙淙"、"湲湲湲"、"汩汩汩"的水声,汇成了一支最和谐、最优美的曲子。

　　我真愿意长久地逗留在这柔和的水上,我真愿意永无尽期地游泛在这妩媚的溪上。然而不幸的是,我只有两个钟点的幸福时光。水尽了,山穷了,纵有千百个不甘心,我也只能起身登陆了——然而不要紧,九折分明的盈盈流水已经移在了我的心头。从此往后,我悠悠的生命旅途,将追寻她清莹、委婉、秀丽的足迹,徐徐地汇向那浩瀚的生的海洋!

　　明天就要起程回京了——我故乡这片明媚的山水呵,我们几时再相见?

(1982年)

下　海

　　钟子尾依山傍海，连绵起伏的青山，像太师椅的靠背，略呈弧状地拥在她的背后。山上虽说不上古木参天，绿阴匝地，但满山满坡的青柏、相思，四季都葱茏挺拔地覆盖着地表，从来不曾露出焦黄的土皮，像癞疤那样秃兀、丑鄙。山头一个接着一个，像千顷波浪，喧哗，起伏，奔涌，渐渐汇向远处。村子前面，是一弯阔茫茫的海滩，连接着远处沸沸扬扬的大海。矮矮胖胖的暗绿色植物，闽南话称为"海枷椗"的，静静地覆盖着海滩。椗子可以吃，顶替稻米，尤其是困难时期。而现在，枷椗的新枝绿叶，可以割去沤在水田里，当绿肥。海滩的另一边，支架着一堆堆蚝石，每一堆都像一个放大的"爪"字，蚝子就长在这放大的"爪"字上，涨潮的时候，蚝石、枷椗都没有了，只有汹汹涌涌的波涛。这波涛要是向南走，将抵达鼓浪屿的轮渡码头，要是中途向北拐一点儿，就该冲上大担、二担——国民党治下的两个小岛的海滩了。

　　年底，其他的活忙完了，我们就沿着一条粗沙子铺成的"海上田埂"，走进海滩的腹肚里，砍割海枷椗。兼作道路的堤岸上，常常有邻村的老伯歪披着棕蓑，斜叼着烟斗，慢悠悠地吆着黄牛走过来。看见我们,老伯拿下嘴里的烟斗,朝我们扬一扬,高声"唱"道:"钟子尾亲家——早下啦!"我们中间,于是也有一个苍老的声音,用同样长长的音调,同样唱一般的形式,朗朗回道:"吴子冠亲婶——您早下!"钟子尾是我们村,吴子冠是邻村。我们这两个村,联姻最多,关系最密。两村的人见了面,总是"亲家""亲婶"地相称,永远亲亲热热。"亲家"是亲家公,"亲婶"是亲家母。两个人见面,一个喊亲家,另一个就得喊亲婶,不管对方是男是女。有趣得很。

　　海水有潮涨潮落,割枛椗得赶潮水。我们刚来,就赶上半夜下海。很窄、很长的"海上田埂",全是棱角分明、坚硬锐利的粗沙铺成,上面漫着没脚背的冰叽叽的海水,走在上面,又冷,又扎脚。尤其我们知青,脱下鞋袜没两天,雪白细嫩的脚丫子,像面缸里钻出来的小耗子。走一步,脚底下飘出血花来,疼痛难忍。每次这个时候,方昉总是带着哭腔朝前喊:"芽儿,疼不疼?"前面,也总是传过一句脆脆的话来:"不疼,你会疼?"方昉只好也说:"不疼呗——"其实方昉疼得快掉泪了。不过,再疼我们也忍着,从没有掉头回去的时候。我们总是作出一副我们也有铁脚板的神态,竭力泰然自若地蹚着冰水,踩着尖利的沙子路,一步一步往海中央走。实在疼得挡不住了,走在我前头的方昉就把手倒伸过来,摇两下,我于是也赶紧把手伸出去。两只手紧紧握在一起,捏得红一道、白一道的,血都快捏出来了。脚下的痛苦,却依然有增无减。

　　跨出"田埂",进入海滩,更是可歌可泣的事。烂泥没过小腿,彻骨地凉。小腿很快就麻木了,移动起来别提有多费力。脚上脚下,还总有"哩哩啦啦"的东西,枛椗头啦,碎碗片啦,铁线圈啦,一不小心,就划一道口子。鲜血从灰色的泥里爬出来,蜿蜿蜒蜒,活像海滩上翻出来的海蜈蚣。不过,尽管这样,我们干得还是很卖力。稻草绳子铺在近处,举着镰刀,一丛一丛割过去,专割新枝嫩叶,割满了一抱,走回来,用草绳子扎起来,就地扔着,再往前走。再一丛一丛地割,再用稻草绳子扎起来。最后,再扔在海滩上。我们就这样来来回回往前移动着,梭子似的。脚下的烂泥配合着步履,"吱吱吱"地叫个不停。

这时,海水在远远的地方淌着,低低的,颜色也浅,海面,像撒了一层稻草灰,迷迷蒙蒙。天也是灰色的,衬着灰色的海水、灰色的海滩,一片莽莽苍苍的样。我于是想起在祖母岩望日出,那是少年时代的日课。一边朗朗地读着书,一边不时地拿眼去瞟天那边的海面,急切地等待着一轮水淋淋的太阳涑身站起来……而眼前,我总是希望眼前也突然蹦出一个金灿灿的太阳来,把灰蒙蒙的天幕一把扯下来,踩进泥里……

天要亮的时候,队长终于喊收工。大家把割好的海枷椗抱拢来,拿麻绳紧紧捆上,再用"两头尖"木扁担一扎,准备往回挑。我弯下腰,拱起肩,刚要使劲,两腿悠悠地直往下掉!眨眼工夫,烂泥没过膝盖,没过大腿,快到臀部了,我惊慌得很,"啊啊"乱叫起来。附近的芳儿看见了,一边嘴里喊:"把担子甩了!"一边大步流星赶过来。等到她终于傍着一丛枷椗,气吁吁地站在我面前时,我"突突"乱跳的心才算稍稍安定下来。芳儿,一边急急火火地砍着枷椗,一边皱着眉看我,"这辰啦,还惊?叫你先别出力!越想拔,越往下塌溜!"她训斥着,把一抱枷椗扔在自己面前,踩上去,站稳了。又往我面前扔了一抱,然后,长长地伸过扁担来,说:"抓住扁担,小可侧下身,唏——就这样,温温抽出这只腿,踩到枷桯上,再抽那一只。""小可"是稍微,"温温"是慢慢。我照办了。她伸着扁担,我拽着扁担。战战兢兢地抽着腿。每"小可"抽一下,另一条腿就"小可"往下坠悠一下……等到我终于安全地站在芳儿扔给我的枷桯上的时候,我已经是"土裹半截的人"了。裹满烂泥的大腿上,好几处幽幽地渗着血。我以为,芳儿会帮我把担子挑出去,至少到"海上田埂"吧,正计划着如何漂漂亮亮地拒绝她,谁知她却说:"咦,憋着啥?赶紧呗,傍着枷桯丛走呗。再塌,我可不掺!""不掺"就是不管。我倒抽了一口冷气。这样秀气的女孩子,却这样厉害,我心里顿时很感慨。

但我终于千辛万苦,挑着裹满了烂泥的海枷桯,跟跟跄跄地走出了海滩。海枷桯跟山一般沉,我的跋涉也跟爬差不多。重新踏上冰凉的粗沙小道时,偶然回头,我竟看见,海那边浮起一轮太阳。大得出奇,也红得出奇。慢慢和海面剥离着,像脱离母体一样,留恋,却又决然。几秒钟后,它迅速地向空中升腾而去。灰蒙蒙、沉寂寂的天边,霎时霞光如火,蓬勃闪烁。隔着天,隔着海,仿佛听得见那"哔哔剥剥"燃烧的声音!——刚才的种种惊恐、委屈,刹那间全消失得无影无踪了。

(1984年)

蓬莱走笔

知道蓬莱是很早以前的事了。因为蓬莱有位居中国四大名楼之首的蓬莱阁,更因为蓬莱有神秘奇妙的海市蜃楼。凡是中国人,大概没有不知道胶东半岛上这个独一无二的人间仙境的。

《老残游记》开篇便是:"话说山东登州府外有座大山,名叫蓬莱山。山上有个阁子,名叫蓬莱阁。这阁造得画栋飞云,珠帘卷雨……西面看,城中人户烟雨万家;东面看,海上波涛峥嵘千里……"把个蓬莱阁写得气象万千,令人过目难忘。

而当代作家杨朔,因是蓬莱子弟,更是把故乡的海市写得栩栩如生、亦幻亦真,叫人看了好不向往。

走近蓬莱,却微微有些失望。因为我来得不是时候。时值隆冬,万木凋零,没有了杨柳拂地、燕逐枝头的古登州,似乎少了些许仙气,多了几分凡世真实。

也是满街头的通俗歌曲,也是此起彼伏的"大甩卖",也同样有冰糖葫芦、糖炒栗子,也是一派"熙熙攘攘真忙"。

直到走出古城,登上蓬莱阁,才知道不虚此行,才知道这块吸引了无数文人墨客、志士仁人的宝地宝在何处,贵在何方。

是新年的第二天,一场皑皑白雪静静地覆盖着蓬莱阁。天清气冽,薄冰进折,游人依稀可数。我们一行拾级而上,终于登上位于丹崖绝顶的蓬莱高阁。

登上高阁才知万顷波涛就在脚下!北面望去,恢恢宏宏的大海一去千里,浩渺烟波弥漫而来。涛声满耳,风声满楼,把个凌空而起的蓬莱阁衬托得愈发奇崛伟岸,动人心魄。阁中陈放着正在"渡海而去"的八仙塑像,阁下临海的城墙边,则有赫然的"八仙渡海"处。往那里一站,海风呼啸,海涛汹汹,真的要让人做起飘飘欲仙、随风而去的美梦来。而阁下一字排开的"避风亭"、"卧碑亭"、"苏公祠"里,满壁诗文,全是名家真迹。有大诗人苏东坡、大画家董其昌的,还有爱国将领冯玉祥的,手书真迹错落参差,琳琅满目,无不令游人回溯历史,穿越时空,作万千之感慨。最让人慨叹而顿生荒谬感的是阁后壁的三方大型题字刻石,自东而西是"碧海清风"、"海不扬波"、"环海镜清"。其中"海不扬波"是清代道光年间山东巡抚托浑布所书。四个字表现了他的和平愿望。然而,甲午之役日舰的弹丸不偏不倚正好击中"不"字,这方刻石与战争相吻,成了"海扬波"了,令后人看了不禁愕然默然!

在苏公祠,我看到了苏东坡的石刻画像拓本。这是我头一回瞻仰这位大诗人的风采。苏轼任登州太守已是五十岁,所以画像上的大诗人已无多少"大江东去"的豪放,倒是显得深沉、忧虑、饱经沧桑。古登州人对苏东坡的景仰是显而易见的,历代传诵下来的"五日登州府,千年苏公祠"便是明证,盖因苏轼在登州为官时间虽短,却关心民生疾苦,重视海防,在安民保国两方面都有突出建树。传说当时登莱两州县县立有"苏公碑",人人传诵东坡名,可以想见诗人如何受民众爱戴了。

我自然对蓬莱阁的宏大气势、巍峨建筑以及珍贵的诗文碑刻赞叹不已。当地的朋友却告诉我,蓬莱阁最大的妙处我还没领会呢。原来,蓬莱阁最奇妙的是东观日出、北眺海市。观日出最好夏季,可以"携尊擘酒在阁中住宿",一觉醒来便倚枕守候日出,何等浪漫美妙。看海市则需春夏之交,雨后朦胧,东风轻拂,温度、湿度都恰到好处,才可能数年一遇,饱赏那缥缥缈缈似真似幻的奇景。海市如此难遇,难怪历代不少文人墨客所作的海市诗文皆为"无米之炊"。连苏东坡那首著名的海市诗也全凭传说与想像,他本人同样无缘一见。

眼下是隆冬,我自然不敢奢望看到海市蜃楼,只是心里发愿春末夏初一定再度重游,塌下心来守上一个月,或许心想事成、如愿以偿也未可知。没想到回到旅馆,热心的主人已为我准备了一份礼物,令我喜出望外。

坐到录像机前,随着画面的展开,我居然看到了清清楚楚的海市蜃楼!这是一九八八年六月十七日那次著名的海市的录像。海面上,先是不断飘来灰白色光带,隐隐约约,影影绰绰,不久便劈面耸起一带山峦。黑苍苍、浓郁郁的山腰里是一个个透明的海市洞。接着是山峦迁移变幻,一会儿重叠成两座大山,不断向上升腾,一会儿又高下翻飞,幻化为一片峡谷。峡谷里时而烟囱林立,楼房高耸,一片现代化工业都市的繁荣景象,时而又一切隐去,尽归于无,只剩下一座蘑菇云状的巍峨峰巅。最奇妙的是突然聚合出一座造型优美的王宫似的建筑,顶上有华盖,旁边有平台,雾霭升腾,闪闪烁烁,好一副皇家气派,威严荣耀。而前面不远处,像是与之呼应似的,出现了一艘军舰。军舰虎虎有威,不可一世,像是专为护航而来。更妙的是仿佛皇后陛下一时兴起,军舰便舍身迎合似的,舰台上突然升腾起乳白色火焰,高贵而优美,并且愈演愈烈,慢慢扩展为全舰的壮丽燃烧。霎时间,只见风助火势,呼呼有声,白色火焰跳跃升腾,渐而为金黄,再而为橘红,终于一片壮烈辉煌⋯⋯

渐渐的,屏幕上的海市像大海退潮那样悄然退去了,海面复归平静,海市出现时不知被隐到哪里去的长山列岛,重新出现在海的那边。我从陶醉中惊醒,对这片神奇的海域有了全新的感知。我想无论如何,春夏之交我要再来,或许上苍感我心诚,届时会让这神奇的景观再次上演?如是,我较之于往昔的诗人,便要多几分福气了。

(1992年)

在自传的题目下

　　童年时,我是一个爱冥想也爱耕作的女孩,虽然我在学校一直都得到老师的偏爱,班里、年级里、学校里有什么活动,代表学生致词的一定是我,每周四的少先队日,护卫队旗绕场一周的也必定有我,三好生、优秀队员、跳班等等,我也一定是头一名,但奇怪而且幸运的是,我没有被这些给宠坏,没有变成一个爱虚荣爱浮华的女孩。我似乎从小就懂得离开人群后即复归自我。无论在学校多么热闹、多么风光,回家后,我仍是那个老爱在屋后的土台上望着蓝天、白云、炊烟发呆的女孩,要不就是那个在山坡上、池塘边自己开辟的小菜畦上孜孜耕作的小农人。

　　那时候我最大的疑虑是关于蓝天、大地的。我望着水一样澄静的闽南夏日的天空,听着不远处水车"吱吱吱"的欢叫声,不停地问自己:这一切是从哪里来的?它们能够存在多久?它们会永生永世存在下去吗?

　　我的外婆告诉我:这一切是上帝造的。

　　我仍然疑惑:上帝是谁造的?

　　我的父亲则对我说,这一切只有科学能解释。我接着问他:科学知道这个世界能存在多久吗？

我的母亲叫我不要想这些,她说:想想你的功课,想想你以后要做什么样的人,这才是重要的。

可是我无法抛开这些问题。我仍旧是想,想,想。想得头都疼了,心里乱七八糟,也仍旧忍不住要想。小镇上的生活和自然界实在挨得太近了,日升日落,云涨霞飞,迟暮的水牛,雨中的炊烟,这一切都不能不牵动我那稚嫩的情思,敏感的心。

想不出来的时候(当然总是想不出来的),我就提了水桶,扛起小锄头到山坡上去浇灌锄草。弯着腰在菜畦里耕作的时候,我发现我的心平实了一些,不再那么茫然惶惑、惊疑不安了。

时间像无声无息的流水,在冥想与耕作的不断交替中,一天天流过去了。

转眼我小学毕业了。

炮声隆隆的"文化大革命",已经张开大网等着我们了。

父亲、舅舅、姨妈、姨父、四姑婆、三叔公,家里的亲朋好友,世交故旧,几乎无一例外地纷纷落网,成为瓮中之鳖,网中之鱼了。

无论多早,无论多晚,我都会突然从梦中惊醒,听见红卫兵咬牙切齿声嘶力竭的吆喝声,看见一个又一个亲人、熟人被专政队员反捆着,推推搡搡,厉声厉色地押到批斗会场去。

高纸帽横七竖八,阴阳头触目惊心,铜锣声声,纸牌遍地,世界像得了癫痫病,口吐白沫,痉挛不止了。

对同类的惊惧恐慌占满了我的心,我不再去想蓝天、白云和白云下的炊烟、炊烟中踟蹰归来的水牛了。

我躲在家里疯了似的演算数学题,会的、不会的、学过的、没学过的,只要我的手指头碰到的,我抓过来就解、就算。世界在我疯狂的持续不断的演算中,似乎变得抽象、单一、宁静了。

这时,我发现我偶尔会想念一个人。这个人是我曾经就读的那所中心小学的大队辅导员。我已经毕业,离开了学校,而他和其他老师仍然在学校里。他们在"停课闹革命"。

我不知道现在我如果遇到他,是否还会认为他英俊、帅气,但当年我确实认为他是我们中心小学的骄傲。不仅仅我,几乎整个年级的女孩子,都无一例外地喜欢他、崇拜他。

我尤其爱听他的声音。他的声音浑厚圆润,是那种非常悦耳的男中音。

有一天我演算完初一代数课本上的最后一道题,突然产生了一种强烈的冲动。我真想去学校里看他,和他说两句话呀。

我真的去了。

我走进学校的大门,走近那个八角形的大办公厅。我听见一阵吵吵嚷嚷、吆三喝四的声音。

我的心立刻抽紧了。最近这种声音实在听得太多了,每次都会引发我脆弱的心脏一阵紧缩、痉挛。

但是想听见那个声音的愿望在一刹那战胜了心里的恐慌。我犹豫着往前走。

立刻我就后悔了。我看见一群人从办公室里吆喝着一拥而出。他们全是我的老师。被拥在中间,头戴纸帽,身挂木牌的是我们中心小学的林校长。

林校长曾经是我们全体女同学的骄傲,因为她美丽、优雅、风度出众,也因为她多才多艺,治校有方。

可是现在林校长低下了她高贵的头。她满脸倦容,被推搡着往前走。

这时从后面又追过来一个老师,他提着一只铜锣、一双破鞋子,边跑边厉声地嚷着什么。

他追上人群,将铜锣塞到林校长手里,然后把破鞋子狠狠往林校长脖子上一挂,一字一顿地说:"老老实实喊:我是叛徒,还是破鞋!"

我已经看清楚了,这个提着破鞋子、厉声厉色的男人正是我们"全体女同学的骄傲"。

他那浑厚圆润的声音此时如此尖锐刺耳,他那张生动帅气的脸也只剩下寒光闪闪、冷酷阴鸷了。

我惊惧地看着他,他也扫了我一眼。那目光很陌生、很寒冷。我从心里打了个冷颤。

闹哄哄、凶兮兮的一群人远去了,我最后扫了一眼他们的背影,离开学校,慢吞吞地回家了。

那个浑厚圆润的声音自然从此在我心里消失了。

留在我头脑中、心灵里的,是对于人的无数疑问。

人到底是一种什么东西呢?

中学时代开始了。这个时代在我们这一代人手里特别短命。从初中到高中,我们总共只有四年时间。短短的四年里,我们学工、学农、学军、学"毛选",我们喂猪、放牛、掏大粪、凿山洞,我们"深挖洞、广积粮",一遍遍地把篮球场、田径场深耕细作,变成高粱地和番薯园。几乎整个中学时代,我们都在不停地挖呀、掏呀、凿呀,以致现在我一想起那个时期,耳边就会响起锄头、铁锹、镐头争先恐后此起彼伏的"哐当"声。

在这小农般的放牧耕作中,我又有机会避开人,和自然独处了。我渐渐不再和大伙儿一起去挖洞、翻地、抬大粪了,我悄悄地逐步地实现了我的目标:成为一个孤独的(同时也是安静的)猪倌兼放牛娃。

每天早晨,我都早早来到学校,切猪菜,煮猪食,喂完一栏猪才坐下来吃早餐。

草草上完两节课后,又到了"学工学农"的时间。我满心欢喜地跑出教室,直奔食堂旁边的牛圈,将我那一老一小两头黄牛放出牢笼。

我带它们来到学校后面的山坡上,看它们低头吃草,听它们哞哞叫唤,忽然觉得生活平和极了、可爱极了。

"躺在山坡上,枕着闽南大地的红赤土,享受着海边自由潮润的风,我不知道自己是否曾经思想,如何思想。我只知道有时我心花怒放,仿佛整个世界都在我面前,都在等待我的首肯,有时则惆怅莫名,见风流泪,见蚁生怜。"

我曾经这样追忆那一段生活,印象中,那段生活确是最少焦虑,最少疑惧的。

我似乎得到了一个小小的喘息,专心致志地沉浸在我所扮演的角色里,不再去思索追问那廓大无边的天、地、人等等问题了。

这些问题直到若干年后,我离开学校到乡村插队,真正成了一名农民后,才又在我心里骤然苏醒,并且日益凸现出来。

那是在"双抢大忙"过去之后一段闲散的日子里,不用早出晚归,天天打仗救火似的赶、赶、赶了,同伴们都松弛下来,睡懒觉的睡懒觉,织毛衣的织毛衣,或者看书、下棋、拉二胡、哼小曲,一派闲散居家的样子。我百无聊赖地躺在床上,乏了就睡,醒来就发呆,觉得生活无聊极了、无谓极了。

童年、少年的疑问此时从遥远的地方一个斤斗翻了回来。世界为什么而存在?人为什么活着?生命为什么是短暂的?生活的意义在哪里呢?

一个知青同伴(他后来成了一名文学评论家),拿了他写的一篇小说给我看,要我提意见。看着他那一丝不苟工工整整的字迹,我怦然心动:

写作,至少写作是可以拓宽生命、延长时间的呀!

我那因敏感而过早地对虚无对死亡感到惊惧惶恐的心在这个瞬间突然有了依托。生活至少还有一样东西是可以让你抓握,让你凭靠的了。

我为这个发现欢欣鼓舞。是呀,万物都会消失,都会死亡,文字却可以不死,可以长留于世的。

显然当时我还太年轻,还不懂得不是所有的文字都可以战胜时间,长青不朽的。

更不懂得即使是人类也未必可以世代为继,绵延不绝的。

我只是真诚地为自己的发现而激动,而欢欣鼓舞。我清清楚楚地知道,尽管前途仍旧渺茫(当时所有的知青都不知道"将来"是什么),但我的生活从此将有一个目标、一种意义了。

尽管我没有立刻动笔,也不知道自己在这方面是否有天分(到那时为止我都相信只要有机会,我将成为物理学家),但十分奇怪的是,我的心里是那么明确、那么坚定。我相信自己此生将是一个作家。

这个预感当然是过了若干年后才开始一点一点兑现的。直到现在,我也不能断定自己就是一个好作家。但是回溯写作缘起,我仍不由得要惊讶:

选择写作,竟然不是由于生活的触发、生活的赋予,而是基于形而上的思考!

所以,当我的孩子五岁时非常焦虑地问我"妈妈,谁能活得比'时候'长"时,我的惊讶只维持了短短几秒钟,我想起三十几年前那个面对蓝天白云苦苦思索、妄想解开宇宙之谜的女孩,立刻明白一种气质、一种命定的角色已经开始延续流传了。它让我欣喜的同时也让我闪过一丝忧虑,因为,大家都知道,思索即意味着痛苦。

由于思索,也由于痛苦,十五年前的那个夏天我拿起了笔,陆续写下了一批记录我的思索、表达我的情感的文字。我不知道它们是否真能如我所希望的战胜时间,超越生命,但是有一点是可以肯定的,那就是它们是真诚的,它们是我十几年心路历程的真实见证。

这也是为什么在《自传》的题目下我写下的严格说是一段"写作缘起",因为真正的自传已经包含在我的全部散文里了。

(1994年)

开　始

那一天我一直在办公室呆到下班铃响。下班铃响彻整个楼道时,我停下手里的活儿,突然清楚地意识到:该走了,安静而孤寂的单身生活结束了。

回到正义路那座树阴掩映下的破旧的小灰楼,提了早已收拾好的衣服脸盆,我最后一次环视这个容纳了我三年的简陋而安静的房间,我对自己说:别伤感了,庆贺孤独生活的终结吧。

新家在遥远的团结湖(那时候觉得那么远),摇摇晃晃的四十三路汽车摇摇晃晃了近一个小时才把我送到那里。我下了车,茫然地朝家走去。

拿出钥匙,打开门,我高兴地发现他还没有来。

把东西胡乱扔在一边,我就地坐下了。审视这个从此将成为我的家的"家",惶惑与陌生混杂而生。

大概也是过了一个小时,他来了。我拉开门,发现他和我一样带着几分茫然,手里也和我一样几分滑稽地提着衣服什物。

我们相视而笑。

一样的既熟悉又陌生,既无拘又胆怯。

然后是两个人一齐忙起来。忙着擦窗擦地,忙着挂窗帘、装灯泡,忙着归置衣服脸盆,也忙着发现——缺东西。

于是又忙着下楼买东西。

缺的东西太多了,锅碗瓢勺,油盐酱醋,什么都缺,什么都是空白。

在商场里转了一圈,斟酌再三地买了一些日用品,两个人都有些沮丧起来。

因为发现婚姻生活这么琐碎,这么繁复,这么事无巨细、没完没了。

而我们两个,却是因为彼此都是书呆子才走到一起的。

我们几乎同样痛恨琐碎的家务、无聊的礼仪。

这也是我们以这样的方式作为我们共同生活的开始的原因。我们希望简简单单。

提着抱着那堆不可或缺的"生活要素",两个人都默默地走路,不再搭腔。

进了家门自然又不得不一阵忙活。他忙着"填补空白",我忙着洗菜做饭。

气氛是可疑的,虽然谁也没有说什么,但是气氛相当可疑。

安顿高压锅的时候,可疑的气氛终于露出了马脚。

两个人莫名其妙地争执起来。原因是什么已经记不得了,只记得两个人都既认真又执著。

这场争执终于结束的时候,两个人都笑了起来。因为两个人这时才意识到,今天是不应该争执的,今天可以算是喜庆的日子,今天是结婚第一天。

说"可以算"是因为我们为了省事声称旅行结婚,我们明天一早将动身回南方老家。

　　到了老家我们也不再举行什么仪式,我们将安安静静地和父母家人共享天伦。

　　所以今天其实就是今后一切的开端。

　　我赶紧贡献出一堆笑容来。无论我们多么害怕繁复,希望简单,我们的生活也不能缺少笑和祥和啊。

　　即将成为户主的人显然也意识到这一点了,他的脸上也有笑容灿烂地绽放开来。

　　于是这一天就以一份笑意永远地留在我们的记忆里了。即使事隔十五年,提起那一天、那一幕,那个莫名其妙的开始,我和先生也会忍俊不禁,一边嘲笑年轻时浮皮潦草的自己,一边说,这就是生活,这就是做了一堆罗曼蒂克美梦的一对青年的结婚第一天。

(1996年)

敲　门

在我读书写作的时候,或者在我发蒙发呆的时候,我常常拔掉电话,紧闭家门,完全一副铁石心肠,谁来敲门都不理会。

可是敲门声常常很快就来了(很奇怪,在我敞开铁门,不怕搅扰的时候,却往往清静得出奇),而且常常是急促有力。我坐在书桌前,听着那急促有力的敲门声,费劲地要求自己不为所动,不去理会。

可是思想就会从已有的跑道中滑出,去倾听,去辨认,去猜测。

会是谁呢?他有急事吗?是否该去开门?

当然心立刻说不。因为已经无数次了,刚刚严严实实地把那个世界关在门外,那个世界立刻有莽撞的使者破门而入。

这一天的思索常常就这样被阻断。

而心里常常就因无聊而悲哀起来。

厌倦接踵而至。

深知自己是另一个世界的人。那里最好有和风,有细雨,有山坡,有草地,有生着火炉的木头房子,有房子里的书、笔和思想。

现在没有山坡和草地,没有旷野的风和奔流的水。现在四周是房子、汽车和密集的人。现在更得守住心灵的空间,守住这些书、笔和思想。

不应声而起就有了充分的理由。

急促有力的声音于是消失了。

重现的寂静中,心的跳动清晰可辨,灵魂重新启动、飞扬。

生活其实不仅仅是动的,它也是静的,是静止不动中的滴答流淌。

至少它有一部分是需要滴答流淌、凝神倾听的。

辨认它的足迹,梳理它的羽毛,有时使我迷惑,有时使我感动。

我乐此不疲。

敲门声又响起来了。

这回,它不再急促有力,而是轻轻的,有些犹豫不决的,探寻似的。甚至是,带着几分温柔的。

那份少有的女性气息,少有的温情意味一下子打动了我。

我知道我不能不应声而起了。

可是我不舍得应声而起。

我贪婪地倾听它,一下,两下,间隔;又一下,两下,间隔。如同轻柔的指法,在琴键上脉脉滑过,奏出悦耳的曲调。

它是女性的吗?是带着关切与友爱的吗?是不屑于咄咄逼人你长我短你争我斗的吗?

心里的感动像雾一样弥漫开来。

我专注地谛听。

可是温柔的声音消失了。

等待良久,我终于起身,去把门打开。

门开了。一张纸条飘落在地。

我拾起来,心里的雾顿时厚重起来,于刹那间交织成纷纷的雨丝。

纸条上写着:

斯妤:

不知道世上有没有你这个人。有你吧,你不在。没你吧,你又存在着。

一个读者

(1994年)

心的形式

欲有所言，却不知从何开始，如何表达，于是常常呆坐案前，任胸中激情汹涌，心绪翻滚，头脑却渐渐寂静，渐渐连绵成一片空白。这样矛盾的情况近来一再出现，令我不由得倒抽一口冷气：难道我已足够苍老，苍老到连激情也不再燃烧，阴鸷寒冷从脑门旋出，徐徐下降，逐一不容分说地将它们扑灭，将它们化解？

而十年前，甚至五年前，激情是常常将我掳为俘虏，将我全身心地摇撼、震荡的。我因它而不眠，因它而颤抖，因它而整夜在稿纸上奋笔疾书，或者神经质地在书房来回走动。

而现在，我只会在书桌前枯坐，预谋似的听寒流南下，点点滴滴将激情化为乌有，化作空白。

空白连绵久了，心里会蓦地一丝颤动。那是一根尘封很久的弦，被时钟的某一声滴答拨动了。

一种过早到来的苍老的目光使我悲哀地看到三十年前。三十年前老屋没有被分割成现在的局促窘迫，三十年前老屋的一楼是宽敞明亮地一贯到底。其中的两个门与其说是门,不如说是门的形式,我常常在两个门的形式间来回穿梭。外公照例坐在太师椅上,时而看墙上的钟摆,时而看来回的我,末了他会说:你比钟摆还匀称。

外公嘲笑我时我就想起瘦削的外婆。外婆静静地躺在那里一片冰凉时,家里到处是哭声。我混沌无知,除了感觉到弥漫在那张床上的冰凉外,我一无所知。事后姨妈们告诉我,外婆走了,到天堂去了。

这个答案很好地安抚了我的迷茫与痛苦。我不再那么深切地暗暗流泪思念外婆那干枯苍老却慈爱无比的手了。我知道了外婆的行踪,而且知道,有朝一日我会再见到她,只要我先做好孩子,然后做好人,我就能在天堂和外婆重逢。

做好人的渴望是那样强烈,以致我常常将好人的标签慷慨地贴到我所认识的人头上。一些人当之无愧,一些人出乖露丑,一些人无所谓好也无所谓坏。我渐渐不懂好人坏人如何划分。

我也不懂好人在坏人眼里是什么。也许什么都不是,也许只是傻瓜一个。

只是随着傻瓜的日益稀少,傻瓜也就越难存活。

除非他心里总有一个声音。除非他大智大慧,向来明白世界的本质,人生的内核。或者除非他憨愚之至。

老屋的二楼有一个不小的阁楼。闽南话称它为"半楼"。半楼有大半个房间大,木质地板,屋顶倾斜,里面堆满了皮箱衣柜,上面覆盖着厚厚的灰尘。

家里人从来不上半楼去。外公说它乱,外婆说它脏,舅舅们说它全无用处,只是旧物堆积处。

我却对它神往不已。我想触摸它那倾斜的木质屋顶,我想打开它惟一的小木窗眺望下面的湛蓝海湾,我想翻动那些旧衣物看时间已经把它们变成了什么。但我一直没有机会。

机会到来时,时间已经又向后翻动了七八年。七八年里外婆外公相继作古,舅舅们逃的逃、走的走。

老屋里只剩下我母亲这一支。

一个月光当顶的夜晚,我听见一阵吱吱扭扭踩踏竹梯的声音。我穿着睡衣奔出房间,看见一个手擎蜡烛小心翼翼往半楼上爬的女人的背影。

这女人扭头看我时我证实了她是我母亲。

母亲让我回房继续睡,我很坚决地说"不",然后紧随其后爬上了半楼。

半楼上的灰尘足有两寸厚。母亲顾不上掸它们,便神情紧张地翻箱倒柜。

我贪婪地巡视那些打开了的皮箱衣柜。好多年来我就渴望见到它们。如今它们果然裸露在我面前了。它们是成箱的绣花衣、绣花鞋、珠子拖鞋、镶金边的餐具、茶具等。

最能证明时间流动的是一柜子黑漆剥落,显得斑斓苍老的福州漆器,和一箱书皮书页都已泛黄的书。

后来才知道尽管那几年家境窘迫,外婆却仍然将这些可穿可用的东西尘封在半楼上,是因为它们全是旧时代的标志,而旧时代是已经结束了的。

而母亲夜半爬上半楼,仍旧不是为了发掘利用旧时代,而是为了更彻底地掩埋它。

当满面灰尘的母亲将搜拣出来的东西逐一搬到楼下时,

灶膛里的火已经烧起来了。我坐在灶膛前,将母亲递给我的旧时代,一张张一件件地塞进灶火中。

灶火燃烧了大半夜。

第二天,横扫四旧的大抄家便开始了。

那个夜晚发生的一切如今已经变成背景,默默伫立在我身后,我频频回头,是因为那里面不仅有历史,还有一份悲凉的美、凄怆的美。我真正痛心、深感遗憾的是当那灶火快要熄灭时,母亲又匆匆走来,递给我一本厚厚的浅褐色的书。

我一眼就认出那是《新旧约全书》,是外婆在世时常常捧在手里放在枕边的。

母亲让我将它撕开,一张一张放进火里。我犹豫了一下,照办了。

火苗重新升腾起来时,我心里一下子空空落落起来。我下意识地回头瞥一眼母亲,看见一向坚强的母亲满眼泪光。

告别老屋并不像我设想多年的是北上清华去读物理系,而是背着行李挟着镰刀锄头南下到钟子尾当农民。钟子尾的祖厝已年久失修,变成大队的杂物仓库,却仍然拨出几间护厝来做我们知青的集体宿舍。

有一天,护厝的天井里出现了一个疯癫女人。这女人叫阿秀,是队长的妻子,平时沉默寡言面目清秀。有一天,她突然亢奋激昂妙语连珠,说起话来手舞足蹈形同巫师。她爱上了我们护厝里的天井和护厝里的知青宿舍,便一连几天驻足护厝不肯离去。

我当然十分同情她。我当时十九岁,却自信如果我能好好和她谈谈,我便能疗救她。于是,我一连几天不去出工,命令自己不离左右,一定要和阿秀交朋友。

阿秀似乎也乐于和我做朋友。她躺在我的单人床上,眼睛看着对面的我,嘴里振振有词。她目光炯炯,声音嘹亮清晰,思绪却极不连贯。我捕捉她的词语,追踪她的思路,竭力想跟上她,她却总是轻而易举就将我甩下。她像一个冲浪好手,时而在波底徜徉,时而在浪尖跳宕,潇洒自如,好不惬意,而我却像一个溺水者,竭力划动双臂想浮出水面,却总是刚看见陆地便又无可救药地沉坠下去。

几天下来,她宣泄得淋漓尽致,我疲惫得心力交瘁;她春风得意,我萎靡不振。我终于明白,我的自信远不如她的自信,我的能力也远不如她的能力。假如再持续几天,得到纠正的将不是她而是我——她将成功地使我说起话来如她一样手舞足蹈。

事实上在我命令自己放弃努力时,我已感到神思恍惚。

可是多年后我不再分辩就完全同意步她后尘。我把家族传统和清华物理系完全扔到了脑后。我想我之所以置父亲和自己多年的愿望于不顾,之所以成为如今的样子(如今我至少外表苍老憔悴,孤僻怪异,而且常常显得心不在焉),很大程度上是受了阿秀的宣示,说轻点也是受了她的暗示。

在护厝的天井里坐着,蓬松着长发,苍白着鹅蛋脸,双耳别着玉兰花,扣子眼里斜插着一棵棵蜈蚣草,目光如炬神情亢奋的阿秀在我看来越来越具有一种不可思议的美,一种不可企及的神秘的自由。

钟子尾的海滩则是从一开始便不可思议地尖锐凌厉。初冬的凌晨,赤着脚丫扛着扁担镰刀摸黑走下海去真像走向炼狱。正是落潮时分,海水在远远的地方躺着,你看不见它们,但你能感觉到它们。长满海枷椗的海滩裸露在我们面前,要走近它们可不是容易的事,那必须走过一条很长的铺满了锐利矿砂的"海上田埂"。那些棱角分明粗壮锐利的矿砂在赤脚下与其说是沙砾不如说是玻璃碴,它扎得我们鲜血淋漓疼痛难忍。但我们必须忍着,哪怕我们每走一步都钻心般疼痛,我们也得坚忍着,因为我们别无选择。

在烂泥里砍割海枷椗更是可歌可泣的事。手上、肩上的枷椗越多,烂泥就越起劲地将你往下拽,直拽得你惊慌失措,终于知道它太有可能让你没顶,像吞个药丸似的一古脑儿将你吞下。仗着农人的帮助,我终于从险境里逃脱。抹抹额上的冷汗,还是别无选择,只好轻叹一口气,再次弯下腰,挑起那如今已山一样沉重的两大捆海枷椗。

扁担在肩上压着,海枷椗在烂泥里拖着,我跟跟跄跄走出海滩,走上"海上田埂"。这时,天已放光,水渐清冽,我看见前面的女伴每走一步,脚下都飘出一朵血花来。那血花的形状像极了北方冬天窗玻璃上的冰凌花。

这是头一次明白人生要跋涉要承受的太多太多,可以安享可以选择的却那样稀薄有限。

也是头一次明白幸福可以不必富丽堂皇、有声有色。幸福只需一份休息,一点悠闲。甚至只要空着肩,甩着手,在熙熙攘攘的中山路闲逛,便是幸福,便是奢侈。

有一种感觉像山一样沉重,又像空气一样飘忽不定,我有时真切地感到它来了,但很快又感到它头也不回地走了。我无法确切地说出它是什么,但我知道它走后我出奇的冷静,出奇的坚韧不拔。

写过一系列拙劣却连续二百五十二个星期高居畅销书单榜首的丹尼尔·斯蒂尔,说过一句深刻又饱含悲怆的话:

"女人在一生中至少有一次爱过一个王八蛋。"

她说这话是因为女人有太多的爱也太渴望爱,而男人,这个世界上叫做男人的又有太多可以画入她所诅咒的范围。

我常想假如丹尼尔·斯蒂尔预言的错误不可避免,那么就让它在中年时来吧。青年时它会是一道创伤,伤害你影响你直至终老,中年时它也会疼痛,但它很快便会化作养料,滋养你丰富你直至你终于化作纷纷骨灰。

我最没有想到的是在我三十五岁这年还会发生那样惊天动地的事。这件事整个儿把我罩住了闷住了,使我整整一年回不过神来。我提起它来嘴会打颤,想起它来心口会一阵阵疼痛。我甚至在很长一段时间里患了失语症。我不知道自己是谁,更不知道人是什么。我也不知道自己能不能恢复语言能力,假如我能,我将开口说什么。我只知道自己一下被掼出了轨道,心像一匹脱缰的野马,狂暴凌厉地在茫茫荒野上奔跑。

我甚至不知道生存有什么意义,人类有什么意义,地球有什么意义,宇宙有什么意义。人类如果只剩下刻毒与邪恶,人类为什么不懂点廉耻即刻自焚?

有一种渴望老在我心底盘旋。它让我透视人类的渺小,人生的无谓。它抹掉尘世虚假的光泽,还它以本来的幽暗与芜杂。它是一个警句,一条格言。是一个质疑,也是一份回答。它是惟一的永恒,惟一的真实。它使我在厌倦的同时能够观照,在沉溺的同时能够警醒。

只是女人是不可理喻的。更多的时候,她听从的只是她的心。当周期性的悲哀重又到来,我知道我会再次沉沉坠落,心一下便抵达那静得让人悚然的最后边界。

这就是为什么事隔多年我一提起笔来仍旧矛盾重重,为什么激情降临时我的头脑一片空白,为什么此刻我要再次重温自己的心,一遍遍地咀嚼造就这颗心的每一份原料。

(1991年)

幻 觉

小时候,父亲常常对我们说:

"你们三个孩子,都是捡来的,只是捡的方式不同罢了。"

弟弟妹妹便着急起来,争着问:

"怎么不同呢? 我是在哪儿被妈妈捡到的?"

父亲笑着对妹妹说:

"你呀,是妈妈在小河边洗衣服时,一个从上游漂来的木盆把你送到妈妈手里的。"

然后拉过弟弟的手,说:

"你呢,是八月十五涨大潮之后,在咱们家后面的海滩上捡到的。你躺在那里哭呀踢呀,弄得满脸满身都是泥!"

我知道父亲要编派我什么,赶紧连声抗议:

"我不是从山上的石头缝里长出来的! 我是外婆的孩子,所以我是外婆生的!"

那时我有六七岁了,却仍然相信自己是外婆的孩子。因为外婆一向爱我疼我待我如晚年生养的幼女,她虽已故去一年多了,我却仍然自视是她的孩子。

而弟弟妹妹就会拍着小手嘲笑我:

"姐姐是石头缝里蹦出来的！姐姐是一棵草！"

我不喜欢人家说我是草,更不喜欢和弟弟妹妹不一样。弟弟妹妹都是河里海里漂来的,都是和清爽美丽的水有关的。而我呢,一棵从石头缝里蹦出来的,丑丑的、瘦瘦的、可怜巴巴的草!

但是说来也奇怪,我后来果然是偏爱在山坡上、菜地里播种浇灌,而不喜欢在河里、海里泅水划船的。

我这个海边人甚至有些怕水。

我的性情呢,似乎也偏于厚重呆板的一类,不够灵动,不够活泛。熟悉我的朋友有的说我憨,有的说我死心眼儿。

所以有时我会顿生幻觉,以为自己真是山上石头缝里走出来的。尤其当胸腔里的那颗心被生活打磨得越来越冰凉,越来越坚硬的时候。

当然更多的时候我知道自己是什么。因为更多的时候,我是那么害怕人性中的荒芜与丑陋,而强烈地渴望温情与友爱,渴望超越与升华,并由此萌生了以笔为戎,为苍凉的人性加温,为黯淡的人生着色,并竭尽所能为"仅此一次"的存在再绘一个幻想世界的愿望。虽然我知道这其实仍是西绪福斯式的无望劳作。

这最后一句话无意中又证实了那个关于出身的幻觉——西绪福斯苍凉却美丽的劳作正是以高山和巨石为前提的。

(1993年)

爱情神话

台湾张晓风女士写过一篇温婉动人的"爱情观",她说:

爱一个人就是满心满意要跟他一起过日子,天地鸿蒙荒凉,我们不能妄想把自己扩充为六合八方的空间,只希望以彼此的火烬把属于两人的一世时间填满。

爱一个人原来就只是在冰箱里为他留一只苹果,并且等他归来。

爱一个人就是在寒冷的夜里不断地在他的杯子里斟上刚沸的热水。

爱一个人就是喜欢两人一起收尽桌上的残肴,并且听他在水槽里刷碗的音乐——然后再偷偷把他不曾洗干净的地方重洗一遍。

等等。等等。

张女士的爱情完满甜蜜,令我感动也令我钦羡,可是这样完满幸福的爱情毕竟寥若晨星,在众多有缺憾的人生看来,它近乎神话。

对我来说,爱一个人就是欣喜于两颗心灵撞击爆发出来的美丽时,在心中一遍又一遍地祈祷这不是幻影,也不是瞬间,而是惟一的例外,是真实的永恒。

爱一个人就是即使虚妄即使短暂也仍抑制不住馈赠的冲动,而终于伸出手去,递上你的心你的灵魂,哪怕梦幻再度破碎,哪怕灵魂从此分裂,你无力拒绝那样若有若无若远若近若生若死的一种情感。

爱一个人就是当他审视你时,你平生第一次不自信,于是时光倒流,你一夜之间回到二十年前,那时在你小女孩的心中,除了渴望美丽还是渴望美丽……

爱一个人就是真切地想做他的左右臂膀,做他的眼睛,甚至做他的闹钟——当平庸的现实、丑陋的现实张开大口逼近他时,你要在他心里尖锐地叫起来,使他一个箭步,潇洒地跳开。

爱一个人就是从不写诗的你居然写下这样的诗句:多么想有你的电话从天边传来／多么想有你的问候伴一束鲜花／多么想在雷雨交加的正午有你顽强的臂膀支撑／多么想共下舞池和你在那清丽的夜晚／多么想当老迈病痛的晚年到来和你相视而笑／多么想在这忧伤沉闷的夜晚有你突然从天而降。

爱一个人就是渐渐对他滋生出母性情感,爱他所长,宽宥他所短,并且一改不爱写信、不爱记事的习惯,不断将你的感受、发现、读书心得写下来寄给他,希望一封接一封的长信,能使他开阔,使他丰富。

爱一个人就是面对巨大的心灵距离却视而不见,反而时时刻刻庆幸你的富有。你相信这个世界上快要消失的那份真情正牢牢握在你手中。你看见晨星会笑,看见晚霞会颔首,遭遇晦暗的严冬也不再皱眉。你以微笑面对一切,因为你感觉比整个世界都强大。

爱一个人就是明知不可却不断重复致命的错误：倾诉你的情感与思念，倾诉你对他的珍惜与依恋，并且自欺欺人地相信他没有一般男性的浅薄与无聊。

爱一个人就是在极度失望后，保险丝终于嗞嗞地燃烧起来，枷锁卸下，心重新轻松起来，自由起来，可是只要一句话，一个关切的神情，就会轻而易举地将你扔进新一轮的燃烧。

爱一个人就是一边怨恨他一边思念他，一边贬低他一边憧憬他。刚刚下逐客令宣布永不再见，翻转身却又七颠八倒地拨动电话寻找他。

爱一个人就是有一天当幻影终于彻底还原为幻影，真实终于完全显露出冷酷时，你虽有预感却仍旧目瞪口呆。你的心口一阵痉挛，你的大脑出现空白。你不相信这是真的，不相信你最珍惜的原来最虚幻、最孱弱。

爱一个人就是从那天起你不再怜悯聋哑人——没有语言能力的人不必倾听谎言、信赖谎言。没有语言能力的人不必为冰凉的语言所伤害。心灵永远只为心灵所审视，心灵永远只为心灵而洞开，聋哑何妨？

爱一个人就是大恸之后终于心头一片空白。你不再爱也不再恨，不再恼怒也不再悲哀。你心中渐渐滋生出怜悯，怜悯曾经沉溺的你更怜悯你爱过的那人，怜悯那份庸常，还有那份虚弱。

这时，爱一个人就变成了一段经历。这段经历曾经甘美如饴，却终于惨痛无比。这段经历渐渐沉淀为一级台阶——你站到台阶上，重新恢复了高度。

(1981年)

幻想三题

情　人

　　有那样一个人，不必高大英俊，不必潇洒自如，他只需心灵高贵，富于激情，有才华，视创造为生命；他只需懂得爱、珍惜爱，明白人生是有比蝇头小利更重要更珍贵的，明白两颗心的结合叠印在鸿蒙荒凉的宇宙间是多么温馨，那么，当他在我视野里出现，我会一眼就把他认出，并且毫不犹豫地将自己交给他。

　　我会一改苦行僧式的生活，不再终日将自己关在书房里，冥思苦索，念念有词；不再三年不进时装店，不知摩丝为何物，口红哪种好，也从此不会心不在焉，魂不守舍，天天作穿越时空的"精神游"。我会醒来便灿烂地微笑，迎着晨曦梳洗，精心修饰，让每一次会面，都成为他的节日。

　　我会追踪他的目光，揣摩他的脸色，细细回味他的每一句话。当他凝视我，我会任凭自己颤栗，一次又一次燃烧。他要我笑，我不会说"不"。他要我死，我不会苟活。他说跟我来，我会立刻丢下一切朝他奔去。

他不满意我的时候,我会伤心落泪以至失声。他赞美别的女性时,我会心如刀绞,头一次领受嫉妒的痛苦。而当他埋头他的工作时,我会端茶递水,悄声细语,仿佛一个旧式的妇人。

我的心将因他的注视而绽放花朵,我的灵魂将因他的抚慰而日日升腾。我将因幸福而呜咽,因幸福而恐惧。我害怕这不是真实,害怕幸福不过是个梦。

很不幸这当然只是梦。梦中的情人永远不会在真实世界出现——万一他出现,也必定不在我的生命轨迹内。

即使他出现,即使他在我的生命轨迹内,我知道我也会拒绝他。因为有了他,我将沦为情感的奴隶,我将不幸永远是"恋爱中的女人"。恋爱中的女人虽然可羡然而又是多么可悲可叹啊。我不要这样的生活,今生今世,我惟一想做的只是:文字的情人。

女 儿

常常想再有一个女儿。有她在我怀里蠕动,有她对我微笑、对我呢喃。

一天的劳作结束后,有她的童床在卧室里散发芬芳,有她的小脸在灯下灿烂,如同一朵粉红的玫瑰。有她微微的鼻息,喷洒在我悠远的梦乡,有她银铃般的笑声,将我从沉沉黑夜中唤醒。无论月明月黑,无论何时何地,只要想到她漆黑铮亮的眼睛,想到她吸吮手指时的专心致志、不依不饶,我便会从心里笑出声来,从心里感谢这充满艰辛却也丰富丰满的生活来。

我想像有了她,六岁的儿子便成为大哥,充当骑士。他将领导她、呵护她,和她嬉闹,给她训导。偶尔起了争执,便一齐跑到我跟前,争着告状,争着讨要母亲的公道。我呢,自然将貌似公允,其实暗中偏袒,给小女孩以特权。纷争排解后,我当然要一手揽住大的一手揽住小的,将嘴唇轮流凑到两个孩子的额头上。

有了儿子再有女儿感觉一定是不一样的。儿子是父亲的翻版,女儿是母亲的后继。女人的一切,包括初潮、包括恋爱、包括婚姻、包括生儿育女,你都可以逐一传授。你要她聪慧,要她美丽,要她有教养、有善心,要她懂得爱更珍惜爱。最重要的一条是,你会在适当的时候给她最要紧的忠告——你将告诉她:假如她爱一个人,千万别让他知道。

想女儿想了不止三五年,这自然不合国情与国策。好在不过是想想而已,决无付诸行动的念头——假如有一天我家里多了一个小女孩,你一定不要奇怪,那准是我从邻居家连哄带骗带回来的——当然是为了满足一下对女孩儿的渴念。

挚　友

曾经有过的好友都已远走高飞,浪迹天涯。失去她们才知道知心知音的朋友是多么难能可贵,多么可遇而不可求。而且随着人生的渐次展开,思想的日趋成熟,对好友的要求也越来越高,甚至几近苛刻了。

再出现的好友必定也是女性,必定仍旧聪慧,仍旧美丽。或者可以不十分美丽,却必定有某种不凡的秉性,独到的气质。或者必定是心地善良,品格纯正,不狭隘,不嫉妒,不鸡零狗碎,飞短流长,更不利欲熏心,不择手段。她必定是落落大方,坦荡真诚,做人做事都大度大气。你可以和她交心,更可以和她争吵。你们可以三月五月见不上一面,但见一面就能充上一年用的"电"。你欣赏她的锐气、闯劲儿与生活激情,她则珍惜你的善良、温情和对艺术的偏执。你们互为补充,相得益彰——当你们两人站在一起,某种完美便出现了。

有了她,面对人性荒凉,人生错谬,你的无奈与孤独要减少几分。至少,当你伤心甚至于失声时,你不必转过脸去,独自向隅而泣。

而她,也不必常常打肿了脸充胖子。明明伤痕累累,却只能笑口常开,明明疼痛难忍,却开口便道"天凉好个秋"。哪一天疼急了,她会旋风似的卷来,在你书房里痛哭痛骂。你甚至什么都不必做,你只需静静倾听,不停地往她杯里加上滚热的咖啡,半个小时之后,她便会雨过天晴,渐渐平复,重新安顿下来的心,再次充满了生的意志……

如果这样的友情也只能是个梦,那人生就太残酷、太苛刻了。但愿完美不通常只是梦,赤诚和谐不通常只是梦。只有一点我有十分把握,那就是:假如她在我视野里出现,我知道我不会错失她。

(1992年)

凝　眸

窗外,雪夜的路灯扭曲,拉长,微微摇曳如蜡烛。

夜色清冽。空气清冽。薄冰迸折有声。我拥着我的太阳,室内春光如注。

儿子在我臂弯里熟睡。

呱呱坠世的啼哭粗犷而嘹亮,熟睡的产院乍然惊醒。不用护士通报,我已明白,从我瘦弱的体内跃出的,是一颗滚烫有力的火球。

儿子,我期待你已久。

水仙已两年不曾开放,夜来入梦,也久已没有柔风细雨。他说,儿子将走进我们的怀抱。我说,我将因此而新生。

儿子,你真的来了。

核桃一样肿胀的眼睛,偶一睁开,只是线一样细的缝;厚厚的嘴唇终日噘着。鼻子扁平,额头扁平。在同室的婴儿中,你是最丑陋的。你的父亲因此而深深失望。而我却坚信,你是漂亮的,不是因为你是我们的孩子,只是因为,你的哭声比谁都嘹亮,比谁都放肆。

就在这时,你又哭了,依旧嘹亮,依旧放肆。

每日清晨,我抱着你,在林阴道上作长时间的散步。我指给刚弥月的你看晨星、晓月、蓝天、白云,你却茫然,只把目光短促地投向身旁的迎春花和绿草坪。我意识到自己的可笑,于是给你指迎春花、绿草坪,你却不再理会。你闭起眼睛,酣然入睡。你在我的臂弯里熟睡,没有一丝一毫的迟疑。你全然不理会拥着你的是谁,不理会她将把你带向何方,你只是毫无顾虑地熟睡着。你信赖人,信赖这个陌生的世界。你使我的心灵,又一次怦然。

孩子,正是你们纯真的信赖,激发了与天地共存、与日月争辉的爱与责任。

那天早晨,醒来已是阳光灿烂,市声嘈杂。窗帘静静地立在一旁,暖气格外逼人。我走到你的床前,把沉淀了一夜的爱一夜的牵挂带给你。你凝望我,眼珠黑得发蓝。我们彼此凝视着,久久。突然,你的唇际绽出一缕微笑……

窗外的太阳,窗外的市声,窗外的一切一切都消失了,惟有你,你的光芒万丈的微笑,高悬在我颤栗的空中!

这是你初次的微笑呵!——你来到这个世界仅三十六天,你还什么都不懂。你不懂得转动脑袋,不懂得挥舞双手,不懂得手势,不懂得语言,可你懂得了——爱!你懂得被爱的美好,你懂得回报爱以深深的爱!

儿子,从此我的空中永远有一方微笑的太阳了。不管我到哪里,不管那里云怎样浓,雾怎样重。

你一天一天生长着,你长眉毛,长指甲,长头发,长牙齿,长所有的骨骼与肌肉。你每天都带给我崭新的面貌、崭新的喜悦。而我,那青春不再的躯体里,生长着的却是日益的疲惫与虚弱……

身的疲惫加剧着心的疲惫。极度疲惫了,便要寻找发作,寻找毁弃。

可是你在我的怀里蠕动。你埋着头寻找,急切地"吭哧"着,然后抬起头,乞求的目光直逼我心底。你不停地蠕动,不停地寻找……

我的愤怒夭折了。

当你开始贪婪地吸吮,心的风暴已成过眼烟云。疯狂化作一泓清水。涟漪静静扩散,静静扩散……

孩子,你使我强壮。你使我远远逃离了那极度的痛苦,那疯狂。

窗外,雪夜的路灯扭曲,拉长,微微摇曳如蜡烛。

夜色清冽。空气清冽。薄冰迸折有声。我拥着我的太阳,室内春光如注。

儿子在我臂弯里熟睡。睡梦中仍忍不住他一再的微笑。

(1986年)

生命·神启·爱

> 从我知道腹中怀有一个新生命的那一刻起,我变得无比虔诚。
>
> —— 题记

决定不生孩子不是不爱孩子,而是太爱孩子。因为太爱孩子,所以看见六七岁的孩子背着沉重的书包横穿马路,在汽车与自行车的夹击下怯生生地左右躲闪,心里便涌出恐惧,涌出对无力处处照拂孩子的为人父母者的悲悯。也是从那时起,我发愿如果我要孩子,我一定要有汽车,可以每日从容地接送孩子,如果我买不起汽车,我就不要也不想孩子。

当然立刻就知道自己这辈子是买不起汽车的,所以这辈子是不会有孩子了。

其实岂止买不起汽车。以我们当时每月每人四十几元的工资,一间十四平方米的住房,我们连保姆都请不起。

而我们,尤其是我,还想在工作之余读书、写作,并且给自己规定了很高的目标。

所以,婚后整整四年,我们绝口不谈生儿育女,因为定论早已在那里横着。

可是有一天,在前门东大街那幢十层大楼里,我从楼梯上下来,看见我的同学刘小雁和她的母亲朱洪并肩站在电梯门口,正亲热地谈话。

弥漫在她们之间的那种亲密、亲切、亲情使我怦然心动。我顿时明白,我多么希望有这样的情境:一个你生养的孩子,一个与你齐肩高的孩子,他是你的骨肉,也是你的朋友,还将是你的生命在这个世界的奇妙延续。

我心里开始滋长起种种理论来批判自己那已经矗立了四年的不切实际的"贵族念头",驱逐心里那由于爱而膨胀起来的恐惧与忧虑。

我对自己说:没有汽车接送可以用自行车替代,自行车不可能可以步行接送……车到山前必有路……还有,那么多孩子都过来了,我的孩子难道就特别娇气?

至于保姆,至于狭窄的空间,至于本来就少的时间,还是那句现成的话:车到山前必有路。

于是诞生了四年的决定在一夜之间推翻了,原本那么充足的不该生育的理由现在全成了应该生育的论据。

奇妙的是曾经激烈赞成前决定的丈夫现在也热烈地赞成现决定。

更奇妙的是,孩子也恰恰在这时候降临。准确地说是恰恰在这时候知道孩子已经降临。

儿子一出世,就给了我一个下马威。出世第四天,他便感冒、拒食,第七天更是抽搐、惊哭地闹起来。常常母子都疲倦了,各自躺在各自的床上,眼看要沉沉睡去,他却突然惊叫一声大哭起来,吓得我"嗖"地从床上跳起来,两步抢到他床前,一把将他抱在怀里,虚弱的心脏和着他尖厉的哭声"突突"乱跳。毫无经验的我认定这是闽南民间说的惊风,便猴枣散、惊风散地弄给他吃。小小的孩子却精明,舌尖一触到药味,便顽强坚持地顶住,怎么也不肯咽下肚去,弄得我又急又愁,毫无办法。

于是便绞脑汁。最后终于想起可以利用哺乳替他吃药。认为他有火便替他喝板蓝根,认为他惊风便替他吞惊风散,相信从我身上流出的乳汁能将药性送到儿子体内。

妹妹见状大惊失色,因为虚弱的产妇连蔬菜水果都不该吃,何况大寒大凉的板蓝根?

奈何已为人母的人心中已没有自己,看着那么丁点大、那么脆弱的小生命被抽搐搅得食不甘寐不沉,做母亲的连针都愿意为他吞,何况吞碗药?

于是在妹妹的责备声中坦然地吞下板蓝根、惊风散,然后急切地将乳头塞到儿子嘴里,一心一意期待奇迹发生。

然而奇迹并没有发生,儿子仍旧一次又一次地抽搐、惊哭。

最后是在一个大雪纷飞的早晨,未出月子的我终于裹得像颗大粽子,和丈夫一起带儿子去西苑看号称"小儿王"的老中医。

老中医九十多岁,白发飘飘,誉满京城,是唐弢老先生的朋友。走进他的书房兼诊室,满屋的线装书,满墙的名人字画、要人字画,这才知道高龄的他目前只为名人要人家的孩子看病,若不是唐先生介绍,我们绝不可能坐到他的诊室来。

老中医很快就断定儿子并无大毛病,只不过有些虚火,很清醒地开了些金银花后,老中医便不再清醒,思绪回到"文革"期间,抑扬顿挫地背起语录、唱起造反歌来。

后来才知道儿子的抽搐在西医看来,其实仅仅因为缺钙。喂了些鱼肝油和钙粉后,儿子便不再闹了。

他开始酣睡,醒来便灿烂地微笑。吃完奶则咿咿呀呀地表达他的满意与幸福。

我常常扔下一大堆家事不做(堆积如山的尿布啦、泡在水池中的碗筷啦,还有不洁的地板、不整的厨房等等),长时间地守在他的床前,学他的节奏,和他一起你一声我一声地哦哦呀呀对起话来。

儿子显然很满意这样的交谈,他凝视我,嘴里的哦哦呀呀更加急切、更加亢奋了,目光充满了欣喜、感激与理解。

而我的哦哦呀呀也越发真切,越发完美自如地传达出我对他的爱、理解与期待了。

我想我将全心全意地哺育他教导他。我要他有健康的体魄,丰厚的智慧,完整的人格。我要他懂得爱,懂得善,同时也懂得恶,懂得战胜恶、超越恶。我要他始终有圣洁的理想、不息的激情,有执著不渝的精神。而我所热爱的艺术——语言、绘画、音乐,也将成为他人生旅程上的长明灯……

这一幕距今竟然也已五年多了。那个在童床上幸福地哦哦呀呀、领会母亲深切绵长的爱的胖婴儿如今已是清瘦俊逸、动辄呼啸的小男孩。他现在是时而温柔仁爱,时而淘气作恶,常常故意大声念一首不知从哪儿学来、被我宣判为"禁歌"的儿歌:

小河流水哗啦啦
我和迈克去偷瓜
迈克偷仨我偷俩
迈克逃跑我被抓
迈克在家吃西瓜
我在法院写检查
迈克在家嗑瓜子
我在牢里挨鞭子

儿子第一次高烧不退,我彻夜不眠,整夜守在他的床前,用兑了水的酒精给他物理降温。

有限的一点酒精用完了,我从食品柜里搜出"五粮液"就往脸盆里倒。

丈夫次日起床,看见床头柜上那倾倒一空的酒瓶,会心地笑起来。

"你很潇洒。"他说。

其实我是最不潇洒的人。

儿子四岁那年,因为种种原因,反复思考后终于动念去欧洲研修。手续办到一半时(这一半已是脱了一层皮,耗费了不少精力),儿子突然病了。

儿子照例是高烧,我照例是守在床前用稀释的酒精为他降温(除非万不得已,我绝少给儿子服退烧药,而总是用累人但更安全的物理降温)。看着儿子那烧得通红的脸庞,看着他的倦怠与无力,我心里的疼惜达到了极点。

我想我若是走了,儿子再生病,谁像我这样精心照顾他、守护他？谁能科学地判断他的病情,给他服最必需最对症的药(要知道医生经常开好几种药,有时互相冲突抵消,尤其西医也开中成药,但他根本不了解中药的药性。而我在孩子诞生后曾认真研究过中医中药,自信已略通医道)。就算家人能够做到这一切,可又有谁能替代一个母亲,将母亲那浓烈的爱、浓烈的关切,通过母亲固有的生理密码传递给孩子,使他安心,使他不断获得力量？

即便在他健康的时候,谁来根据天气的冷暖给他穿最合适的衣服？谁来科学地掌握他的饮食,使他不过饱也不过饥,不上火也不腹泻,不营养过剩也不营养不足？

而当父亲的急躁、严厉频频发作时,谁来抚慰孩子受伤的心灵,以绵长的爱驱赶蒙上他心头的阴影？

在我做出赴欧洲学习的决定的那天晚上,我同时决定的第一件事是,远行的前一天,我要在书房、卧室、厨房、门厅遍贴一句话：

别忘了他是一个孩子！

这是因为做父亲的常常忘了他还只是个孩子,而往往像要求大人那样要求他。

我还要给丈夫开列长长的一张表,详细注明什么温度穿什么衣服,什么情况下吃什么食品,什么症状服什么药,甚至什么天气可以带他出去玩,什么天气就该老老实实呆在家里……

而现在,看着在高烧中昏睡的孩子,我知道我哪儿都不想去了。哪怕给我一个国家,给我一顶皇冠,如果要我在孩子和它们之间选择,我也会毫不犹豫地拒绝它们,而选择留在我的孩子身边。

甚至是为了我所迷恋的、一向视为生命的写作,我也不肯付和幼小的孩子分离的代价了。因为对我来说,孩子远胜过自己的生命。

孩子是聪颖的,他对母亲的心、母亲的爱了解得一清二楚。

他的心里也充满了对母亲的温情。他常常对小朋友说:"我的妈妈是世界上最好的妈妈!你们的妈妈都不如我的妈妈!"

有时候看电视,看见漂亮的女性,我会说:"这女人真好看。"

而他立刻就会很认真地反驳说:"不,她不好看!我妈妈才好看!"

只有一次例外。那一次,他破天荒头一回夸奖起一个演员来。

"这阿姨真好看!笑的时候真好看!"

我和丈夫都惊讶,连忙端详那演员。一看,我们便会心地笑起来。

原来他欣赏的仍旧是他母亲的类型!大眼,大嘴,脸部线条起伏较大,属于热带风格一类的。

而那演员笑起来时,真是和我有几分相像。

有一个时期,儿子以为人是可以长生不老的。当他知道等他长得像父亲一样高,可以潇洒地请妈妈跳舞,妈妈却已经变成一个老太婆时,他非常吃惊,而且非常悲哀。

沉默良久,他很坚决地说:

"那我就不长了,我要妈妈永远年轻!"

儿子当然也会利用母亲的爱、母亲的弱点淘气胡闹。尤其父亲不在家的时候,他那种解放感简直不亚于摘掉紧箍咒的孙猴子。

而当他胡闹时,不讲理时,我无论怎样板起脸教训斥责,甚至打他的手心,他都无动于衷。

他知道母亲很快就会多云转晴,甚至会为了抚慰他而不惜在天边架起彩虹。

我意识到自己的错误,所以在他五岁生日那一天,我下决心收敛自己的感情,不再经常亲他、抚慰他了。

我对自己说,孩子已经长大了,再不是我怀里那个胖乎乎的小婴儿了,该是培养男子汉,培养完整人格的时候了。

但是想亲他、疼他的冲动总是油然而生。每次我都是尽力控制,将这股温情留到晚上,留到他熟睡之际。

每天晚上当他在梦乡里甜蜜地滑翔时,我都会在他身边喃喃细语,倾诉一个母亲的爱,倾诉人类对自己纯真童年的赞美与崇拜。

儿子渐渐长大了,他开始进入崇拜父亲蔑视母亲的时期了。

出去散步,他总要甩开我的手,跑到父亲那边,和父亲一起昂首阔步。

父子俩出门,我对着儿子左叮咛右叮咛,末了又一次问他听清没有,他则不客气地说:"没听清!"

然后他转头对父亲说:

"女人真啰唆!"

也是这个时期,他不再一味赞美母亲了,他对我说:

"我们班的王溪真好看,她笑起来特别好看。我真喜欢她!"

"你怎么喜欢她呢?"

"我要爱她,给她做饭、洗衣服!"

"那妈妈呢?妈妈好看还是王溪好看?"

"王溪比妈妈还好看!"

"那你给妈妈做饭洗衣服吗?"

"不给了!"儿子坦率地说。

分娩的时候,那十六小时阵痛曾经折磨得我死去活来。那种痛苦绝不是男人可以承受的。即使是女人,即使是耐力、韧性比男人强十倍的女人,即使是深爱着腹中胎儿即将做母亲的女人,若没有缔造之神暗中帮助,也是很难挺过来的。

我有一个老师就被分娩的剧痛锯坏了神经,产后精神失常了。

而我当时,如果身边有一支手枪,我也可能会抓过来对准自己扣动扳机的。

当然我不会那样做。因为我除了呻吟外,心中正在不停地祷告。

但是现在,分娩的剧痛渐渐远去了,留在我身心里的,只有对新生命的热爱与赞叹。

我真想又有一个婴儿抱在手里,有她在我怀里蠕动,有她对我微笑,在我身边酣睡。

我想这回该是个女儿,一个很像我却比我美丽比我聪慧的女儿。

虽然我知道此生不会有女儿了。但我仍旧常常想到她,想像她降临后家中的欢乐。

儿子明年就到上学的年龄了。一想到他就要脱离幼儿园老师的庇护,独自一人在学校里呆整整一天,我就不知如何是好。

有同事善意地取笑我:"你干脆搬个板凳坐在教室外面守着好了!"

我说我很想这么做,只是怕人笑话我。

当我只作为自己存在的时候,我常常陷入对生命的怀疑,有时甚至被某种渴望所缠绕,但是当我作为一个母亲,作为我孩子的导师、朋友、保姆而存在的时候,我甚至希望能活九十九岁,因为那样的话,在我孩子进入他一生中最黯淡的晚年时,我还能够陪伴他。

当然我不会活九十九岁。

我也不会搬了板凳坐到小学校的教室外边守候他。

我内心里其实知道,孩子一诞生,他便脱离母亲作为一个独立的人而存在了。他的身体,他的心灵,他的思想,都将独立地生长、发展、成熟。而我所能做的,只有关心他、爱他,并且扩展我的爱,为他祝福,也为天下所有可爱的孩子祝福。

(1991年)

童 年

儿子一岁三个月的时候总算开口说话了。那是在高烧三天之后。那个初春的早晨,在我和儿子眼里是多么澄静多么明媚多么灿烂啊!儿子的热度退了,我的焦虑消失了,阳光灿烂辉煌地照进屋子来,家里每个人的脸也都灿烂辉煌起来。

儿子睁开惺忪的睡眼,看见我,他嫣然一笑。这笑容我常常觉得值千金万金。甚至不止。它给你的巨大喜悦巨大欣慰是你的肉体、你的血液、你的心灵、你的每一根神经都一齐强烈地感受到的。它是超金钱超价值的。只有血缘,只有母性,才能使你得到它而成为世界上最幸福的人。

儿子慵懒地坐在我怀里任我给他穿衣服的时候,突然伸手指着床对面的落地灯说:

"din din din din din din——灯!"

前面这一串din是他发出"灯"这个音之前的过渡。

我愣了一下。我一时还没有认识到这串音节的意义。但立刻我就明白了——儿子开口说话了!儿子第一次有意识有所指地发出声音了!而在这之前,他只是偶尔无意识地发几个pa、ma的音呢。

喜悦与兴奋空前浓烈地降临到我的体内!

然而很快我又有些懊丧有些悲哀了。据说多数孩子开口的第一个词是"妈妈"或者"爸爸",因为这些亲人对他来说最熟悉也最重要,而我的儿子,对他来说最重要的是灯而不是我!

难道我的儿子如此聪颖如此智慧,他以一岁三个月的小小心灵竟然知道对于人类对于世界来说,光明是比任何东西都重要都不可或缺的?——所以他才毅然选择了灯,而将我,他的母亲抛在一边?

也许事情并非如此,也许我的孩子并没有这样的智慧,然而我宁可这么想——对于一个被撇在一边的母亲来说,大概没有比这更好的补偿了。

儿子会唱歌谣了,他唱的第一首歌谣是《小花猫》:

小花猫,
喵喵喵,
伸伸懒腰喵喵喵。

歌词又短又简单,然而儿子却喜欢。他天天起劲地唱它、哼它,仿佛那是一块很甜的巧克力。

他甚至跑来对我说:"妈妈妈妈,我是小花猫!"

"不是,你是小牛犊。"我抵着儿子的额头说。儿子是牛年生的,而且越长大越显出一脸憨态来,我常常忍不住叫他小牛犊、憨牛犊。

然而儿子不同意。"我不是小牛犊,我是小花猫——小花猫!"

从此儿子就以小花猫自居了。他上邻居家去敲门,里面问:"谁呀?"儿子就回答:"小花猫呀!"语气十分自豪。

他有一件毛衣上面绣着一只小花猫,他天天吵着要穿它。要是我偷偷把它洗了,第二天早晨他准和我闹。他时而发脾气,时而哀哀地哭,要我立刻把他的"猫衣服"找回来。

但是有一天儿子突然指着刚脱下的"猫衣服"对我说:

"妈妈妈妈,小花猫不好小花猫生气了它很凶呢!"

我一看,可不是,那绣在毛衣上的小花猫变样了。它不再笑眯眯一副可亲可爱的模样,而是怒目圆睁,气势汹汹了。

原来,毛衣是反着的,儿子看见的是背面变了形的小花猫。但是儿子立刻就宣布他的立场了:

"小花猫不好我不喜欢它!"

从那天起,儿子不肯穿"猫衣服"了。邻居家的叔叔问他"你是谁"时,他立刻大声说:

"我是李瞻!"

他不再是小花猫了,他又重新变成我的儿子了。

儿子两岁的时候,舒婷给他寄来一包衣服。儿子试穿的时候我对儿子说:"这是舒婷阿姨送给你的。"

"舒婷阿姨是什么呀?"儿子问。

"舒婷阿姨是诗人,很棒的诗人。"

"诗人是什么呀?"儿子又问。

"诗人嘛……"我一时有点语塞。诗人是艺术家?是人类心灵的代表?是不合世俗的狂人?是一个个又敏感又痛苦的灵魂,而且一般还是又清高又穷困的书生?——这些,儿子都不懂。

"诗人就是,就是经常趴在桌上写字的人。他写出来的东西就是小朋友唱的歌谣,就是瞻瞻念的唐诗……诗人……嗯,诗人就是这样的,懂吗儿子?"

"懂了妈妈——那么舒婷阿姨就是写'小老鼠,上灯台'、'天安门,高又大'和'葡萄美酒夜光杯'的阿姨了?"

"呵,是的。"面对儿子深刻的理解力,我只有赞同。

"我长大了也要当舒婷阿姨。"儿子说。

儿子热衷于扫地的时候曾经宣布长大了要当扫地的爷爷,后来他又说长大了要开大汽车。再后来他宣布要当大博士。现在他又声称要当诗人了。幸耶不幸耶?

夏天里的一个早晨,我带儿子去美术馆看画展。希望从小培养他一点对绘画的兴趣。

儿子很兴奋,然而不是因为里面有一批出色的油画,而是因为展厅的高大宽敞与空空荡荡。他出世以后一直是被童车童床和拥挤的住房局限着的。他惊喜于这宽宽大大的空间。

他在展厅里奔跑、跳跃。他不顾我的制止不时发出大声尖叫。他甚至奋力举起挂画框用的高高的竹竿,想把它当做旗帜扛在肩上。

正好这时走进来一个四五岁的男孩子。他手里托着小画夹,认真地走到画框前临摹。

我赶紧将儿子领过来。我说:

"儿子你看小哥哥画画呢你也学着画不要吵闹好吗?"

我从提包里掏出纸和笔递给儿子,儿子接过去后立刻将它们扔到地上。儿子说:

"妈妈咱们到那边去坐我给你讲故事好吗?"

儿子把我拖到旁边的长椅上坐下,开始"从前,有一天……"地讲起来。

后来我常常不无悲哀地想,儿子明显地没有音乐细胞(他大概只有三个音阶,所有的歌到他嘴里全成了一个调),他对绘画似乎也没有兴趣。难道他以后真的也只能长出一颗"写唐诗"讲故事的敏感而焦虑的心来?

儿子第一次坐在小汽车上到处跑的时候,他又兴奋又紧张。他不肯坐在我怀里,也不肯靠在椅背上,他自己端坐中间,两手紧紧地抓住前面的椅背,目不转睛地盯着司机手中的方向盘。

后来,他不再盯着方向盘了,他微闭着眼,似乎在体味什么。

好半天,他突然睁开眼,下结论似的说:
"摇摇晃晃地!"

初秋的夜晚,我带儿子在马路上散步。儿子突然仰头朝天,不再理我。

他走走停停、停停走走,小脸始终朝着天空。

然后,他站住了,大声告诉我:
"妈妈,我走,星星也跟我走。"

我想起有首歌里唱的是"月亮走我也走",所以我说:
"是星星走你也走吧?"
"不对!我停住,星星也停住了是星星跟我走!"

家里新买了一台洗衣机,儿子立刻把新来的纸箱变成了玩具。他要爸爸把他抱到纸箱里,然后让爸爸推着纸箱满屋转。他说这是在"划船"。

后来我从洗衣机的内桶里拿出一块半圆形的雪白泡沫垫来,儿子看见,立刻抢过去抱在怀里,他形容它说:

"跟月亮似的。"

没上幼儿园之前,儿子在家里十分寂寞,他没有小朋友玩,也没有小动物相伴。他的伙伴是十七岁的保姆。

那时候儿子以听话和懂事闻名,邻居们都说儿子乖,不胡闹。他的父亲因此而十分得意。

有一天来了一个小哥哥。他住在家里的第一天,儿子对他的捉弄一直躲避着,"妈妈——""妈妈——"的告急声不时发出。

但是第二天,我发现儿子完全变了样。当小哥哥举拳向他的时候,他不再躲避也不再求妈妈保护了,他很愤怒地握起拳头,威严地回答小哥哥的挑衅。

第三天,儿子变成主动出击者了,他一会儿抢哥哥的东西,一会儿伸手掐哥哥一把。他甚至把整个鸡蛋砸到小哥哥的脸上。

从那时起,儿子不再是那个咬文嚼字斯斯文文的儿子了,他呼啸,他吵闹,他动辄伸出拳头。他变成一个喜欢挑衅,喜欢作恶的淘气包了。

有时候我想,观察孩子们的世界,实在是十分有趣的。它有时竟可以使你看到人类的童年,看到人性的发展过程。

(1988年)

新 雪

早晨醒来,发现世界明亮了,人也清楚了。隆隆的车马声不再喧嚣刺耳,而是若有若无、若隐若现。窗外的笑声仿佛自梦乡中传出,含混模糊,似乎带着几分不真实。走到窗前一看,才知皑皑白雪已将整个大地覆盖了。

初冬的新雪真是让人欣喜!大团大团的雪花浓浓烈烈慷慨而下,仿佛一群浩浩荡荡争着赶赴盛大宴会的白色精灵。世界的喧嚣烦躁已让遍地大雪吸收了去,人们在白色凛冽中吐出的,是过滤了的气息,软化了的声音。那份清新、静谧、梦乡般的氛围,真的是上帝丰厚的赐予,滚滚红尘的人世间珍贵的节日呢。

孩子们对于新雪的喜悦,较我们这些粗糙疲惫的心灵更是另一重天地。八岁的儿子睁开蒙眬睡眼,发现窗外一片雪白,顿时睡意全消,立刻笑着叫着手舞足蹈起来:

"太好了太好了下雪了!下雪了下雪了哦下雪太好了!"

接着又不迭声地叫我:

"妈妈你快来你快来,你看村子全白了!下雪真是好啊,下雪太好了!"

我告诉他窗外并不是村子而是我们一直居住其中的出版社大院,他很不以为然地瞄瞄我,说:

"我知道!可是一下雪它就变成村子了!"

我不由一愣。是啊。为什么我们不能把它想像成村子,为什么我们要认定它是一成不变的呢?这世上有什么东西是能够一成不变,永远持续的呢?而且……

我正要接着思索这类"形而上"的东西,却听见儿子的叫喊已经转变成一种充满温情的祝祷了:

"亲爱的大雪妈妈啊,你下吧、下吧,下得越大越好越大越好!大雪妈妈呀,我多么喜欢你下雪呀,你一定要越下越大越下越大啊!"

冰清玉洁的大雪变成他的妈妈了,我这个肉身凡胎的妈妈只好掩上门退出去,到厨房去准备早餐了。

(1994年)

大眼睛,小眼睛

孩子喜欢画画是最近的事。最近他突然热衷于勾勾画画涂涂抹抹。开始我没有太在意,因为他曾经有一段十分藐视"图像",而对"语言"情有独钟。他热衷于编故事、讲故事,热衷于"掠取"新语词、新句法,并巧妙地化为己有,恰到好处地将它们运用出来。他的这种能力常常使我惊奇惊喜,所以有一阵我曾亦忧亦喜地想,他长大以后大概也是一个喜爱"遣词造句"、喜爱冥思苦想的家伙了。

不想有一天却发现他另有天地。

这一天,他关在他的房间里,半天没动静。平时总是不堪其吵的我如遇大赦,也就一心一意在书房里写我的文章,不去过问他。我只是心里不时有点嘀咕:难得他如此安静,难道他睡着了?

但是我抑制住想去看他的愿望。

近中午了,我的文章写完了,就在我要收笔的时候,孩子也从他的房间里探出头来,很欢欣地朝我喊:

"妈妈,你来呀!"

我应声而起,走进他的房间。

一进门,我几乎目瞪口呆了。

地上一张接一张摆着八九张画!

原来,整整一个上午,他都趴在地上画画儿!

我蹲下去看他的画。这一看,我不禁大喜过望。

平时不怎么画的他原来画得真不错!

笔触当然摆脱不了稚拙,构思当然说不上奇巧,可是,那画面如此新鲜、生动,如此质朴、有趣,而且非常重要的是,它充满了勃勃生机!

"瞧,这是妈妈!"孩子拿起一张铅笔画,自豪地说。

我一看,差点乐坏了。画面上的我是一个扎着羊角辫的四五岁女孩。女孩肃立着,胳膊很细,细得像两根木楞楞的拨火棍。拨火棍的顶端伸着两根手指头(只有两根)。身体是方方正正的,就像孩子们玩的机器人,呆板而木讷。可是那张脸,那张脸上有两个兴高采烈朝天翘的鼻孔,有一双往上翻着长睫毛的欣喜惊奇的眼睛,还有一对很听话、很协调的圆耳朵!那张脸上简直写满了一个女娃娃对世界的好奇与惊喜!

我想起小学一年级的时候,因为大脑袋,细胳膊,我们班的同学都不服我这个又瘦又矮的班长,几个淘气的男孩编了一支儿歌嘲笑我。每回一出校门,他们就一齐朝我喊:

"矮子班长——称称没三两!"

这是由闽南话直译的,意思是矮矮的班长,称一称不足三两。他们拉长了声调喊,既合辙又押韵,所有的同学听了都一齐哈哈大笑。

我把这段往事讲给孩子听,孩子听了也格格地笑,笑够之后他突然指着画得意地说:

某年某月

"所以我说这是妈妈嘛!"

我听了心里一动。我说,瞧,这幅画的名字有了!

我提笔在画的左下方写下几个字:

遥想妈妈当年。

我正想向孩子解释这几个字的意思,孩子的兴趣却已经转移。他急切地指给我看其余的画:

"这是老鼠开火车!这是爱笑的太阳!这是蜗牛兵!这是……这是手房子!"

最后,他从背后变出一块石头来。

石头是灰色的,上面用红黑两色蜡笔画着一张脸。鼻子是三角形的,嘴巴又长又阔,有一侧嘴角已经逶迤到耳后跟了。最独特的是鼻子上的眼睛。那双眼睛一只大、一只小,似笑非笑,似恼非恼,衬着下面那又长又阔的嘴巴,给人一种非常奇特的感觉。

"这是……?"

"这是'大眼睛,小眼睛'!"

我的话还没问完,孩子已经得意地抢着告诉我答案了。

"大眼睛、小眼睛?"

"是的,妈妈。它很好听是不是?——妈妈,你也写一篇文章,就叫'大眼睛、小眼睛'吧!"

"为什么也叫'大眼睛、小眼睛'呢?"

"因为……"孩子眨眨眼,一时语塞,但很快,他又神采飞扬了:

"因为大眼睛是你,小眼睛是我呀!"孩子得意地说。

那一刻,一种非常美妙、非常奇特的感觉在我心里荡漾开来。

我牢牢记住了这个题目,记住有那么一天,我要写一篇叫做"大眼睛,小眼睛"的文章,并且记住大眼睛是我,小眼睛是我的孩子,我们一起睁大了它,惊喜惊奇地看这个熙熙攘攘、纷纭复杂的世界。

(1994年)

冬 梦

孩子的房间暖气不够好,所以严寒到来的时候,我总是让孩子到我房间来睡。

一天夜里,我大声叫着孩子的名字,把孩子叫醒了。当然很快我也醒了。原来我做了一个梦,梦见我和孩子在山顶上,孩子到下一层的山坡上玩(梦中的山像楼房一样分好几层),玩着玩着就不见了。我叫他、喊他,他应了两声,就没有音讯了。我着急起来,四处跑动,急切地呼唤他,可是毫无结果。我急得快要哭出来了,孩子突然在身边说:

"妈妈,我在这里,在你身边呀。"

我顿时清醒过来,知道刚才不过是个梦,我的孩子好好地躺在我身边。满腹感激之余,我说:"好孩子,你没有丢。妈妈梦见你丢了,急得不得了。"

"妈妈放心睡吧,我不会丢的。"孩子说。

于是接着睡。睡了一会儿,我又着急起来,因为这回,不知为什么孩子被送到很远的地方上学,我要去接他,可是没有交通工具,天又下着大雨。看着瓢泼般的大雨,我心里愁得不行……我怎么去接我的孩子呢?……

闹钟终于尖锐地叫起来。我和孩子几乎同时醒来。

看着孩子红扑扑的脸,想起这一夜不断的焦虑与不安,我不禁感慨:

"孩子,妈妈做了一夜的梦,一夜都跟你有关!"

"妈妈,我也做了一夜的梦,而且也都跟一件事有关!"

"是吗?你也梦见妈妈了?"我不禁窃喜。

"不是。"八岁的孩子老老实实地回答,"我做了好几个梦,每个梦里我都在考试。"

(1994年)

"入学"记

孩子两岁半了,我开始考虑送他上幼儿园的事。

托人联系了附近一家幼儿园,据说还是一个很不错的幼儿园,虽有朋友介绍,也还是费了不少周折,才算被接受了。

入园的第一天,我和保姆轮流抱着他,送他去"上学"。

他显然很高兴出来"逛大街"。他兴致勃勃地东张西望,小手指这指那,一会儿提问,一会儿格格地笑。

我告诉他"瞻瞻长大了,该离开妈妈和阿姨,到幼儿园去上学了",他听了全不在意,好像离开妈妈和阿姨算不了一回事,用不着妈妈这么小心翼翼地叮嘱、交代的。

看他如此"有风度",我稍稍放下心来。

幼儿园到了。

这家很不错的幼儿园,原来挤在一溜厢房里。窄窄的通道,窄窄的天井,不大的教室里,一张紧挨一张地摆满了床。

孩子们在哪儿活动呢?

"这儿。"幼儿园的老师指指更其窄的走廊,不大耐烦地说。

我把孩子交给老师,和保姆悄悄退了出去。

出门后,仍旧不放心,站在大门口聆听。

好半天,没有什么动静传出来,这才放心地走了。

回到家里,却什么也做不了。本以为孩子入托,家里清静了,可以做很早就想做却因一直忙乱吵闹而做不了的事。

心里只是空空落落,空空落落,大有惶惶不可终日的感觉。

想写文章,写了几句就写不下去了。想看书,拿起一本扫两行,又拿起一本扫两行……

一天的时间就这样不知所措地过去了。

放学的时间总算挨到了,我三步两步跑到幼儿园。

离大门还远,就听见里面大放悲声。我一边往里冲,一边竖着耳朵辨认。是不是我的孩子在哭呢?

一进门,头一个看见的就是哭得上气不接下气的我的孩子。我心里一酸,眼泪哗哗地流下来了。

看见我,孩子一震,满腔的委屈随着那"哇"的一声,排山倒海般地倒了出来。

我抱起孩子,泪流满面地安慰他。

一位老师走过来,冷冷地说:

"你这个孩子也太娇气了,整整哭了一天,烦都烦死了。"

我赶紧向老师道歉,同时解释说,他从来没有离开过家里人。

"谁离开过啦?都这么哭,我们受得了吗?"老师指指走廊上还在哭的一堆小孩,恨恨地说。

我知道老师不是妈妈,立场自然不同。而且即使从职业的角度出发,对这样的老师我们也不敢有过高的奢望。所以也不再说什么。

某年某月

出了幼儿园的大门,孩子立刻止住哭声。他似乎觉得已经脱离了那个陌生、险恶的环境,重新获得安全、快乐了。

他开始笑逐颜开,一会儿亲我,一会儿叫妈妈,一会儿指着前方说:"家!家!"

到家了。一走进熟悉的院门,孩子更加亢奋起来,"家!家!"的欢呼声更加响亮,更加密集了。

保姆在家门口迎接他,他欢快地叫了声"阿姨",就扑向她,仿佛见到久违的亲人。

进了房门,孩子从茶几上拿起我那本看了一半的《人论》,一边翻动着,一边挑出里面他所认识的字,激动地对我说:"人!人!人!"

他一口气找出了十几个"人"字!而我的眼泪,已经滴答滴答地淌下来,把书本打湿了。

前一段我偶尔教他识字,他总是心不在焉,很不耐烦的。而现在,他正急切地向我表示,他是听话的,而且他认得这么多的"人"字!

我知道这离家的第一天,对他来说是多么冷峻,多么可怕的了。

第二天我犹豫着,不知要不要继续送他去入托。当爸爸的说:

"当然要去!习惯就好了。你不要弄得他太娇气!"

我想想也对。踌躇再三,就硬着心肠仍旧送他走。

到了幼儿园,孩子立刻尖锐地哭起来,同时拼足全身力气,紧紧搂住我,不肯松手。

我轻声劝说他,告诉他所有的小朋友都要上幼儿园,瞻瞻应该勇敢一些、坚强一些。再说妈妈不走,妈妈可以陪他一会儿。

"是吗?"他抽泣着问,似乎有些心动。

可是老师已经不耐烦了,她一把夺过孩子,一边训斥他,一边往里走:

"没你这么娇气的! 再哭,再哭,我们不要你了!"

说完,她把孩子使劲往地上一放,孩子趔趄了一下,差点儿摔倒。

孩子的哭声更加尖厉,更加呼天抢地了。

这时我已经听不见孩子的哭声了,我浑身的血都在往上涌。

我走过去,抱起孩子,尽可能平静地对那个老师说:

"对不起,你们的管理方式不当,我们要退园。"

然后,我草草收拾了一下孩子的卧具,在老师惊愕与愤怒的目光下,带着孩子走出了院门。

三个月后,我的孩子改入了另一家幼儿园。他很幸运的是,入园的第一天,班主任老师整整抱了他两个小时,带着他看院墙上的壁画,给他讲各种故事,直到他不再哭泣、不再想家为止。

下午我去接他时,他高高兴兴地对我说:

"妈妈,幼儿园很好,明天我还来。"

而这个老师我们原来素不相识,至今我们也不知道她的名字,只知道她姓区,很年轻。在东四五条幼儿园任教期间,她以这种亲切与慈爱,迎接了许多胆怯、怕生,初次离家的孩子。

(1994年)

稚　语

邻居家的小朋友来道别,因为他马上要离开北京去上海找舅妈。三岁的儿子一听,立刻将眼睛瞪得大大的,说:"为什么找旧妈呀?应该找新妈!新的比旧的好呀!"

也是在那个时期,有位阿姨喜欢他,常常叫他干儿子,他倒也乐呵呵地从命。可是有一天他不乐意了,就大声反驳阿姨说:"我不是干儿子,我是湿儿子!"

夏天因为值班。我带着儿子住在西山。一觉醒来,看看完全陌生的环境,大有不知身处何时何地的感觉,正在发愣,儿子突然翻过身来,非常郑重地在我耳边说:

"妈妈我真不愿意你老!"

"为什么?"

"因为你老了,我就不能和你结婚了!"

后来他长大一些了,常常看电视,知道画是可以卖钱的,就一天到晚地画画,然后很认真地宣布这幅画要卖五元钱,那幅画要卖十元钱,其他的要卖一百元。我听烦了,就对他说:"儿子,不要一天到晚钱、钱、钱的,这世界还有比钱更重要的!"我正打算告诉他艺术比钱重要,人的情感比钱重要,生命比钱重要等等,他却立刻抢过话头十分得意地说:"我知道什么比钱重要,那就是——黄金!"

夏天,我带他去大连。面对北方那恢宏壮阔的海,我再次强烈感受到人类的渺小,生命的短暂与脆弱,心中不免迷茫。

回到住地,儿子上床后,我也躺在他身边为他扇风。看着他天真无邪的小脸,心里十分羡慕童年的无忧无虑,懵懂无知。不想儿子却久久不睡,始终睁着眼睛若有所思,好半天,他突然问我:

"妈妈,谁能活得比'时候'长?"

坐长途汽车,我问他晕不晕车。他很干脆地说:"不晕,我坐什么都不晕——除了晕飞机!"

可是他根本没乘过飞机!

小时候,他热衷于扫地的时候就宣布长大了要当"扫地爷爷",热衷于读诗的时候就宣布长大了要当"舒婷阿姨",热衷于汽车的时候就说长大了要当汽车司机。前些天,我问他:"妈妈快过生日了,你准备送妈妈什么生日礼物?"我私心里希望他好好画一幅画送给我,不想他却爽快地说:"我送妈妈一根大树枝!"

原来这些天他一直热衷于捡各式各样弯弯曲曲的树

枝。他搜集来的树枝把整个阳台都堆满了。

我曾经很希望儿子以后搞美术,成为一个有丰富艺术感觉有很好的想像力与表现力的艺术家。但是近来我发现他对本质的关注远胜于对形式的热衷。有一天,他突然很认真地问我:"妈妈,这日子为什么一天一天地老是过不完?"

过了几天,他又非常着急地跑来跟我说:"妈妈,老师说这地球总有一天要爆炸——地球爆炸了,我们住到哪里去呢?"

"住到月球吧。"

"月球爆炸了呢?"儿子皱着眉,嘟着嘴,好半天都在冥思苦想,显然很为人类的生存空间发愁。

儿子上学了。有一天接他时发现他的鞋子全湿透了,湿透的鞋袜在寒风中冻成了冰坨子。他说他看见厕所的水池堵了,满厕所都是水,就不怕脏不怕累主动去淘厕所、扫厕所,所以弄湿了。

我以为儿子学会了见义勇为、学雷锋做好事什么的,就问他:

"你为什么要去扫厕所呢?"

"因为我想让广播里说说我。"儿子毫不迟疑地说。

原来,他们学校里的广播常常表扬做好事的同学,儿子的大名从未上过广播,心里很不以为然,便非常潇洒地见义勇为了一回。

(1993年)

永远的冰心

大约十四年前,也是盛夏酷暑,也是焦躁烦闷,我走进图书馆,漫无目的地翻一本又一本的书,又漫无目的地将一本又一本的书匆匆塞回书架去。

但是终于,一片皎洁的月光叮当作响地展开在我面前,我的心猛地清澈起来潮润起来。喧嚣与炎热海潮般地急速退去,清新优美的天风海涛从四面八方蓬蓬吹来。

直到天黑下来了,管理员的催促渐渐透出不耐烦,我才将目光从手中的书本移开。那是一本书皮书页都已泛黄,显出几分古旧的书。书名下是一个至今仍然铿锵作响的名字:

冰心

从那天起,大约有两年时间,我一直着迷于冰心那优美的文体,广博的爱心。我把我所能搜集到的冰心的早期文字全都搜集来了,包括《寄小读者》,包括《南归》,包括《平绥沿线旅行记》。我如获至宝地阅读它们,读到美妙处,便兴奋地向身边的无论谁推荐它们、评点它们。那时候的我,除了冰心,别的文字是不能进入我心中的,因为在我看来,别的文字都太粗糙、太世俗了。

后来,随着生活的展开、年龄的增加,那股着迷劲头渐渐过去了,但冰心这个不同凡俗的名字,却永久地植入我心田了。从此凡是她的文字,凡是有关她的报道,我都会格外留心。

直到自己也恋爱结婚,为人妻为人母了,有了许多关于人生的不吐不快的体验时,我才猛地发现,冰心女士也为人妻为人母,但在她长达七十年的创作中,竟没有一字一句直接抒写她的爱情与婚姻,抒写她生儿育女的艰难困顿以及她对于儿女们的强烈的爱的。

她展现给我们的始终是她对于她的父亲、母亲(尤其是母亲)、兄弟姊妹强烈的眷念与关爱,始终是她对于一代又一代小读者的关切与期望。

甚至在她老年,当她已是九十高龄时,她所写的文字里,也多是一个女儿对于父母、祖父母的追思,对于平辈的兄弟姊妹朋友的忆念,而很少将她那母亲的目光、祖母的目光投注于她的儿孙们身上。在她的作品里,她始终是一位女儿,一位清丽婉转的大姐姐。

她的语言也没有随着年事渐高而变得老辣深沉,而仍旧是当年的幽婉清丽,乙乙欲抽。

这是由于冰心特有的执著的女儿情怀吗?还是她那始终清纯完美的品格使她不愿也不屑表现男欢女爱、儿女私情?

而她一生虽然历经战乱动乱,饱经风雨沧桑,笔下却绝少涉及丑陋邪恶,大约也是出于同样的原因了。

在经过十年动荡,文学界泥沙俱下,鱼龙混杂,许多人慨叹世风日下的今天,冰心人格的纯粹完美越发鲜明起来:

五四运动,她奋笔疾书,奔走呼号,以满腔爱国热情活跃在校园内外。

一九二〇年华北大旱,她一扫大家闺秀的矜持端庄,与燕大同学登台义演、上街募捐,呼吁同胞分担灾民忧患,减少灾民疾苦。

抗战期间,她宁可过着不宽裕的生活,自己张罗"柴米油盐,看守孩子",也不愿接受有特殊背景的妇女指导委员会的聘金聘书。

也是在这期间,由于经济窘迫,她自己的孩子冬天穿不上棉袄,但她却坚持供养保姆的女儿上大学,直至毕业……

前些天我从大连返回北京,火车上有位旅客从冰心最近捐款一万元赈灾揣摩冰心有几十万元存款,我听后立刻毫不犹豫地告诉她:"别人我不敢说,但冰心是一个哪怕自己只有一万元,也可能拿出一万元帮助灾民的人。因为她始终对人类、人生充满了爱与悲悯。"

冰心思想的纯洁,不但使她把爱"宇宙化秘密化"了,而绝少描写两性情爱的文字,而且也使她当年坚持批评徐志摩、陆小曼的恋爱是一场"不人道、不光明"的行为。她赞赏徐志摩的才华,但由于她自己的纯洁,她不能理解更不能赞成徐志摩越轨的激情。徐志摩生前,她没有对他说过一句好话,而徐志摩对她说的最后一句话是:"我的心肝五脏都坏了,要到你那里圣洁的地方去忏悔!"

难怪郁达夫这样评价她:"冰心女士散文的清丽,文字的典雅,思想的纯洁,在中国好算是独一无二的作家了。"

这也是为什么冰心散文的成就远远高于小说——太清纯的思想,自然难以描摹尘烟滚滚、喧嚣着七情六欲的百态人生。

和众多的读者一样,对于冰心,我总是怀着一份肃然起敬的情感。

只有一件事,冰心令我发出会心的微笑。那是我从梁实秋先生的文章里读到的。

梁先生说,抗战期间,冰心一家迁至四川的歌乐山居住,他登门拜访时,冰心要他试一试他们睡的那一张弹簧床。他躺上去一试,真软,像棉花团。吴文藻先生告诉他,他们从北平出来什么也没带,就带了这一张庞大笨重的床,从北平搬到昆明,从昆明搬到歌乐山。因为,没有这样的床冰心睡不着觉!

我移居北京十四年了。十四年里有好几次机会可以去拜访冰心这位我尊敬的前辈同乡作家,但每次都因临时出现的情况没有成行,然而那一年我动念要去欧洲研修德语文学,冰心老人仍为我写了热情的推荐信。我的欧洲之旅后来没有成行,冰心的推荐信成了我珍存的纪念。

前一段电视台播放记录冰心生平的专题片,我早早就在电视机前等候。银屏上冰心的面容和声音都已相当苍老,这使我的心不禁伤感起来。记得上世纪八十年代初在妇联一个发奖大会上见到冰心时,冰心虽已高龄却仍是精神矍铄,目光如炬,现在却是地地道道的老人了。流逝的时光同样在人们崇敬的作家脸上留下了无情的刻痕。伤感之余,我从书架上抽出当年那本令我着迷,书皮书页都已泛黄的《冰心小说散文选》(由于图书馆处理旧书,此书如愿以偿地成了我的藏书)。翻开书页,随着作家对小读者的娓娓述说,当年那个清丽脱俗、浅笑盈盈的冰心女士又站在我面前了。

于是我明白流逝的并不是冰心的青春。冰心的青春连同她的思想、情怀以及她独一无二的风格都在她珍珠般美丽的散文中保存下来了。流逝的只是一个又一个发黄的日子。

而人类只要还有向上向善的意愿,还有对爱与温馨的渴望,冰心对我们来说,就是永远的。

(1992年)

似曾相识蒋子丹

我和蒋子丹好像见过面,又好像没见过面。

好像见过面是因为虽然迄今为止我和她只通过一封信,有过一次电话上的交谈,而且无论我怎样使劲回忆,也想不起在哪里见过她,可是非常奇怪的是,我眼前的确有她的音容笑貌。

我告诉一个朋友,蒋子丹有些黑,有些瘦,身材不高也不矮,有些漂亮又有些不漂亮,但是眼睛绝对明亮,神采绝对出众,声音绝对清脆。她听了一愣,说:你见过她?你不是说没见过她?

说好像没见过面是因为我想我的确没有见过她。

她远在天涯,我蜗居北京,她不怎么在热闹场合出现,我也极少出门,偏爱一人独处,想来想去,我们的确不太有可能见面。

那么,有关她的那些信息,是怎么跑到我的脑子里来的呢?

有一天深夜读《左手》，读完之后我呼出一口气。我把已经入睡的先生摇醒，一字一句地告诉他：

蒋子丹太绝了，《左手》太绝了。

那一段时间里逢人必谈《左手》。谈得多了，有时对方并未读过小说，一时听岔了，欣然问：

你是左撇子？

他以为我如此赞美左手，必是左撇子无疑。

子丹信里说，她从来不是走红的作家。这话我相信。

我猜她是一个冷傲的人，一个不屑于编织的人。不过我想她的不走红不仅仅因为她的不编织，还因为她的冷峻奇崛、力透纸背和男人一样，而她，却是一个女作家。

我的性格可能和蒋子丹不一样，但是我真诚地欣赏她。

迄今为止我和她无论在空间上还是在交往的时间上仍隔着千山万水，关于她，我只能说似曾相识。不过我想大千世界，众生芸芸，能够似曾相识已属不易。保有一份似曾相识，一份遥远而模糊的相知，在这个是是非非的世界上，是不是要更真实，也更美丽一些呢？

（1995年）

碎片拼接——关于舒婷

十几年前的那次还乡,因为被舒婷的诗所击中,一到厦门就惦着要去看舒婷,和当地的一位同行说了,不想她立刻摇头摆手,然后倒出一堆冠冕堂皇的闲话来,令我目瞪口呆。她没想到我这个人既简单又执着,而且从来只信奉书本世界的标准,所以对这种摇唇鼓舌、诋毁别人的做法大为反感。更何况,她攻击的是当时我最喜爱的诗人。

我愤愤不平,预备她若继续这种无聊的"讲演",就当面给她一个难堪。她倒也乖巧,见我脸色不对,赶紧鸣金收兵。我那捍卫诗人的激情无从表现,只好也悻悻地鸣金收兵。

第二天就自己找到鼓浪屿舒婷的家(发现舒婷原来和我姨妈是邻居,那条路我实在太熟悉了)。舒婷从卧室出来,一副很深的眼镜,一口闽南版的国语,令我顿生亲切之感。我向她报告来意,先说约稿(那时我供职于北京一家文学刊物),后道仰慕之情。约稿事舒婷毫不客气地给了我一个闭门羹,因为那一阵她几乎不写诗了。仰慕之意舒婷也不领情,她脸上的神色好像在说:拒绝贿赂,照退不误。

我本来应该觉得恼火的,或者应该离座拂袖而去,可是很奇怪我没有。非但没有,我反而欣赏她的这份坦率。我开始喜欢上她这个人,而不仅仅是诗了。

从此就开始了和她十几年的交往。往来越多,才越感到,我的直觉没有错,舒婷实在是表面厉害,心里宽厚的。她身上有那么多隐藏在幽默机敏、"刁钻古怪"下的良好品质,有那么多令朋友们一想起来就怦然心热、悠然向往的友情爱心。当然,这是后话。

高度近视的舒婷居然曾是厦门灯泡厂的焊锡工。很难想像她那昏聩的目光,单薄的身躯是如何对付手中沉重而刺眼的焊枪的。而《祖国啊,我亲爱的祖国》这样激情洋溢的诗,又居然是在灯泡厂的夜班流水线上孕育的。心有所属的诗人一边举着焊枪在流水线上"嗞嗞嗞"地焊接,一边在心里如火如荼地酝酿注定要激动一代人的优秀诗篇。

诗写成了,诗人的手上也燎起了大大小小的水泡——显然,诗人的用情不专激怒了焊枪,所以焊汁们毫不留情地流淌指间,让很快就要大红大紫的诗人,先在手上来一下又红又紫。

少年时代的舒婷敏感,爱哭,孤傲,怕黑,依恋温情,惧怕痛苦。这似乎源于母亲。她的母亲曾经因为丰富的情感、纤细的性格而无法应付残酷的现实,终于撒手人寰。而舒婷,即使在她已经登上文坛、崭露头角的那几年,她也还是稚气未脱,敏感异常。她曾因流言而哭泣,为蜂蜇而沮丧,她甚至忧心忡忡地写过:"游荡的阴影啊,你又把吸盘伸出来了吗?"

时时担心阴影的伺机吸附。

如今的舒婷却已练就了一副桀骜不驯,火眼金睛。面对平庸卑琐、残酷泥泞的现实生活,她用老外婆的话命令自己:把裤管挽高些!她说:"现在要让我再为谣言哭泣是没有那么容易了。我已经意识到,被迫意识到,只有我的理想才是我的'上帝',他仲裁一切。"

所以在许多场合,我们就有了一个轻松幽默、机智快乐的舒婷。无论是笔会、宴会,还是清谈、小聚,只要舒婷在场,必定妙语连珠,笑声不断。我这个周正而少风趣的人常常坐在她旁边,倾听她的连珠妙语,欣赏她的八面来风,在心里想:这一切是怎么发生的?她的忧郁和脆弱是怎么被驱逐得无影无踪的?

(须知我至今仍为敏感脆弱所苦,我多么希望有朝一日也能百炼成钢,昂首天外。)

曾经名满华夏的舒婷,几乎跑遍世界各个著名角落的舒婷,在外面叱咤风云、谈笑风生的舒婷,在家里却是意想不到的贤良古典。她上有公婆,下有小儿,还有不时要分心宠一下的夫婿,担子之重可想而知。她的公公自海外归来,叶落归根,安度晚年,每天除正餐外还要三顿点心,舒婷于是每天买菜、做饭、煲汤地忙得团团转。常常是这顿饭还没做得,又在盘算下一餐的菜谱,这锅汤刚刚舀完,下一顿的汤已经煲上了。几年下来,她成了一个大厨,也成了一个美食家。她的春卷做得"名扬四海",不少文学界朋友循声而来,垂涎三尺;她煲的汤也是用料精良,火候讲究,无论喝起来还是谈起来都津津有味、头头是道。而她的口味,也被自己的手艺(加上厦门的著名海鲜?)调得高高的。她奇怪北京人那么爱吃饺子,常常忍不住撇嘴:饺子有什么好吃的? 她讨厌西餐讨厌到了极点,在国外常常不辞辛苦、不怕价高地四处寻找中餐馆。有一年我和她在武汉相遇,因接待的朋友忙碌,头一顿饭由我俩自便,我只想找一个干净的地方"快餐"一下,舒婷却反对,一定要找一个像样的餐厅坐下来,吃一顿有荤有素、有饭有汤的正餐。我们走了半天,终于找到一家不错的餐厅,舒婷点的菜一送来,我只好佩服,赞叹舒婷有美食天分。

不过这么说也许冤枉了她。她其实只是想惯我一下,让我享受一下做小妹的幸福。因为我一到旅馆,先我几个小时到达的她,已经买了各式水果放在茶几上,宣布这次要好好惯惯我,让我尝尝被人照顾的滋味。

听得我眼里心里热浪汹涌,发誓死心塌地当她的保镖。

舒婷的贤媳良母风范并没有太多地妨碍她的创作,这一点常常令我羡慕不已。须知那伺俸公婆、照料小儿的活计她是做得那么到位,简直像个旧式妇人。那缠人烦人、没完没了、永无尽头的家务并没有拖垮她(要是我,早就不成功便成仁了),她那单薄的身躯原来隐伏着那么坚强的意志,那么巨大的能量。这一点,只要看看她这几年的创作便知道了:散文、随笔一篇接一篇,一本接一本,像珍珠一样晶莹闪亮、悦人眼目——舒婷的散文和她的诗一样优美深情,而她的随笔则如她的人,机敏幽默,处处生机。我常常奇怪我既欣赏《双桅船》的温婉典雅,也喜爱《硬骨凌霄》的机智幽默。那年我从武汉乘火车返京,一路上读的,就是她刚刚出版的《硬骨凌霄》。这本书害得我好苦,因为是独自旅行,没有同伴,读到捧腹处,想笑怕人笑话,想说无人可说,只好硬憋着,一到北京才劈头盖脑倒给先生,弄得他"消化不良",连连喊停。

同样,舒婷对世道人心的洞察也没有使她的善良流失,正直走形。她在风风雨雨、长长短短的侵蚀磨练下,可贵地保持了一份古道热肠、真诚率直。当她有口无心、快人快语时,你有时也许会遇上一束火力,几分辣劲,而当她四方奔走,为入狱的朋友收集财物邮寄包裹,慷慨解囊,为有难的同行排忧解难时,你会为她的友善宽厚所感动。你会发现,在你困难的时候,至少舒婷是不会拒绝你的。她的友情和爱心,一直在遥远的南方储存着,有朝一日你泪眼蒙眬地转向她,她的善良与智慧,她的风趣与幽默,将给你的心灵一份慰藉。

本来想写一篇"舒婷故事"的,拉拉杂杂写下来,却发现全是枝节,并无故事,或许一个相距遥遥、聚少离多的朋友本来也无力勾勒一个完整的故事,她所能告诉读者的,也就是这些琐琐碎碎、婆婆妈妈的事了。好在我喜欢这些碎片,因为正是这些碎片使我认识并珍惜舒婷这个朋友——细心的读者或许也能将这些碎片拼接起来,从中认出他们早就欣赏喜爱的女诗人吧。

(1996年)

并非梦幻

近来常常觉得不耐烦。不耐烦了便常常将在手的东西狠狠揉成团然后扔掉。有时是写了一半的稿子,有时是看了两行的报纸,有时是沾满油污的纸币。最害怕的是不耐烦时手中正在削水果,小刀未能揉成团,手心却已扎出淋漓鲜血。

尽管这样,尽管好几次揉了小刀,弄得鲜血淋漓疼痛难忍,却仍旧是恶习不改。不但不改,甚至日见发展起来。如今已是不耐烦时揉,不屑时揉,无聊时揉,无奈时揉,愤怒时揉,惊恐时揉,甚至无爱无恨无欲无悔万念俱灰时也揉。于是书房里卧室里到处可见皱巴巴的纸团皱巴巴的情绪了。

那天在一间空旷的房间里面对母亲。母亲坐在一张极高的桌上,满脸的疲惫与无奈。我匍匐在地,怯生生地诉说对她的爱与向往。母亲身旁立着六七个男人。他们全是我的兄弟但他们却都叉着腿一字儿排开。他们或横眉怒目或哧哧冷笑或不屑一顾。他们这些用来对付我的神情使我更加胆怯起来。我说到一半便忍不住打了个喷嚏。这一来我的倾诉顿时中断。因为我向来胆怯,这个喷嚏把我好不容易鼓起的勇气打了个精光。

这时我抬眼偷看了一眼母亲。我发现母亲仍旧闭着眼睛端坐高台,仍旧是满脸的疲倦与无奈。于是我骤然心疼起生身母亲来。我说娘你累了,你去休息吧我不再说什么了真的我是真爱你的呀!母亲听了我这话全无反应。于是我想母亲大概已经睡着那么我前面的倾诉她也没有听见了……就在我痴痴揣摩的当口,我听见我的兄弟大踏步走动起来。他们仍旧或横眉怒目或哧哧冷笑或不屑一顾,但他们确实大踏步走动起来。他们离开母亲向我走来。他们不再一字儿排开了,他们围拢我活像一群汹汹猛兽。

我惊恐地望着他们,他们却一齐哧哧冷笑起来。你的戏该收场了!一个声音恶狠狠地掷向我。我的心猛跳了一下。我知道这是我的大弟弟。他曾经射杀了一群狼并且将狼心一个个掏出来吃了。我不知道他要如何对待我。我说弟弟们别这样我是爱母亲爱大家的呀,你们为什么这样围着我?你们还是不肯相信我是吗我要怎样才能使你们相信?那好我把心呕出来给你们看吧你们看看这心是红还是白?

于是我把心提到嗓子眼,然后猛地一下将心呕了出来。我捧着自己的心感到一阵温热。我把这颗血淋淋活跳跳的心捧到每个兄弟面前,哀哀地求他们明鉴求他们了解。

然而我的兄弟却一齐纵声大笑起来。他们不但笑着他们还往我的心上吐口水。

你这个骗子你这个不肖子孙!兄弟们恶狠狠地咒骂我。

我知道自己不是骗子也不是不肖子孙。我也知道当母亲昏睡兄弟迷狂时我说什么也是枉然。于是我无可奈何起来黑色幽默起来万念俱灰起来……

你知道我一无可奈何一黑色幽默一万念俱灰就要将在

手的东西揉成团狠狠摔掉——我果然立刻将手中的心脏狠狠揉搓起来……

就在这时我听见自己尖叫了一声然后惊恐万状地醒来。我看见窗外的空地上堆满了积雪。我不由庆幸起来。我庆幸刚才的一切不过只是梦,庆幸我的心并没有被自己狠狠揉碎然后扔掉。

然而立刻我就觉得心里空空荡荡很不是滋味很像遗失了什么。我站起来想看看自己究竟怎么回事。可是我尚未站稳便听见一声巨响——我重重地摔倒在水泥地上……

几个小时后,白衣小姐沿着医院的长廊幽灵似的袅袅走来。她递给看护我的家人一份病情检查报告。我迅速扫了一眼,我看见那写有我名字的报告单上赫然地写着:

无心电图。
心室已空。

(1990年)

除 夕

头一天照例是熬夜然后照例是睡懒觉睡到阳光灿灿、市声嘈杂。眼睛睁开后下意识地望了望窗外,复又下意识闭上。再次睁开眼时想到的是儿子。躺在身边的儿子却早已醒来,自己睁着眼睛望着天花板。不像在玩也不像发呆当然更不是在思索。他就是那么躺着静静地眼珠黑黑地看着天花板。

我朝他一笑。他也回报我嫣然一笑。我说今天怎么这么乖醒了也不叫妈妈不吵妈妈今天真是特别的乖。儿子应付似的笑笑然后说妈妈今天是星期天吧今天咱们不上幼儿园对不对?

我于是猛地想起今天是一个特别的日子。记忆中这个日子在老外婆手里是从凌晨三点开始的。凌晨三点外婆就赤着脚下床,然后开始佝偻着腰紧张而麻利地忙着。

今天是腊月廿九。是围炉的日子迎新送旧的日子。

在闽南老家,这一天是大忙特忙的日子。要擦桌擦床擦门洗地板,要蒸桌面那样大的白糖年糕、红糖年糕、咸味年糕,要炸成缸的"炸枣",做整盆的五香肠,还要换上新浆洗的窗帘床单铺上雪白的台布。然后,要开始热气腾腾地忙围炉的年饭……

夜幕降临时,大家便团团围坐在圆桌前。外婆开始祷告,舅舅们开始祝酒,小孩子们开始整段整段地往嘴里塞五香肠。

妈妈和老外公开始悠悠扬扬地哼起南曲来。

于是除夕噼里啪啦大笑着走来,又噼里啪啦大笑着离去。

憔悴瘦弱精疲力竭的老外婆这时才安静下来,她软软地靠在太师椅上,似甜蜜又似苦涩地微笑着,看我和妹妹用两双筷子表演小提琴协奏。

这表演很逼真。表情的专注手臂的灵活都是空前的。惟一遗憾的是这只是一出哑剧,任我们孝心浓郁技巧娴熟,两双筷子拉不出优美的琴声来慰问忙碌了一生操劳了一生的老外婆。

接下来,接下来养育了十四个子女其中病死两个远游两个蹲监狱一个的憔悴的外婆、衰老的外婆就要发出长长的喟叹了。这喟叹即使在童年中的我听来也是那样山一般沉重那样沉郁久远那样生满斑斑锈迹。

可是突然儿子尖尖的嗓音使劲往我耳朵里钻:

"妈妈你在想什么你在想什么呀妈妈妈妈!"

于是只好叹一口气从床上坐起来,只好将自己的童年暂时丢到一边去,照料起儿子的童年来。

也擦门也擦窗也洗窗帘床单被罩,也杀鸡也宰鱼也做五香肠也炸肉丸子,然而再没有镇东头那清凌凌的河水任我漂洗,再没有灶间里那哔哔剥剥的炉火整日燃烧映红我的面颊,再没有桌面大的笼屉里升腾起幽幽蒸汽引人遐思,再没有佝偻的外婆嘶哑的外婆解放脚的外婆在楼上楼下麻利而疲惫地忙着。外婆已作古,我也将近中年,闽南老家越来越遥远越来越遥远远到当我那年回去时,骤然发现我的那座博大的小镇美丽的小镇温馨的小镇如今只是一只小小的巴掌。它矮小、丑陋、肮脏。它随随便便躺在海边,活像一个贫病老丑的妓女。

我惊心痛心地看着它,它也生气而骄傲地瞪着我。从它那因耻辱而愤怒的眼神里,我痛苦地知道它从此不再承认我是她的孩子了。

是的,不再有竹篙形的楼上楼下的家了。不再有博大美丽温馨的小镇了。

不再有橘红色的炉火,煤气灶里吐出来的是蓝蓝的火焰。清凌凌的河水也已成为历史,装有电脑的洗衣机正在发出隆隆的噪音。嘶哑的外婆解放脚的外婆不再发出长长的喟叹了,她的舞台已经落幕,她的灵魂已经安息。

户主直到下午四点钟才走进家门。一进家门就急急地说天花板还没掸吧煤气还没换吧配给的好米好面还没买吧快儿子一边玩去别缠着爸爸爸爸还有好多事要干。

于是儿子嘟囔着小嘴又到一边守着他的寂寞了。他已经被忽视了一天,虽然不高兴却也还算懂事。整整一天他与一堆玩腻玩厌了的玩具为伴。

于是关掉洗衣机掸天花板。于是骑上车出去买米买面。于是心急火燎地找煤气供应证。于是换煤气拖地板烧开水给儿子洗头洗澡换新衣。

于是热气腾腾地烧年饭。儿子已经玩得不耐烦而且肚子也饿了,他搬了个小板凳坐在厨房的门前开始哼哼唧唧地吵人。

想教训他又强忍住。想快些烧菜偏偏火就灭了。想喊户主帮忙可户主正在抢时间洗澡。

年饭总算备齐了。绛红色的葡萄酒斟满酒杯时,突然忆起外婆祷告时脸上的光辉。

宗教使苍老的外婆刹那间变得美丽。虽然这美丽只是短暂的瞬间。

户主喝着酒谈起外面的奇闻轶事。他说了不少我却只听进一桩。因为我的心里不知为什么突然潮湿起来百感交集起来。当他正侃侃而谈的时候我的思绪正在一个个遥远的梦一个个真实的日子里遨游。那梦那真实曾经使我沉醉使我苏醒。我还忆起一段遥远的爱情,那爱情当时铭心刻骨如今看来不免可笑。然而它使我头一回睁开眼睛看真实世界真实人生真实自我。

我当然也无法忘怀这日复一日的重复,日复一日的平凡,日复一日的身与心的疲惫。然而即使不重复不平凡不疲惫又怎样你又如何能跳出属于你属于他属于每个人的永恒的局限与怪圈?

我听进去的惟一的那桩事是:一个写了一本有价值的论著的大学讲师为使著作出版为使价值实现挂着大木牌到繁华的前门大街募捐……

那挂着木牌的形象我当然很熟悉。当年家族里有的是挂木牌的人。

户主离开桌子去取早就预备好的鞭炮了。新年的脚步声已临近。当掀天揭地的爆竹终于奏响起来,当记忆中憔悴瘦弱的老外婆靠在太师椅上,正要发出她那锈迹斑斑的著名喟叹时,我伸手轻轻捂住了耳朵。

(1989年)

某年某月

　　隔壁的慌乱传出来的时候,记得是在夜半。那天我患着失眠症,正异常清晰地躺在床上辗转反侧。我感觉疲惫极了倦怠极了,但纷乱的大脑却依然清晰亢奋如同白昼。我没有意识到这是那个有着粗重呼吸的老妇人临终前的神秘刹那。但很快我听见隔壁的门打开了,里面的人进进出出传出一片骚动与慌乱。

　　第二天尚在睡梦中便听见楼下有人仓促地唤人。我顿时想起昨夜隔壁传出的慌乱来。我想那有着男人般粗重呼吸的老妇人难道她已经离开?

　　她最后离开的时候我本来可以去送行。因为她是在上午十点左右才被几个年轻力壮的男子抬出家门的。我想像那一夜之间僵硬了的高大躯体在几个小伙儿肩上多么沉重伟岸。在被抬出家门的一刹那,老妇人会再次扶住门框,粗重而沉缓地呻吟起来吗?

　　我没有去为她送行。我说不清为什么终于没有去送行。但我明白我心里是真切地浸满了悲哀的。

她生前的呻吟至今仍旧清晰地留在我的耳畔。她的呻吟沉缓而且粗重。我第一次谛听时我以为那是一个老头儿。她那些天常常大声呻吟着从底层一步一步爬上楼来。我被那粗重的高声呻吟所吸引,曾经长久地贴在窥视孔前像守候日出一样守候"他"出现。"他"出现得十分缓慢。但我听到那粗重沉缓的呻吟沿着楼梯一级一级缓慢地升上楼来。
　　"他"出现在窥视孔前时我大吃一惊。"他"竟是一个高大的裹着头帕的老妇人。她脸上的皮肤粗糙得如同千年老树。她并且有着一张丑陋男人的苍老面孔。
　　她在窥视孔前发出沉重的呻吟时我感觉自己浑身一颤。

　　那天欣赏那本素描集时我也感觉浑身一颤。那个手摇转经筒的藏族老人发出来的目光刹那间穿透我的五脏六腑。他淡淡地坐着,眼中满是沧桑,满是悲悯。那沉重、睿智、犀利的目光静静投射着。我看见它穿透历史、穿透现在,也沉郁久远地刺向未来。
　　激情竟然在对虚无的穿透中诞生。为此我感到深深的迷惘。

　　老妇人张嘴说话时每次都露出一口雪白的虎牙。她虽然苍老但她的牙齿和年轻人一样结实雪白。她的体形和她的呻吟一样酷似男人。而她的皮肤,不止一次令我想到历尽沧桑的老树皮。
　　老妇人有一次到我书房来静静坐了一会儿。她什么话也不说,只是淡淡地、毫无表情地坐着。

她告辞的时候我看见她趔趄了一下。但她伸手扶住门框,粗重而沉缓地呻吟起来。

似乎不止一次想到那神秘的刹那。那个片刻越来越美丽,越来越迷人,但那绝不仅仅因为它的神秘。它一定还有某种东西我不明了,但令我不由自主一再向往。有一阵我很想弄清楚它究竟是什么,但现在我放弃了这种努力。因为我知道这努力一定是徒劳。

三毛却在这时候令所有中国人心灵震颤。她在做完手术得知并非身患绝症时,将丝袜一只只连接起来,然后将自己斜挂在浴室洁白光滑的天花板上。

她是远离芸芸众生的孤独灵魂吗?她是超越芸芸众生的独特灵魂?

隔壁的哀声是在第二天上午十时左右传出的。男性的哀号有词有调空前嘹亮,但我听来却像一片干涸滞闷年久失修的老河床。我听着听着突然听到了老妇人那一串粗重沉缓的呻吟。

真正的老头儿是中午出现的。他披着黑色老棉袄从乡村走来,步履蹒跚声音踉跄。他的脸也和老树根一样凹凸不平,并且比老妇人多了许多肮脏。

他很少出现在隔壁是因为他原来只是一个晚年的继父。他走进隔壁的时候我听见他很凶地咳嗽起来。

哀声渐尽的时候老妇人的遗物被堆到楼道里的垃圾箱下。那是一件她常穿的褪了色又重叠着补丁的黑色老棉袄,还有同样褪了色显着脏的黑色老棉鞋。遗物里似乎还有手套帽子等杂物。它们被草草打成一个小包,静静地呆在垃圾箱下,冷眼看过往行人。

几天后,隔壁的门敞开了,大音量地放起音乐来。披着老棉袄步履蹒跚的老头儿拎着老妇人的遗物,沿着飘满了煤灰的狭长胡同慢慢朝家乡走去。

珍藏的版画里还有一幅《小藏孩》。雪地上两个正在嬉戏的孩子生机盎然蓬勃璀璨。画家对生命的礼赞与珍惜透过孩子纯真而丰富的面孔铺满纸上。

我不知为什么始终没把这幅可爱的版画陈挂起来,虽然我赞叹这幅画就仿佛画家赞叹那新鲜美丽的生命。我书房墙上一直静静地放射着那手摇转经筒的老人悲悯的目光。这目光我觉得已经融进我的血液。

我每回抬头看见他时都感到苦涩。

但常常慢慢我就平静下来。

（1990年）

追忆尴尬青春

近来不知为什么思绪常常回到二十年前。二十年前我没有这样憔悴苍老欲说还休。那时我蓬勃美丽遐想连天,然而十六岁的心里也常设想人近中年。人近中年也许温文尔雅博学风趣;也许子女绕膝欢声满堂;也许浪迹天涯自得其乐。最常闪过的"蓝图"是时而臂带红箍威风凛凛,时而如狗蜷缩任人踢斗。更记得类似场面常常出现在梦中,于是每回醒来都发怔发呆蓦地骇出一身冷汗。

现在的少女也许不相信二十年前的少女对于人生的幻想竟掺杂了如此隐忧,就像如今十一二岁便忙着递条子、谈爱情的女孩子很难想像二十年前的少女们如何以与男生搭腔为耻辱。虽然艰难虽然曲折时代毕竟往前走了,现在的少男少女当然有资格嘲笑二十年前连做梦都或振臂高呼或簌簌发抖的他们的同类。

嘲笑不止发自他们。连自己都常常翻出旧事来嘲笑一通怜悯一通。

虽然毕竟是自己的青春。虽然毕竟是永劫不回的惟一青春。

永劫不回的惟一青春竟然曾经一天一天在猪圈里打发。从小当惯了的好孩子乖孩子使班主任无法承受一夜间的突然叛逆：那一天我和女同学们集体逃学。我们在街上闲逛。我们到照相馆里忸怩。我们把屁股钉在海边的岩石上又唱又闹直至天黑。天黑后回到家里却仍然意犹未尽，于是相约明天到学校打个照面仍旧出来挥霍青春。

第二天刚进校门班主任就把我截住。他露出不常露出的牙齿狠狠地朝我笑。他让我和他一起坐到篮球架下平等得像一对师兄妹，然后他以布道者的声音魅力十足地告诉我，一个五科全优的优等生逃学旷课是多么荒唐的事，一个校长千金和一群市井小民的孩子混在一起是多么可笑的事。

我很想指出他的说法大谬不然。课堂上他曾经多么激烈地批判臭老九而起劲赞扬市井小民。然而我忍了忍终于没有开口。因为我知道他此时说的发自肺腑。虽然我父亲其时已不是校长而是靠边站的反动权威。

也许是他的布道娓娓动人如同记忆中慈祥的老牧师，也许是当惯了好孩子的我再度体会到老师的一片苦心，我终于缴械投降向他保证从此再不逃学旷课再不伙同同学荒唐胡闹。

班主任于是满意地笑起来。他拍拍我的肩膀慨然长叹：

也难为你了，目前的教学你也确实"吃不饱"。这样吧你干脆活学活用为人民服务吧，你把学校的猪接过来喂。

我至今不知道我的这位老师是确实糊涂还是难得糊涂，或者他认为喂猪总比逃学旷课强？

总之我是乖乖地听从了老师的建议。从此我每天早早到校，切猪菜，煮猪食，喂完一栏猪才坐下来吃早餐。中午晚上亦复如是。

假期里学校食堂没有泔水剩饭,我甚至从镇上搜集了泔水,天天老远地挑到学校来。

我甚至真心爱起手下这一只只哼哼叽叽的猪猡来。下课后我常常独自跑到后山腰上的猪圈来,坐在围墙上久久凝视我的猪部下,把少女迷人的一腔惆怅贡献给它们。

奈何猪猡并不领情。纵然我起早贪黑、百般照顾、全心侍弄,猪猡们并不长膘。它们只是一味地瘦下去、瘦下去。

瘦到最后猪栏里只剩下两头猪。一老一小,一黑一白。只有不长膘是一样的。它们全都瘦得脊梁高耸,肚皮耷拉。

但它们的倔强精神令我感动。一直到我毕业离校,它们仍旧虽然半死不活却坚韧顽强地在我这外行人的黑手下生存着。

猪圈里只剩下两头猪的时候我的活儿已丧失大半。我的时间重新丰饶起来,无处打发起来。校门口的田径场已深耕细犁翻成了一片高粱园,虽然那高粱一棵棵长得和我手下的猪猡一样蔫不拉叽半死不活。教室边的篮球场晒满了稻谷花生番薯丝,成了抓革命、促生产的永久场地。图书馆里两间书库早已封存,剩在架上的除了"选集"便是"语录",连《高玉宝》、《欧阳海之歌》也成了毒草被封在仓皇神秘的书库里。放了学没有任何功课压力的同学们除了"深挖洞、广积粮"外别无消遣。

我不愿意钻在黑黝黝湿乎乎的防空洞里往外运黏土,而且我的天性更愿意孤独一人放浪山野。我知道地理老师手里还有一老一小两头黄牛,于是我自动请战,以老牌猪倌身份兼任了放牛娃。

接管了一老一小两头黄牛,我才知道生活原来还有比喂猪更好的!两头牛黄灿灿精神神温顺美丽令我心花怒放。每天下午我离开教室便和它们厮守一起。我带它们到学校后面的山坡上,看它们低头吃草,听它们哞哞叫唤,觉得生活平和极了可爱极了。

躺在山坡上,枕着闽南大地的红赤土,享受着海边自由潮润的风,我不知道自己是否曾经思想,如何思想。我只记得有时我心花怒放,仿佛整个世界都在我面前,都在等待我的首肯,有时则惆怅莫名,见风流泪,见蚁生怜。

后来是突然惊骇于我的黄牛身上原来长满了牛虻,于是我一心一意捉拿起它们来。记得整整一周我都沉浸在这种单调肮脏的工作里。现在回想那股专心致志搜寻捕捉的劲头,实在比专家学者治学还急迫还严谨。

遗憾的是当时生活太窘迫,同学中竟无一人有照相机可以让我把这捉拿牛虻的场面拍下来。儿子稍长时如果对我的叙述提出质疑(但愿他有条件质疑),我如何向他证明这一代人的辛酸与尴尬呢?

常常有文学青年跑来问我,你是否从小喜欢文学酷爱写作?我说"不"的时候他们常常面露惶惑。他们很难相信整个中学时代我最痛恨的就是语文。我至今清楚地记得当语文老师在讲台上严严谨谨、战战兢兢地念讲义的时候我心里多么可怜他们。我永远忘不了那个瘦瘦长长的谭老师越紧张越舌头打滑念错重要地方时,立刻有同学起立高呼:"打倒反动教师谭××!""谭××污蔑伟大领袖,罪该万死!"讲台上的老师登时面色如土,冷汗淋漓。他一面哈腰一面不住声地说:"我该死我该死！我不是有意的我该死我该死！"直至循声而来的贫宣队把他揪出教室,他还在不停地哈腰不停地诅咒自己……

也许这一幕太清晰太深切了,我无法轻轻抹掉它,整个中学时代我一上语文课心里就会一阵痉挛。那个面色如土冷汗淋漓的谭老师总在我眼前晃动。我诅咒起这门课诅咒用语言而不是用公式表达的一切来。我越来越相信:文史课学得越好越有可能当反革命。只有数理化给人以安全。冰冷呆板的数理化绝不会给你带来麻烦。

谭老师的后任常常奇怪一向是好学生的我为什么在课堂上常常不是打瞌睡就是演算数学题。他们甚至向我母亲谈过此事。我的母亲问我时,我潇洒地耸耸肩,说:这个嘛,是桩小小的秘密。

这个秘密就是告别语言,告别感情,告别色彩,走进冰冷呆板的世界。我当时虽然幼稚简单但我一定已经意识到此事的沉重,因为我耸完肩转过身去眼圈就红了。我的心里翻腾起从未有过的辛酸。

生活的荒谬性不可预见性常常令人大惑不解。当年对文史课深恶痛绝的我若干年后竟然操起笔来舞文弄墨。而且如此选择仍旧是历史的规定:插队四年,荒废了学业与青春的我们除了与文学握手言欢别无他法。历史扔给我们的数理化又由历史拿走了。甚至是,经历了那段尴尬岁月的一代人比谁都更急于表达。虽然他们对谭老师记忆犹新,虽然他们不知道前方是鲜花还是荆棘。

(1990年)

心灵速写

1

常常对着扔得满屋都是的衣服、刊物、废纸团,还有儿子的玩具、"画作"等等发呆,不知从何下手,不知如何收拾。家中的凌乱不整令人心烦,思绪也如这凌乱的家一样,突然踉踉跄跄,纷乱如飘满乌鸦的天空了。

于是发狠心不看书不工作,腾一个上午好好整顿这个家。

衣服挂起来。刊物码到书桌上。废纸团一个一个塞进垃圾桶。儿子的玩具叫人头疼,东一件西一件。沙发下,被窝里,一会儿冒出一只断了臂的狗熊,一会儿钻出一辆卸掉前轮的汽车来。

好不容易收拾停当。

倒在沙发上长长吁出一口气。

三间屋子的凌乱用去一小时。擦窗户抹桌子用去一小时。洗衣服倒垃圾用去一小时。剩下的半小时该是看报纸翻刊物的享受了。

然而一低头,却发现地上仍旧污垢斑斑。

于是恨恨地咀嚼人生:生存是无尽期的整理,无尽期的凌乱,无尽期的期待与厌倦。

最后是终于克制不住拧开水龙头的冲动。哗哗的水龙头拧开时,喷薄而出的自来水狠狠冲洗起这遍地污垢遍地厌倦来。

2

平和安静的时候似乎更多。

送走坐机关的、上幼稚园的,叠好被窝,喝完早茶,便坐到每日必坐的书桌前来。一本好书,或者一支铅笔,一沓摊开的稿纸,便可进入一个远离丑陋现实的世界。

那世界也有丑陋,但那里的丑陋是诗意的丑陋、美丽的丑陋。那里的丑陋冷峻并且深刻。

于是害怕有人敲门。害怕电话铃响。害怕午饭时间眨眼又到,一如许久以来怕极了喧嚣社交。

冥想世界大放异彩,现实便变得遥远、陌生、无足轻重。

扫兴的是背后常常有人大喝一声:当心走火入魔!

回头淡淡一笑,背书般答对:黄花鱼一斤两毛七。

于是一齐哈哈大笑——她笑什么你知道,你笑什么她其实并不知晓。

3

当然记得在火车上为人垂泪的情景。

那是一个陌生的、毫不相干的女人。只是她身着丧服。只是她清秀的脸上写满了悲哀。她的同样身着丧服的姐妹、兄弟大嚼大咽、谈笑风生的时候,她视而不见,灵魂似乎愈行愈远,黯然沉浸在对往事的追忆中,沉浸在对逝者的哀婉怀念中。

一再地看着那强烈的对比(一片黑色丧服与阵阵放肆的笑声),一再地看着那张如临无人之境、溢满哀伤的脸,心突然潮湿起来、感动起来,眼泪无来由地涌上眼眶——深切感受到的是她的痛苦与哀伤。感受到那种对死亡的迷惘,对刚刚逝去的亲人的阵阵巨恸。

眼泪止不住地往下掉。

直到她突然结束了她的哀伤。她出人意料地扭头朝她的弟兄们粲然一笑,并且伸手抓一条鸡腿撕咬起来。

美丽破损了,深情成了过眼烟云。

而心里,永远留下了一声重重的叹息,一个苦涩的自嘲。

4

柔情似乎渐渐被孤独与冷寂榨干。冷面冷心冷血冷泪。别人这样看,自己也这样看。只有儿子慧眼独具。火热的小妈妈!复杂的小妈妈!可爱的小妈妈!这些偏正结构天天挂在他嘴边。

儿子动不动就爬到高处,待你走过时,猛地扑到身上来,嘴里喊:"妈妈,我要和你结婚!"

于是哑然失笑。笑过之后于是暗皱眉头。皱完眉头便坐下来细细反省。

全部的爱,全部的柔情都倾注到儿子身上时,儿子便以情人自居?

除了儿子,难道不是吝啬每一份情感,每一丝温柔,每一个发自内心的微笑?更相信在这个遍地石头的世界里,有一颗石化的心至关重要。

或者根本就是不自信,或者正是对自己太了解,或者究其实只是一份恐惧——激情燃烧起来的时候,深知将无可挽回地化作灰烬。

甚至知道事实比料想的还要糟。

5

最害怕灰蒙蒙阴惨惨的天,灰蒙蒙阴惨惨的天重复出现时,便重复着蜷缩在灰色沙发上。

偏偏常是停了暖气的料峭早春。满屋的阴冷与孤寂不由你不低头。裹着大衣蜷缩在沙发上可以连绵一天。整整一天不吃不喝不打盹不接电话(电话早已预谋似的拔掉了),甚至不遐想不思索,就是那么静静地似梦非梦地蜷缩着。

大脑只是空白只是一片混沌。不知所思,不知所欲。亿万个熙熙攘攘惶惶的爬行者只是风景一瞥,种种悲哀、惊恐、欢乐、惆怅全成笑谈。甚至所爱的一切。甚至厌倦极了的一切。然而偏偏,惊喜于木然的同时又惊心于这份木然。

不知它是超越还是坠落。不知它有理还是无理。

只是极想从此独行。一个破包袱,两件旧衣裳,随风而去,四处漂泊。

没有人在耳边絮聒,也没有人在耳边叹息。

没有目标,更没有手段。

有的只是风声、雨声、雷声、电声。太阳燃烧的哔剥声也不再奢想。

甚至大江东去,甚至小桥流水……

可恨的是突然房门洞开,电灯雪亮。兴致勃勃地走进家门的他们分明是一份嘲讽。

好在很清楚遐想并未结束。下一个灰蒙蒙阴惨惨的天出现时,沙发上仍旧会有一个小狗般蜷缩着的孤寂灵魂。

6

电灯突然全灭的夜晚是街区停电的夜晚,毫无准备的家里顿时漆黑一团。摸索良久,方才找出半截蜡烛。摇曳的烛光亮起来时,心突然也飘忽起来摇曳起来。

于是盼望有朋友来访。盼望三两挚友,秉烛夜谈。盼望朗朗笑声驱散摇曳如梦的情绪,安定一颗飘忽的心。

奈何好友多在天涯。

同居古城的友人里,不见得今夜全都停电,全都停电的人家,则不见得个个渴望秉烛夜谈。

于是盼望电话铃响。电话响时,或许是一声关切一声问候,或许是璀璨的闪电,善解人意地来照耀满屋的仓皇。

奈何电话总也不响。

有心致电的朋友,案头或许没有电话。案头陈放电话的朋友,早已忘却闪电的使命。

于是自己拨动电话。

然而最想问候的朋友,远在重洋那边。能够拨通的咫尺人家,拨通后却已无话可说。

于是不再努力。

最后是勉强凑在烛光下,翻一页一页的书,一页一页的书翻过去之后,突然感慨万千:

惟书籍是人类挚友、生命烛光。假如人生没有书籍陪伴,假如有一天连好书也再不可觅,生命就真该结束了。

结束的却是飘忽的烛光。燃烧的烛芯竟然不顾满屋的惊慌失措,竟然渐渐无可奈何地瘫软下去,萎靡下去……

终于,烛光灭了。

屋内一片漆黑。

黑暗中你看见一双泪光晶莹的眼睛。

于是你神经质地大笑起来。

(1990年)

正 午

呻吟从底层一点一点地浮游上来。那声音既衰老又粗重。像是一个老头儿。一个老眼昏花腿脚不灵然而嗓音仍旧厚重的老头儿。闽南。老屋。老屋紧挨着的小小海湾。海面上点点浮油随波漂荡。老头儿的呻吟一点一点浮上海面。

我常常想为什么成了如今的样子而不是另外的样子。为什么已届中年而不是童年依旧。为什么当年梦想的红砖小楼依然遥远而梦想的心灵已成为历史。为什么目光穿透本质而躯体仍然附着于表面。为什么哀莫大于心死其实幸也莫大于心死又其实哀仍是莫大于心死。当然还有,为什么老头儿的呻吟一点一点浮游上来漂散开来。

世界多么不可把握人生多么无法规定。人明知这一点却仍旧雄心勃勃要去把握世界把握人生。是人类可笑还是世界荒诞?是执迷者悟还是逍遥者明?是有还是无?抑或既有既无若有若无?

很奇怪我也纠缠起这些问题来。难道我已足够老迈足够疲惫。激情虽然愚蠢然而激情仍是不无可贵。为什么我过早地丧失了它？

呻吟触摸着台阶一级一级往上爬。伴着老头儿迟缓沉重的脚步声。伴着丧失了太阳的灰色正午。老头儿是否也纠缠过这些问题。老头儿的惶惑和我一模一样吗？

抽烟的女人是什么样的女人。既抽烟且一圈一圈地吐着烟圈且将烟灰整个儿扣在枕头套里的女人是什么样的女人。为什么有的人嗜烟如命而我却常常从满屋浓烟的房间里仓皇逃出。我头晕头疼。我的脸上长出红红绿绿的斑点。永恒的尼古丁永恒的敌人。

老头儿年轻时一定一支接一支抽过许多烟。那么他对世界的看法不见得和我一样喽。相同的永远只有两件事：出生和死亡。出生，出生永远是紧锣密鼓惊天动地。协和医院。十六小时阵痛。满脸皱纹通体猩红。与外祖父出奇地相像。难道婴儿即老人老人即婴儿。难道你即我我即他。因为只有从你从他我才能看见一点真正自我？

老头儿的呻吟越升越高。即将浮出海面。老头儿是快要死了吗？死亡不会紧锣密鼓也不会惊天动地了。死亡是一点一滴走来的。每个人，无论是平凡是杰出是庸常是深刻，在他自以为盛年的时候死亡其实已经君临他了。死亡从一个细胞一根纤维开始，同样死亡在最末一个细胞最末一根纤维终止。死亡并非墓碑一样冰凉静止，死亡乃是水滴石穿。是的。水滴石穿。死亡是可怕又可敬的水滴石穿。

透彻而无奈的洞见吗？

老头儿似乎预言每逢本命年我会发掘出新能力。难道近来的沉溺冥想正应验了他的话。那么他是什么人或曰什么东西呢他为什么能够预言而我却只能是他预言的对象。

我究竟是什么人你们是什么人。他们呢他们又是什么人什么东西?

呻吟已经爬到顶层,并且在我的门前游荡徘徊。老头儿是气喘吁吁了吗老头儿似乎不是这个单元里的人。那么他到这里来做什么他的呻吟为什么顽固地在我门前游荡。我想我该走过去瞧瞧我至少应该弄明白这是怎样一个老头儿。我于是走近窥视孔。透过窥视孔我发现那老头儿也正贴近窥视孔试图朝里窥望。我很吃了一惊并且十分恼怒。于是我扳动门栓猛地将门拉开! 这一来老头儿也重重地吃了惊吓! 然而我来不及为此得意便惊愕万分地发现:老头儿根本不是什么老头儿,当"他"扯下包着脑袋的围巾直直地瞪着我时,"他"是一个身材脸形和我极其相似的八十岁的老女人(除了皱纹多出十倍外)! 她的呻吟是那样衰老粗重如浮油一般点点漂荡!

我当然没有恐惧到将她失手推下楼去。然而当她幽幽地对我讪笑并且执意要溜进屋来时,我立刻抄起身旁柜子上的玩具手枪。我后退一步将手枪对准她的心脏,坚决地毫不迟疑地扣动了扳机。

(1990年)

夜　晚

　　这个城市的夜晚常常令我大惑不解。每天晚上我都忍不住要伫立凉台琢磨它。进入我视野的除了树影幢幢还是树影幢幢。积水在苍白的路灯下泛出白金一样的光芒。本该澄澈深邃的天空除了迷蒙仍旧迷蒙。赭色逐渐掩埋起苍穹。星星是发育不良的童养媳，憔悴并且忍气吞声，似乎渐行渐远，渐行渐远。四合院在夜色的吞噬下无声无息。只有车声如故啸声如故蝉鸣如故。远近的住宅楼突然门户洞开，顷刻间喧哗起夫妻间的诅咒斥骂来。

　　从凉台返回，竟发现满室汪洋。书桌站在水里，书柜站在水里，沙发蜷缩在水里，音响踮着脚尖在水里摇晃。更可怕的是那张新买的华丽的昂贵的古中国风度的纯毛地毯正浑身瑟瑟地浸泡在水里。横遭不测的它们一齐茫然地看着我，我则以更加茫然的目光答复它们，不知发生了什么事。

　　其实事情很偶然也很必然。我惦着这个城市的夜晚，又顾及一家三口的饮食起居，所以刚才是先将全自动洗衣机推进厕所，接好电源水管，放进脏衣脏裤，加了洗衣粉，然后才到凉台上去一边琢磨一边发呆的。奈何发呆的过程开始得早了点,排水管没有架到水池上,我便匆匆奔赴凉台。

所以便有汪洋一片。便有白色泡沫在惨白的日光灯下优美地起舞。

荒谬又一次成为夜晚的客人。

如果说白昼是群体的,夜晚则是个人的。白昼若是紧张的,夜晚就是放松的。白昼劳作,夜晚歇息。白昼做人,夜晚做自己。白昼与敌视怨怼戒备周旋,夜晚与爱意亲情关切携手——白昼烈日炎炎,夜晚微风徐徐。

然而夜晚果真如此吗?

夜晚如此漫长,如此裸露,如此无遮无拦、无处躲闪。

个人的夜晚,放松的夜晚,歇息的夜晚,做爱做自己的夜晚,一经变质,比白昼更严酷,更不堪。

更何况黑暗中众生昏睡,不知所以,不问所以。醒着的灵魂便愈显孤独痛楚。

拷问灵魂的鞭笞声在静夜里声声凄厉,长啸着划破夜空。

一年一度的月明之夜,我和孩子一起出去重温童年心少年梦。

月亮既薄又小,既远又凉。童年时插队时海边那一派月华当顶、金光潋滟当然不复。人与自然的相遇、交融、和谐、共荣更其不复。路灯、车灯都比它明亮。甚至积水倒映出来的残辉也比它耀眼。路人在一派颠簸闪烁呼啸喧闹中形同虚设。机器轰鸣。喇叭轰鸣。圣谕轰鸣。欲望轰鸣。心灵像路旁的小草,在秋风中摇曳,渐渐枯萎。

只有小孩纯真如故。他找到一片小草地,尽管就在喧嚣的立交桥边,尽管草已泛黄,车过如潮,他跑进去便烦恼顿消,笑着叫着蹦着跳着嬉闹起来。

月光如水理所当然成为过往。

雨后的夜晚滑腻如苔。树是晕的。灯是晕的。房舍是晕的。天空的每个角落是晕的。低矮的平房里传出儿啼阵阵。

街道的泥泞已不算什么,黑暗中张开的网才是狰狞。雨水也打不湿睫毛了,眼泪鼻涕更其滂沱。

漆黑中有苍脆的声音不时划过。电闪雷鸣接踵而来。火辣辣的雷击炸了大半夜,像在提示什么,又像在掩饰什么。晕乎乎的夜晚成了水淋淋的包袱皮。

水淋淋的夜晚像泼在宣纸上的一团团浓墨。夜色如晦。夜色如晦。风雨声响彻每条街道。

"拥抱在一起反抗死亡。"有智者的声音低沉地宣示。

我伸出手去,揽到的却不是爱人的臂膀,而是一阵冰凉雨点。

室内室外一起漆黑的夜晚越来越多,轮番停电已成为这个城市的标志。我连蜡烛也懒得找,就坐在地毯上张望从屋里连绵到屋外的无边黑暗。

星星连童养媳也不肯当了。它或许已经苍老,变成瞎了眼豁了牙的老婆婆?

而那繁星满天的夜晚,葡萄架下月光斑驳的夜晚,海潮徐徐琴声弥漫的夜晚,是不仅仅留在过去的时间里,也留在过去的空间里了。

对面的中学校白天喧哗如闹市,如车水马龙,如海潮汹涌,此刻是黑魅魅如古堡,如暗礁,如无底的深渊了。

我常常疑心白天那些喧哗的生命并没有离开,他们就潜伏在破旧的书桌下,一俟深夜来临,便鱼贯而出,踽踽然欣欣然扮演起魑魅魍魉来了。

否则树影为什么一再参差,墙壁为什么渐渐斑驳,空气中重又弥漫起呛人的焦味来?

而在地毯上张望夜色的我,心绪除了渐渐惶恐不安、渐渐无依无傍外已别无选择了。

清丽如水的夜晚在车水马龙的大都市已成为天方夜谭。我常常在夜半溜出家门,为的是寻一份静寂,一份融入自然的和谐。奈何夜再深街上也仍有汽车电灯和机器的轰鸣。垃圾筒越发俨然,毫无顾忌地散发着冲天臭气。厕所依旧。积水依旧。斥骂声依旧。我在胡同里游荡,感觉自己是迷途的灵魂。

在这样雾气腾腾、喧嚣烦躁的夜幕掩藏下,多少欲望在滋长,多少谎言在诞生,多少背叛在进行?善、爱、正义沉沉睡去,恶、憎、不义凶猛地苏醒?人类的良知,人性中那可怜的一点精华已敌不过普遍的卑鄙委琐邪恶?

高尚是高尚者的墓志铭,卑鄙是卑鄙者的通行证已成为千古定律?

我穿行在狭长肮脏的胡同里。头上是天穹地上是痰迹,左边是成排的垃圾筒,右边是此起彼伏的厕所。我不知道自己什么时候能够走出这盲肠一样的胡同,不知道这一带的胡同在雾气如网的夜幕下是否会突然纠结缠绕到一起,使我永无走出的可能?但我知道我很想回家,虽然家中也没有月光,虽然家中的窗户一样洞开着,雾气臭气如常涌入。我明白我此刻若不回家,我的肉体将会迷失,我的灵魂将会分裂,这无边无际的夜色将会一点一点把我吞没。

(1990年)

真实梦境

　　我看见自己站在一辆极高大极魁梧的卡车上。这卡车不是常见的那种车头憨直、车身呈长方形的一般卡车。不,不是的,我所立足的卡车是罕见的,甚至可以说它举世无双足成绝响——它高大有如擎天的巨柱,魁梧胜似绵延的群山。而且,最可贵的还是,它的形式也是独一无二卓尔不群的——它是,恕我自夸,它是不折不扣不卑不亢说一不二的正方形。甚至,连它的车头也丝毫没有伸展的余地,它们——脑袋、鼻子、眼睛,凡是车头应有的一切,全都乖乖地缩在那方方正正、正正方方的巨大方形里。

　　这辆囊括了自身车头的怪兽一样的正方形卡车在落日的余晖下有一刹那显得通体猩红。

　　于是我看见自己站在这辆高大魁梧盖世无双的正方形卡车里。我知道自己站在那儿显得极渺小极微不足道。那情景绝对像汹涌沧海之一粟,无限苍穹一飞灰。然而奇怪的是,置身于那恢宏气派里的我,却绝对没有丁点儿的卑微感,相反,我甚至可以说是颇自得颇自信地巍然屹立着。看我那不时抬起手指点江山的气派,人们很难相信我其实不是拿破仑。

现在,我看见这辆皇城一样的卡车缓慢而坚决地朝前驶去。说它驶,不如说它爬,巨大的车身巨大的负载使它即使在高速公路上也呈蚁行状。它缓缓地一步一喘息地挪动着,仿佛一个横穿沼泽地的疲惫不堪的老兵,又仿佛一个途中爆发阵痛的一步三叹的产妇。远远的高高在上的我对它顿生怜悯。然而,一想到无论如何这车是开向远方,它将载着我去寻找中年的灿烂,晚年的辉煌时,我便又自得自信地巍然起来。我重新抬起手指点江山,重新在脸上抿紧拿破仑式的九死不悔的嘴角。

喏,我的怪兽一样的矩形卡车终于喘息着朝一座小山坡爬去了。这山坡矮小平缓得比平地差不了多少,然而,我的卡车却显然已力不从心。它颤抖着呼啸着往上冲,它使出了浑身解数甚至吃奶的力气冲刺着,却只是朝前挪了一丁点儿。甚至,就在它往前倾着身子努力举步的那一刹那,它的身子却不由自主地朝后滑了下去。这一滑就是百米多远。于是,我的方方正正的巨型卡车发出了困兽一样的怒吼,它抖擞起全部神经全部能量,再次悲壮地惨烈地义无反顾地向前——爬去。

但是突然间,我清楚地感觉到我的卡车在一刹那间轻松起来了。它不再艰涩痛楚屈辱如狗一样地爬行。它的老化滞涩的四轮仿佛突然间羽化成仙,变成了矫健有力的鹰翼,它的庞大臃肿笨拙的身躯也顿时轻盈欲飞熠熠生辉了。我发出了会心的微笑,仿佛这变化早在我的预料之中,仿佛这变化是我一手导引而成。我昂头天外。我得意扬扬。因为,我的轻盈矫健熠熠生辉的卡车就要载着我飞奔啦!前方等待我的正是我期待已久的灿烂与辉煌!

可是，为什么在我陶醉于巨变的喜悦中风驰电掣般地驱车前行时，渐次展现在我面前的竟是这些熟悉的景物：插队乡村里那一缕缕古老憔悴的炊烟；中学堂里那种植在田径场上的一垄垄苍翠的番薯秧；小学校里老师头上那一顶顶高纸帽胸前一块块小黑板……

我使劲跺脚使劲眨眼睛，于是这些昔日的景物片刻间全都撤去。果然是幻觉，我欣慰地想。幻觉过去，真实的灿烂就要来啦！我重新抖擞起来昂扬起来。我哼起一支昂扬的曲子，朝前面那飒飒的劲风张开了臂膀……

此刻，我的卡车驶上了一段漫长的山坡。我不知道它为什么在坡顶突然停了下来。我来不及从那支昂扬歌曲给予人的陶醉中走出，便惊恐万状地发现：我身下这辆巨型卡车的车斗已经脱离车座，渐渐朝天竖了起来！站在巨大车斗中间什么也抓不着的我非常清晰非常真切地感受到了那种无依无凭无着无落的倾斜的绝望！我就那么绝望地倾斜起来，那么眼睁睁眼睁睁地看着曾经是我的威风坐骑的车斗一点一点地竖起来竖起来，直到我再也无法站立其中……

就在我的巨型卡车即将把我抛出车外的一刹那，我非常沮丧地发现：一直满满铺垫在我脚下，也就是说这辆卡车所满满装载着的原来只是万千黄沙。而山坡下矮矮地坐落在那里的竟然是我的童年小镇，矮小瘦弱的老外婆正坐在老屋门口，一根一根地择着空心菜……

脚下的黄沙扑扑簌簌奔涌而下，极度倾斜的巨型车斗，即将把我掼出车外。旷古的惊慌旷古的绝望撕咬我有如撕咬行将咽气的猎物，而外婆却在老屋门前幽幽地朝我笑……

就在这千钧一发的危难时刻，感谢上帝，我极其适时地醒了过来。我睁开眼睛,带着满腹清晰深切的惊恐绝望,看见这年初夏清晨的阳光正冷冷地蛇一样地盘在我的窗前。

第二天夜里我感到一阵强烈的恶心。我百般挣扎总算勉力支起身子。当我终于探身床外准备肆无忌惮开怀痛呕时,竟然惊愕万分地发现:一条长长长长的蛔虫从我的一侧鼻翼上蛇一样地钻了出来。

(蛇年仲夏记于北京)

白 漩 涡

　　雪是半夜下起来的,早起已是四野茫茫。顾不上穿衣下床,便拥着棉被守在窗前,一片一片地看那纷纷的雪花。雪似乎下得更急了,纷纷之外更多了一层喧嚣,于是不再能一片一片诗一样地欣赏了,眼前是白色漩涡闹哄哄急匆匆地绵延一片,看着看着,人便发起呆来。

　　想起在团结湖住的时候,房子虽小,阳台上却能望远。天尽头常常是灰蒙蒙的,三两村舍散落在远方更显残败单薄。即使下了大雪,白皑皑一片也遮不去北方乡村冬季的凋零。相反,洁白中隐约的铁灰枝桠铁灰房檐,更是把这份凋零极鲜明极惆怅地镌进心底。

　　于是想起那放浪山野的梦。一间茅舍几只石凳,野草屋前屋后乱蓬蓬地长着,溪流时溢时涸……这个梦在夜间来来回回,每次出现细节都不尽相同,然而背景却是一定,那份苍翠那份无拘常常在苏醒后使我含笑。

　　然而儿子也已醒来,他一醒来便吵着要小汽车电动狗。我说你看下雪了,雪花穿来穿去外面多热闹。儿子一骨碌爬起来,他过来挨着我和我一起守望窗外,片刻他便说:

给我一杆枪,我要把雪花一片一片打下来。

有时候我怀疑我对儿子是否过于残酷。当他高声宣布他的幻想时,我常常忍不住要把真实告诉他。我告诉他雪花是不能用枪一片一片打下来的,大熊猫是不可能买来养在家里归他所有的。当他的脑袋不小心在厨房的门上撞出一个包来时,他哭着朝我喊:妈妈,这个门不好以后你给我买一个软门吧好不好?——即使在他这样泪流满面的时候,我也不能不硬起心肠对他说:这个世界是没有软门存在的,要想不碰疼只能自己当心。

不过儿子即使屡遭打击,幻想也绝不肯停止。他刚才就又自豪地宣布他是希瑞,他手中的宝剑能挡住激光,并且能给没有翅膀的顺风马装上翅膀等等。我想这就是新鲜生命的美丽了。看着儿子滴溜溜放着光的眼睛,我突然惭愧并且惶惑起来:我的幻想我的美丽是什么时候开始一点一点消失的呢?

不过有一点至少可以肯定:自从那支安魂曲在暗夜中鸣响,自从白色墓碑被风声、树影和满天的爆竹淹没,幻想便被千年封存,美丽一块块剥落,丑陋永恒。

窗外却仍旧是纷纷扬扬一缕缕地打着漩涡。那份喧嚣那份无序仿佛后面架设着一排鼓风机。每个人都在自己之外,犹如每件物都在自己之外。思想在心灵之外,行为在欲望之外,生存在生存之外。当我们把经幡从劲风中叠起,当我们把脚步从栈道上缩回,当我们把激情从心田里驱赶,我们还剩下些什么呢?

儿子听说雪是不能用枪一片片打下来的,便噘起嘴满肚子不高兴。在他心里枪是无所不能无往不胜的,就像希瑞的宝剑一样。满腹不快之余,他便不许我再对窗发呆,他拿出一堆为什么来报复我,直问得我哑口无言无以答对。

是啊,我怎么说得清雪花为什么不能用枪一片片打下来呢?是雪花绵延不尽,根本打不完?还是雪花软弱轻飘得根本就无力承受枪弹?

于是儿子终于以不屑的眼光瞄瞄我,说:

不问你了,问爸爸去!

儿子的不屑自然有他的理由,我太使他失望又常常使他扫兴。我又何尝不曾对自己不屑呢?当我把写好的明信片一片片撕碎吞进肚子里,当我对着恍惚的兄弟唱起赞美诗,当我终于颤栗着把激情化做万古熔岩——当我做这一切的时候,我又何尝不曾对自己不屑呢?

难道只有童年,人类才会充满笑声充满幻想的美丽?而长成的我们,则只能木然地守在窗前,望着漫天纷纷扬扬的大雪发呆?

窗外的雪花是飞舞得更密更急了。它使一直在追踪它们的我的目光迷乱而且仓皇起来。儿子把对窗发呆的权利还给了我,而我其实已经在企盼逃离它了。当我终于将那漫天大雪丢到脑后。移步厨房时,却发现儿子已经奔到阳台上——他高擎两支玩具手枪,亢奋而且认真地乱叫着,正在朝空中的雪花乒乓放枪。

(1990年)

马年夏季

又是燠热难当。天空像倒挂的闷炉子,怎么焦灼怎么来,怎么烧烤怎么来。人已经被逼到死角,或者仰天长啸呼唤石破天惊,或者倒地待毙充当一条脱毛死狗。我不知道自己更期待什么。我想每个人都在恨这燠热燠热无边的燠热。只是,有一千万个个体便有一千万种痛恨一千万种期待。

此刻是正午。闷炉子一样的天空没有太阳却比烈日炎炎还逼人。男人女人都在冒汗。脸上,额上,身上还有心里。汗水如珍珠一样诞生滋长,密密麻麻排列如网。汗水从额上脸上身上心里一颗颗滴落,生命便不复如初,生命是丢在角落里的一堆掏空的蚌壳。

闷炉子一样的天空也不落雨。乌云破棉絮般铺展,一层覆一层一层覆一层。树叶纹丝不动空气纹丝不动。风纹丝不动。只有手在乱舞。每个人都在窒息中挣扎。每个人都知道自己即将憋死。

然而痛苦的不是死亡而是这死亡前的窒息与尴尬。心如沉钟舌如瓦釜。思维伟岸肉体绵软。生而为人,却不得不如狗一样蜷缩。

天将大雨？

惟有企盼仍为我们拥有。

一夜又一夜，我躺在床上辗转无眠。我在想人的狂妄，人的有限，人的无聊，人的无耻。狂妄的世界只配狂妄的人生存，狂妄的人利用人的有限，制造了大批的无耻与无聊。生命美丽抑或黯淡？人类伟岸还是渺小？To be or not to be?

是的，To be or not to be? 生存若不是本该有的模样，生存又有什么？人类若只剩下无聊与无耻，人类又有什么？我们若只剩下姓氏性别，我们，便不再哭泣。

生死同质。

燠热仍在持续。闷炉子一样的天空不阴不阳。泪出如雨。汗出如雨。提起笔来头脑一片空白。灵感离我远去。激情离我远去。美丽离我远去。我看见自己正蹑足走进黑暗里。黑暗中没有现象，只有本质，没有伪饰，只有真实。黑暗是第三只眼，它包容罪恶也照彻罪恶。黑暗渐渐丑陋得美丽。

而美丽却是虚妄之光。它照耀我们有一万年之久。一万年之后我们摆脱了它，然而我们茫然有如剜却心头肉。于是我们一边诅咒一边憧憬它，一边嘲笑一边希冀它。我们因而矛盾得美丽，虚妄得美丽。

只是高温仍在蔓延。燠热难当。燠热难当。惟有楼下小儿嬉闹如故。他们仍旧跳跃仍旧喧哗，仍旧斗殴仍旧哭笑。他们也汗出如雨然而他们全不在意。他们的美丽是混沌的美丽。

然而他们摆脱不了长大的命运。而我们,我们摆脱不了苍老的命运。

于是我们便在这马年夏季燠热难当的日子里,一边倒地待毙,一边仰天长啸。

天将大雨?

(1990年)

倾听蝉鸣

每天早晨我都在这里倾听蝉鸣。盛夏的蝉鸣是如此尖锐如此单调如此绵延不绝。我一动不动地靠在躺椅上倾听它。我听见那似乎整齐划一无始无终连绵不绝的尖锐嘶叫其实也有高潮和低谷,也有开始和终止。只是它们的开始不如别类的亢奋,它们的终止也不如别类的疲惫。它们是高潮融合在低谷中,低谷淹没于高潮里的聪明的联唱。

蝉鸣如此尖锐如此生生不息,而我们却是粗糙疲惫麻木迟钝,我们甚至厌烦起这无休无止无起无伏的尖锐嘶叫来——假如有人喝令它们打住它们肯打住吗?假如它们打住了我们便会得意扬扬吗?假如它们非但不肯打住反而群起鼓噪,我们这些人类会恼羞成怒甚至大打出手吗?

人类是一部浩瀚的书,人心是一个难解的谜。当一道道闪电劈过我们的心田,我们能够一把捉住那深藏的魔鬼,给它戴一副锈迹斑斑却永垂千古的镣铐吗?

有时候想生命真是奇怪。一方面无可奈何一方面却拼命挣扎,一方面拼命挣扎一方面也就步步滑向死亡。孤独的心灵与孤独的个体一样,存在着同时毁灭着。

蝉鸣却是不依不饶。它们尖锐如白刃,一支接一支寒光闪闪刺向我们。只是被刺中的我们的心连鲜血也不再滴落了,它们并非吝啬,它们已经死亡。

那个早晨是一个多么特别的早晨。那个早晨太阳已经挣扎了一下,抖落掉暗夜的氤氲一跃而上青天,万物也都苏醒过来正在此起彼伏发出哗哗声响。我虽然躺在床上但我似乎心有所感。我看见一张斑斓的床单从天而降,它狰狞地凄厉地缓缓向我飘来。我虽然心如刀割但我无力动弹。我眼睁睁看着床单来到我的上方,然后它庄严肃穆徐徐下降,只一刹那我就被严严实实裹进无边黑暗,黑暗中我听见万物顿时失声世界一片死寂……

足足过了半个世纪我听见地球那边传来一阵锣鸣:

天狗吃太阳啰天狗吃太阳啰!

醒来后床单已不知去向。怅惘良久听见窗下有人议论这罕见的清晨日食。于是我猛地翻身坐起。我按住突突狂跳的心脏,骤然听见户外蝉声如鼓。

如鼓的蝉声像在庆贺它们的劫后余生。

多久不再忆起那个叫做阿网的女人了?残存在心底的只是那张皱纹纵横的古铜色的脸。那张脸多么粗糙多么男性化,生存的石碾榨干了它全部的女性气质。谁说苦难美丽谁说美丽因此长存?

粗糙的阿网守寡的阿网走路像渔妇一样大撑着脚掌的阿网肯定不会如我一样在这夏日的清晨疯了似的倾听蝉鸣。当年那一个个嗷嗷待哺的孩子如今不会再是她拼命的驱力了,她那老迈痴呆的婆母也许早已入土不再山一样地压着她了。当她从田里回来放下手中的镰刀蹒跚走进那或许明亮或许仍旧黯淡的厅堂时,她心中那古老的叹息是否正穿越迢迢空间,沉重地艰涩地抵达我的耳畔?

或许事实是,她此刻正轻轻卸下苦难微笑而去,而我耳畔和着不绝如缕的蝉鸣轰响着的这声叹息,只是她丢给我的一声不大不小的道别?

蝉声如鼓。蝉声如鼓。如鼓的蝉声伴我从清晨到午夜。我静听它有如静听人类的心声有如静听宇宙的回音。为什么我如此清楚又如此悲哀,如此透彻又如此缠绵?

思想像长河。情感像长河。黄泥滚滚的长河时而决堤而下,时而止水般静寂。有限的人生扭曲的存在,无穷的心怎能不痛苦连绵哀怨不绝?

甚至死亡都不能终止它。当魂灵们一个个离肉体而去,谁说它们不正透过这夏季尖锐的蝉鸣,固执地顽强地昭告人类?

蝉鸣如永远的波涛生生不息连绵往复。蝉鸣使渺小的自我渺小的人类愈加渺小。有一天当命定的死寂到来时,所有惶惶不安的爬行者或许终于携手齐心,奋力发出最后的哀鸣?

那便是对所有人生的隆重祭奠吗?

(1990年)

我因为什么而孤独

昨天下了场大雪。说是大雪,却比不上冬天里那纷纷扬扬、铺天盖地的鹅毛大雪,但在这暖春季节,在这眼看要进入四月的时节来了这么一场淅淅沥沥、飘飘洒洒的雪,却是罕见而不由人不感叹了。由此想到关汉卿笔下的"六月雪",那场雪看来并非艺术狂想,这个世界是什么事都有可能发生的。

黄昏时带孩子到桥头的街心公园去玩了一会儿。很遗憾春雪是多一些泥泞,多一些棱角,多一些刺骨的潮意的。好在儿子不理会这些,他盼了一冬天要堆雪人,一冬天都是失望与烦躁,今天总算称了心,自然不理会什么泥泞、潮湿和锐利的棱角了。

不过我要和你谈的并不是这场雪,我要和你谈的是这两年来在我心里蓄积着的翻江倒海般的情绪。我知道它们一直在我体内潜伏着、蓄积着,一遇合适的气候,便蹿出来狂暴凌厉地搅扰我,使我如今天一样想号啕大哭,想拿了白刃割开自己的血管,任猩红的鲜血流遍皑皑雪野。

是的,这两天我烦躁不安,心情摇曳飘忽,激情时而急涨而来,狂潮一般裹挟我、淹没我,时而急驰而去,扔下遍地的沮丧、怅惘和可怕的疲惫。我不知道我敏感的心是受了地震、雨雪、反常气候的感应,还是它已走到了最后的边缘,即将爆发即将崩溃?

今天,一个名字像按键一样触动了一切,我终于痛痛快快哭了一场。

也许这个季节本来就是躁动的季节,这个季节永远无法容你安静、容你老庄、容你沉溺声色放浪山野。这个不幸的季节你惟一能做的事只有:在存在与毁灭之间煎熬。

我常常觉得,假如我不是对我的孩子负有不可推卸的责任,假如我心中除了悲哀、愤怒、鄙薄、怜悯外不再有那不幸尚存的一丝爱心,我绝不会在这个世界苟活一天,绝不会像一头猛兽似的,在牢笼中一而再、再而三地绝望地咆哮。

我会将自己挂在冬天的老树下,用渐渐僵硬起来的躯体昭告低头赶路的行人。或者学那火中的凤凰,在哔哔剥剥的燃烧中呻吟、喊叫,然后更新。

至少我会吞一把安眠药,静静躺在雪白的眠床上,等待我的爱人、我的朋友、我的牧师、我的敌人,还有我的父母兄弟前来吊唁。

假如我的爱人无动于衷,掉头而去,因为他知道我的脸颊不再美丽,我的躯体已经僵硬,我会醒转过来叫住他,告诉他我的悲哀便是因这而起。

假如我的朋友忍住眼泪不敢近前,因为他害怕窥测的眼睛,害怕黑暗中张开的网,我会让风过去告诉他,我的孤独便是因这而起。

假如我的牧师黯然神伤、满目悲悯,却无法前来为我作最后的祈祷,因为他的长袍已被剥去,他的双足已经瘫痪,我会睁开眼睛凝视他,告诉他我的枯萎便是因这而起。

假如我的敌人披上佛光,前来哭悼,因为他知道我已经对他无能为力,我的名字将成为他餐桌上一块滴血的点心,我会让蚂蚁爬上他的额头,告诉他我的鄙薄便是因这而起。

假如我的父母兄弟只是远远地瞭望我,有的惋惜有的不解有的嘲笑,有的忙着往身上喷洒药水以防传染,我会猛地从床上坐起来,呜咽着告诉他们,我的痛楚我的绝望全因这而起。

然后我会放声痛哭,把一个世纪的苦难、一个世纪的委屈倾倒出来。我会在哭声中昭告所有不幸的同类:我的悲剧是理想在现实前的必然悲剧。我的痛苦是心灵面对肉体的必然痛苦。我的孤独是个体遥望洪荒宇宙、洪荒人性的永恒孤独。

然后我会用手枪抵住突突狂跳的太阳穴,再度惨烈地、义无反顾地将自己杀死。

自杀后的我留下的惟一遗嘱是这封信。这封信是写给你的,我的功利的、残忍的、苟安的、混沌的、缺乏诗意缺乏激情的爱人、朋友、敌人,还有我的一想起来就要流泪,一想起来心口便阵阵作痛的苦难深重的父母兄弟。

(1991年)

梦 魇

插队的时候,常来来回回做一个梦,梦中的自己刚从田里回来,一扔下手中的镰刀便散了架似的倒床便睡,一睡睡到第二天晌午。睁开眼睛看见满屋阳光便吓了一大跳,嘴里喊:不好了又误工了!从床上跳下来夺门便跑。这一跑才知道自己其实身在梦中,桌上小闹钟的指针在月光下清晰地指着凌晨三点。于是由庆幸而满心欢喜由欢喜而满心感激起来。

后来招工了,离开了公社大队,然后又到北京学习。每次返乡探亲前一两个月,则常做一个可笑的梦。每次都是到家了,一一去拜访那些曾经领导过我们照拂过我们或者欺压过我们的公社干部区干部,才发现忘了带烟带糖带北京的特产回去。于是干部们冷笑起来,阴阴阳阳起来,他们说:怎么样没错吧?我早说这些知青全是忘恩负义过河拆桥的家伙!

于是便急得面红耳赤,急得一句话也说不出,急得一个劲地在心里喊糟糕!急到无可奈何处便峰回路转,蓦地醒转过来。醒来后的心自然着实轻松了一下,知道还没被干部们撇嘴冷笑,还没被阴阴阳阳地斥为忘恩负义。

年来的梦境有所转换。年来不再做误了出工或是遭人冷笑的梦了。年来的梦说不上是进步还是倒退,是升腾还是坠落,只觉得梦中更加绝望凄清起来。梦魇成了我的酷刑。

  第一次意识到这个梦是在一个深邃的秋夜。北京的秋夜本来是最湛蓝最令人神清气爽的,但是偏偏在这神清气爽的季节繁衍出了无数阴鸷险恶的梦。我最先感觉到的是我的苍白的弧形指甲着魔似的延伸了、拉长了,变得促狭尖利而且略略弯曲起来。然后是手心手背脚心脚背手臂小腿猛地滋长出无数密密麻麻的柔软细毛来。接着,两只耳朵从脑袋的两侧卸了下来,悄悄移置到头顶,并且朝天竖了起来。我的脸上渐渐生长出茸茸细毛,我的眼睛由黑而蓝,由蓝而绿,由绿而浑圆晶莹,骨碌骨碌转动起来。最使我吃惊的是当我对这一切感到茫然不解,情急中回眸四顾求援时,竟然发现我的身后拖起了一条长长的毛乎乎的猫的尾巴!

  我自然惊恐万分,我不知道这一切是如何发生的。我站起来想喊想叫想夺门而逃,但是一只老迈冰凉的手捂住了我的嘴。这是一个干枯阴鸷的老妇人。她拍拍我的脑袋示意我坐下。我当然不听她的。我想你是谁你有什么权力命令我。然而奇怪的是我的心说"不",我的躯体却立刻顺从地坐了下来。老妇人于是满意地点点头,她说:现在我是你的主人了我知道你会乖乖听话的。你喜欢吃鱼腥是吗?你喜欢捕家鼠是吗?你喜欢高兴了就满屋子转悠满屋子喵喵叫?那么好,你听着,这一切都可以给你但是你必须忘记你是人,一个远不如我看上去却和我一样的人!

  听到老太婆用咬牙切齿的阴沉提到我曾经是人,倒使我一下子想起自己的处境来。我不明白为什么我现在不再是人了,为什么这个不相干的干枯阴鸷的老妇人能够如此摆布我。我鼓起全部勇气对她"嘘"了一声,然后我说你错了大妈,这不过是个梦,我之所以四脚着地身后拖着尾巴全因为这是在梦中,一旦天亮了梦醒了我就会恢复原样而你倒有可能是只猫……

老妇人听了我的话倒也不发火,而我原来以为她会瞪圆了眼睛伸出双手掐死我的。她只是更加阴鸷地笑起来,嘴里说:走着瞧吧。

然后她就拍了拍我的脑袋说:凯特,捕鼠去!

我明知凯特并不是我的名字,明知我的心并不听从这个不相干的老太婆,可是我看见自己立刻窜下地去,支起耳朵在墙根逡巡,十分卖力地做出一副准备捕杀的姿态。

老太婆显然很满意,她又一次阴森森地笑起来。行啦,回来吃食吧。老太婆说。

老太婆从菜橱里夹出两条咸鱼,扔在自己脚跟前。

我当然拒绝走过去。因为这样做实在太耻辱,太有悖于我的一贯风度啦。可是我——我明明确确走了过去,并且摇头摆尾地叫了几声。

也许是吞进肚里的咸鱼太咸从而触动了我旧有的神经,也许是老太婆洋洋得意的神情太让我恶心,我在跳到老太婆膝上乞怜的一刹那突然发作了——我支起前身挥动利爪对着老太婆嚷:

不!我要恢复人形我会恢复人形的!你别想摆弄我你这个坟墓里出来的老太婆!

恢复人形?老太婆轻而易举便抓住我的前爪。那好,我可以成全你,只是你得明白,在你完全恢复人形的那一刻起你已经死亡——你只有死亡。

老太婆说着站起来,像扔一只臭袜子似的将我扔进一个棺材状的冷柜里。在合上盖子的时候,我听见她还在嘟囔:

你会爬出来的你会大声求饶的你这个自以为是的家伙!

顶盖"啪"地合上了,柜子里立刻一片漆黑。彻骨的冰凉从四面八方向我涌来。手脚、躯体、五官、脑袋,我感觉它们全都一点一点冻成了冰坨。

只有心房温暖如故。只有心还在跳动,还在谛听。

漫长的、难以忍受的漆黑、寒冷、麻木、痛楚使我一次次昏厥,又一次次苏醒……

终于,我听见了毛发脱落的窸窣声。我相信那些毛茸茸的、我不胜厌恶的东西正在渐渐褪下,光洁的、人的皮肤正在逐一恢复。

然后,我听见一串近乎玻璃划过金属的声音。我想那是利爪脱落的声音。

接着,是头顶那朝天支棱着的耳朵滑了下来。它们本该在脑的两侧靠下的地方打住,但它们显然滑得太急了些,居然掉到脖子两侧。

我清楚地意识到这个错误,我感到一阵揪心。因为这么一来我将成为怪人丑人,而不是往日那个英俊潇洒的绅士了。

我急忙抬起双臂想将耳朵推回原处,但我立刻感到钻心的疼痛。原来四肢正在开始复原。脱胎换骨的剧痛立刻压倒了我,我不再考虑什么美丑常异了。

事实上我也无力思考什么了,我再次陷入昏厥……

当我终于从剧痛与漫长的昏厥逃脱出来时,我清楚地、欣喜若狂地发现:我的四肢、躯干、五官,它们全都完成了复原工程,不再毛茸茸脏兮兮渺小委琐了!也就是说,我战胜了刻毒的老太婆,我挺过来了,恢复了人的一切并且不曾死亡!

可是,正当我趾高气扬,正要顶开柜门回到光明世界时,老太婆阴鸷的声音像山一样压了下来:

你还有一关呐小子。你将恢复人心,但你必死。

立刻我就感到撕心裂肺的疼痛。那是心口被刀乱捅,心房被人挖出的剧痛。紧接着,是窒息,是心气如游丝,是死神在面前猖狂地狞笑……

不!我不死!我要出去——求你!

我听见自己狂乱地大叫起来。

几乎与此同时,我清楚地意识到两件事:

一是柜门开了,我迅捷地跳到地上。就在双脚着地的那一刹那,我重新变成了公猫凯特。我活蹦乱跳,并且很快跑到老太婆跟前,用舌头舐她的脚指头,呜咽着朝她谢恩。

第二件事是与此同时我知道自己醒了!知道刚才的那一切不过是个梦!我庆幸自己没有变形,庆幸那种变形的痛苦我不必在真实世界领受。

但是很快我便沉吟起来脸红起来。

而且我渐渐忆起,这个梦并不是第一次出现,年来它已经来来回回压迫过我好多次了,每次的结局都同样如此惊心,如此耻辱。

从此我每晚都故意延宕到夜半才上床,我想尽量杜绝梦魔缠身的机会。而且我每次上床前都要在枕边放一把匕首。我对自己说:假如噩梦重现,我要在第一次变形时便将血管割开,让躯体死亡,让灵魂升腾。

(1991年)

雨

  每逢雨天我就心神不宁。我无心做事。也不能思想。一开口则听见自己唉声叹气。于是我坐下来看书,可是顺手抄到的书打开一看偏偏全都印着一个个无奈。著述者大都难逃无奈?合上书本,我希望静静坐一会儿,不要思想,不要焦虑,更不要无可奈何。只要那种气功似的,打坐似的静静坐一会儿。完全忘却时间,忘却这个世界,忘却自我以及自我所依附的房屋、家具、衣裳、躯体,忘却大脑的惯性运作,忘却心灵的负荷与叹息。

  可是雨沙沙拉拉地闯进来。视野。心房。身体。周遭的空气。都潮湿起来,沙沙拉拉地响起来。它们渐渐嘈杂如乱麻,渐渐不只混沌沉闷,砰砰作响,而是逐步放肆起来、尖锐起来——它们终于失声尖叫,发出救护车一样绵长深切的凄厉呼号。

  对面的墙。我一直在盯着看的这片雪白的墙上有什么东西在蠕动。一条线。渐渐丰腴的线。不再规则。蠕动。蠕动。缓慢地蠕动。一片泅湿……

  一天一夜持续不断的雨。更简洁的词是淫雨。连砖砌的墙也不能忍受?

人其实都是多面的,否则就不能成立。哭泣的你,欢喜的你,怨愤的你,宽容的你,尖刻的你,慈悲的你,都是真实。而开朗的你,忧郁的你,拥抱生活的你,逃避生活的你,害怕死亡的你,渴望结束的你,也全是真实。在人群中我们谈笑风生、踌躇满志,并非完全作假;转过身我们孤独无援,落寞忧伤,也不见得就是无聊,就是常常遭人讥笑的无病呻吟。

不愿思想的人才会永葆快乐。他们是聪明人?或者,最有思想加上最会操守的人才最有可能不陷入感伤境地。他们是坚强的人?

不仅仅一片洇湿了。整片墙全都晦暗起来。冷峻起来。不规则的边缘。如同蚕食。

思想占据大脑。情感占据心灵。衣食住行占据手脚躯体。一心不能二用,所以手脚躯体忙碌时大脑退位,心灵轮休。手脚躯体歇息时大脑启动,心灵苏醒。只有安静时我们才能思考,所以人才害怕醉心安静的同类?

静寂中时间流逝,空间运转。静寂中新的诞生,旧的死亡,静寂中思想涌现,心灵颤动。静寂中秋雨沙沙,连绵不绝,无以复加。

我转过身。我看见四面墙全都蠕动起来。它们欲行又止,似乎要向我告别。然后,仿佛约好似的,它们一齐决绝而去——终于渐行渐远,渐行渐远,统统在我视线里消失了。

我居然毫无感觉。

低下头,我看见自己已全身湿透。

这时,雨停了。

骤雨初歇。

(1994年)

窗外·圆歌

窗　外

　　他说心灰意冷。电话断了。窗外。我说好,我们是同道了。树枝峭棱棱的,直刺天空。他终于心灰意冷。听上去有几分真实。阳光恍惚。天才冷呐。天冷人焉得不冷。心里的树枝大概也峭棱棱的,直刺,直刺喉咙。树叶消失了。天冷。冷得你灰心丧气,壮志全无。窗外。常常想就这样圆寂了。万物凝住。脸庞躯体凝住。往事悠悠。可是电话响了。不合时宜。任它响彻云霄。

　　乌龙茶热气腾腾。铃声持续。他的世界的回声？窗外那棵树,峭棱棱。生活越来越喧嚣。人心浮动。为钱疯狂。"为你疯狂"？可是晚了。树枝光秃秃,峭棱棱。铁石心肠。一无所有。很好。铃声停了。

　　灵魂必须具备飘动的能力。逗留意味着枯萎。窗外阳光纷披。可是心不能。飘动必伤无疑。那棵树。心无所念是大福。曾经繁荣得要钻进屋里来。情无所系是大福。如今凋零了。它多么孤单。树枝峭棱棱直刺天空。铃声骤起。

终于拿起听筒。串线。处处荒谬。曾经为荒谬痛苦。现在不再分辩。树。丑陋无所不在。只剩独善其身。那棵树。它又何尝不是。还有惟一的稻草。但愿永远抓住它。铃声。铃声。

连铃声也成群结队地来。围剿孤独？可是益发孤独。树也孤独吗？在风中微颤。光秃秃。峭棱棱。比起人心来，它一点也不丑。至少直率。至少坦荡。落叶纷纷已成过往。人由多少元素多少分子构成？如此繁复莫测，表里不一，诡谲阴森，蝇营狗苟。树却凝然不动。善良成了废弃的装饰品？铃声不再。

老树依旧。光秃秃依旧。不会思想多么幸福。动物般存在。峭棱棱一览无余的幸福。幸福千差万别。犹如人心千差万别。阳光黯淡下去了。最荒谬的莫过于发现你重视的原来是粪土。树。铃声不再。

爱情又是多么荒诞的一个词。古老如窗外。"我爱故我在。"一个反讽。光秃秃的树。麻木僵硬，浅薄无知远胜于敏感温柔，丰富丰满。不可思议的事。光秃秃的树。但不可思议地存在。那棵树。别无他途。怀着恐惧去爱。光秃秃那棵树。带着伤痛生活。光秃秃。西绪福斯大步走来。

铃声骤起。

圆　歌

突然就滑出这个词来。绝对生造。可是有那么一点意思。圆是完满、美好。圆是功德。

唱针滑出。在小船上。德彪西。人生是一个圆，从婴儿开始,又回到婴儿。所谓老人即婴孩。当然是指正常人生。有内容,实实在在的内容才构成圆,否则只是圆圈。亨氏麦圈。

帕凡舞曲,吃,喝,睡。衣食住行。儿子。女人。钱。循环往复,直至终了。无非动物性生存。无非麦圈。往圆圈里填些少年的幻想,青年的激情,中年的执著,晚年的淡泊。思索。创造。理想。碰壁。等等。等等。超越躯体。超越爱。超越荒谬。圆圈丰腴起来,立体起来。球体熠熠发光。

比才。怪诞的比才。认可荒谬居然用去三十八年时间。这事儿本身就相当荒谬。女人永远不及男人聪慧?女人是不见棺材不落泪。当然不是全部。精明的女人男人无法望其项背。阿莱城的姑娘。圆。

风妖。英年早逝的肖邦。不再抗争的意义在于抗争的力从此转移为创造的力。无意义的争辩让位于有意义的发现。虚幻让位于真实。还有建树。建树才是圆心。思想,才能,力均是圆规。围绕它合奏一曲。西西里阿诺。优雅的牧歌。当代已无牧歌。仁慈,良善,诚恳退让为稀有金属。守住最后的城堡。再无可退之路?

时间的舞蹈。时间不管不顾,径直向前。使美丽剥蚀。使纯真斑驳。使万物生长,健壮,衰弱,死亡。时间不断画圆,画圆,无休无止,无始无终。直到那声音出现。那声音说:

天国近了,你们当忏悔。

忏悔是圆歌的最后一笔?

(1994年)

北 风

上午，北风呼号肆虐，一副蛮横无理、烧杀掠夺的气概。裹着一件大棉衣，蜷在沙发上勉力要看书，看到的却只是从门框里窗缝中墙隙里钻进来，在屋里旋转翻飞的风。我知道事实没有这么严重，但是缩在沙发上手脚冰凉意气沮丧的我看到、听到、感觉到的全是风、风、风。

于是丢开书本，探出身子到书桌上摸来一支笔、两张纸。把纸铺在书本上，我惊讶地看见自己写下几个字：

告饶书

我不知道为什么会想起这个词，为什么会突然生出一种告饶的冲动。也不知道我是想向谁告饶，怎样告饶。

于是静静注视自己，静静地等待答案。

钢笔继续移动起来，沙沙沙的。满屋旋转翻飞的风似乎暂时止住了，窗外则仍然呼号肆虐，不依不饶。

你们看重的，我并不看重，你们想要的，绝不是我想要的。人是真的很不相同的。

生活中对你们来说不可缺少的调味品,那种呛人肺腑的辛辣,那种富于刺激的磨刀霍霍,寒光闪闪,那种鸡零狗碎的你长我短、你争我斗,我是多么厌倦啊。

而且我不只无力抵挡,我根本就没有心思抵挡。在你们兴味十足地去拿这个、拿那个,并且因此东长西短、大动干戈的时候,我正缩在沙发上构想一种结果。不,更确切些说,正缩在沙发上一边构想结果,一边艰难地、迟缓地和这种构想搏斗。

我请求你们了解:你们有意用来对待我的种种只会是无端的浪费。我不是不战自降的,而是根本就不和你们在一个竞技场。我的竞技场是在我自己体内的,那里一方是流逝和死亡,一方是创造与生命。

我不由自主地写下这些。虽然我知道这很幼稚,也很无力和苍白,但是狂风裹挟着我,我已经失去意志了。

只是我不太有把握把它寄给你们。正像我不太有把握与自己的搏斗能支持多久。如果这呼号肆虐的北风无休止地呼号肆虐下去的话。

我只是想知道自己此刻害怕什么、想说什么,我就用笔把它显现出来了。

或许下意识里我以为说出来就会好起来?

或许这支沙沙移动的笔只是一种无意识动作?

总之我想它大概真的可以算一份告饶书呢。

钢笔不再移动了,它用一种躺下的姿势告诉我它要说的已经说完。

我推开膝头的笔和书,走到书桌前,取了一个信封,将写下的纸片装进去,在上面郑重地写下:致同志们。然后推开阳台的门,站到肆无忌惮的狂风里。在狂风里我想了想,终于抬起手,看着白色信封里的怯弱的宣言,在风里翻飞跌宕,时高时低地飘走了。

(1993年)

阿 端

  阿端在镇上销声匿迹至少有十五年之久,十五年了小镇人几乎没有见过她。大家不在意她是出走了还是病殁了还是化做一股轻烟消散了,大家只是照常柴米油盐照常家长里短照常时哭时笑地过日子。

  但是有一天,突然传出阿端要嫁人的消息,小镇人这才猛地一惊,明白阿端既没出走也没病殁也没化做轻烟消散,她还好端端地呆在世上,呆在这个熙熙攘攘的小镇。那么这许多年她缩到哪儿去了,她为什么要那么严实地缩起来呢?

  只有我明白其中的道理。只有我始终在偷偷追踪她。

  在我六岁之前,阿端是虽然腼腆但每天都在横街出入的。她的父母是供销社的集体所有制职工,在我们那条街的拐角处经营一家小杂货铺,阿端便每天跟着母亲去铺里帮忙。她那时大概十三四岁的光景,很白的脸,很轻很细的嗓子,脸形是横置的椭圆,鼓鼓的,眼睫毛尤其黑尤其密,常常胆怯地放下来遮住眼珠,给人一种很奇怪的感觉。

  我那时便听说她的父母也曾送她去念书,但她念了没几天,不习惯,就不去了,天天呆在家里、铺里帮母亲。

有一次我随外公到杂货铺买烟丝,外公和阿端的父亲抽着烟斗聊起家常来,我便招手让阿端到外面的走廊玩。

阿端却摇摇头不愿意。我只好走过去迁就她,陪她说话儿。

但是阿端连话儿也不愿说,她只是盯着我脖子上的那条棉质的红格头巾,出神地看。

我见她很喜欢的样子,便解下来让她瞧。

然后我和另一个到铺里来的小孩子玩起沙包来。

离开杂货铺的时候,我已玩得满头大汗。外公催着我回家,我擦擦汗,便跟着外公走了。

第二天我自然想起我那漂亮的红头巾,我一路小跑着到杂货铺向阿端要。

阿端满脸通红地否认铺里有我的红头巾。她的眼眶里甚至渐渐有泪水跑出来。她那费劲的、勉强的、痛苦的神情使六岁的我突然一下子长大了:我对她顿生怜悯。

我不再坚持要我的红头巾了。我默默地,有些惆怅地回家了。

几天后再到杂货铺去,铺里已没有阿端那张横椭圆的、苍白的脸。

阿端从此不到杂货铺来了,她甚至连家门都不再迈出一步。她把自己紧紧关在那所阴暗潮湿的两层的"竹篙厝"里了。

我年纪虽小,却隐隐感到阿端的闭门不出和我的红格头巾有关,我真想让她知道这事不算什么。

有一天我终于走进她的家。她的家一楼几乎全是空的,因为潮湿也因为暗,一楼只有灶间仍旧在使用。

我同正在灶间烧饭的阿端母亲荷莲婶打过招呼,便踩着摇摇晃晃的楼梯上去找阿端。

但我立刻看到一个身影从二楼中厅飞掠而过,消失在前房的门后,那身影肩上披的正是那条醒目的红格头巾。

然后是阿端的父亲瘦瘦长长地走到楼梯口来,有些口吃有些费劲地告诉我阿端不在家。

我有些惊讶,但我想了想,还是转身下了楼。

从那以后我不再想着去找阿端了,因为我从此明白这个镇上阿端最不愿见的人就是我。

但我心里一直盼望阿端不久便会丢开那件事,重新走出那地窖似的阴阴的家。而且我也相信阿端会这么做。说到底,谁又能够长久地忍受那阴暗与凄清呢?

但是阿端令所有关注她的人震惊。她的母亲、父亲,还有在外地工作的惟一的哥哥、嫂嫂,都对她磐石般顽固地闭门不出大惑不解。

但他们久劝无效,也只好随她去了。

镇上的人便渐渐忘了阿端的存在,忘了在横街拐角处的杂货铺里,原来是有一个苍白、腼腆的小姑娘的。

直到阿端的父亲病殁出殡,小镇人才猛地想起,瘦瘦长长的海楠伯,是还有一个女儿的。

但小镇人没有看到这个如今也该有二十来岁的女儿走在送葬的行列里。扶棺痛哭的只有阿端的哥哥启明。

再后来(准确说是又过了几年),是阿端的母亲病了,我的母亲要去看她,我惦着十来年不见的阿端,便和母亲一同去。

阿端家的楼梯仍旧是摇摇晃晃的,仍旧是没有扶手。

某年某月

我们走上二楼时,阿端正在服侍荷莲婶吃药。几年不见,阿端似乎不见长,仍旧是短短的身材,有些单薄,有些佝偻,只是脸更苍白了,苍白得让人怜悯。

而我已经高中毕业,是个红润健康生气勃勃的少女了。

我亲热地叫她的名字,歉疚与不安明显地弥漫在我的声音里。

阿端却不肯正视我。她埋着头看地面,局促不安地"嗯"了一声,很快便逃似的走开了。

直到我们告辞,阿端也没有再露面。

这使我又不安了好久。

最后一次见阿端的情景更是令我怅惘不已,那是她母亲去世之后不久。荷莲婶是在缠绵病榻几年后才故去的,没有母亲相伴的阿端从此无法再躲在阴暗潮湿的"竹篙厝"里了,她的归宿成了大问题。

听说阿端曾幽幽地哀求哥哥,要他同意让她独自留在那地窖似的家里。阿端的哥哥当然没同意,她大门不敢出二门不敢迈,在本镇又没有亲人可以关照,如何生存呢?

不知阿端是否要求过到外地与哥嫂同住?总之最后是阿端的哥哥做主,把她许配给乡下一个四十来岁的鳏夫了。

我就是在那鳏夫来接阿端的那个上午见到她的。

矮小的阿端、单薄的阿端、有些佝偻的阿端穿着蓝幽幽的衣裳,挽着一个小包袱,从她那阴暗的家慌慌地走出时,强烈的阳光射在她苍白如纸的脸上,她顿时昏厥过去。

倒在地上的阿端在灿烂的阳光下显得极不真实。她活像一个纸人、一副模型、一具刚刚被发掘出来的幽幽女尸。

她毫无血色的脸上臂上极鲜明地漂浮着一条又一条蚯

蚓似的青筋。

昏厥的阿端终于被她的哥哥抱到鳏夫的自行车后座上。一个乡下来的女人扶着她,自行车便推着前行了。

我一直跟着这载着昏厥新娘的迎亲车走。我希望在阿端醒来的时候能够和她打个招呼,能够最后和她说点什么,但我一直跟到迎亲车出了小镇好几里,阿端也没有醒来。

阿端就这样昏厥着被推到婆家去了。当她醒来时,她那颗敏感的、怯懦的、紧紧封闭着的心灵,面对陌生的鳏夫、陌生的"家"时,她会再度昏厥过去吗?

或者她竟会一改二十年来的怯弱,渐渐如乡下那些风风火火的女人,上山下海,生儿育女,从此变一个人?

而我是每想到她,心里便要久久地浮起迷惑与怅惘的。

(1992年)

应 婆 子

应婆子当时大概六十来岁，很白的脸有些长，上面凹下去几个小坑坑。皮肤很松垮，但不是那种皱纹细密如网的样子，而是整个皮和肉一齐往下耷拉。眼睛很长也很深，是闽南话说的那种鹰眼。那双瞳仁尤其阴冷，当她不再刻意做出和善的表情来酬谢我们时，看她一眼常常会令我们心里起一种莫名的惊惧。

她又总穿黑衣服。黑衣服的领口袖口上堆满了污垢。头却梳得光亮油滑，并且不是那种常见的圆发髻，而是春卷似的鬈着，油光锃亮地长列脑后。

她走路的姿势也特别。背有些佝，腰却挺着，而且长。移动的时候，两条长腿便画圆似的往前挪。

（现在回想起来，她年轻时一定属于那种有着水蛇腰的妖娆体态的。）

我们常常走进她那在镇东头高地上的黑乎乎的家是因为她是五保户，属于鳏寡孤独一类。我们那时正在教导主任的督导下起劲地为五保户、烈军属做好事。

我们第一次走进她家时，她正倚在床上幽幽地抽纸烟。

看见陌生的我们,她眼里立刻射出阴冷的光。

我们忙说我们是中心小学学雷锋小组的,来帮五保户做好事。

她的眼帘便垂了下来,遮住那阴森幽冷的光,并且"嘿嘿"地笑起来。

我们便要动手扫地擦窗,应婆子却摆摆手,说:先不忙。

她要我们围坐到她的跟前来,然后眯缝着眼打听起我们这类行动的情况。

她提出的问题使我们感觉她与世隔绝。社会上学校里正在轰轰烈烈搞的忆苦思甜等活动她似乎一无所知。

但她的适应力令我们吃惊,刚才对她来说还是闻所未闻的一些名词很快便极顺溜地挂在她嘴上了。

她掐灭纸烟对我们说她正是我们所说的那种旧社会的受苦人,她受尽了阶级敌人的压迫和剥削。

我们便问她是什么成分?是贫农还是雇农?能不能给我们作一个忆苦思甜报告?

她听了便幽幽笑起来,指着泥泞的灶台和污黑的地板说:你们该动手学雷公了。

于是我们也笑起来,七嘴八舌地告诉她是雷锋不是雷公,同时七手八脚地扫起地抹起灶台来。

第二次再去的时候应婆子终于拗不过我们的一再要求,作了忆苦思甜。

她的嗓音有些滑又有些假,而且她总喜欢把嗓子吊得高高的。她讲了老板的剥削,工头的毒打,地主的狗咬人,富农的婆娘骂人,讲了如何吞糠咽菜,如何挨饿受冻,讲到最后她明显有些亢奋,她指着被灶烟熏得黑乎乎的四面墙,指着除了一个黑灶台一张窄木床外一无所有而且窄巴巴的家说：不然我怎么成了穷光蛋？瞧瞧我连绣花鞋都只剩下一只了。

我们朝床下望去，果然看见一只绣花鞋。有些旧，有些脏，但仍看得出当年的鲜艳媚丽。

我们便问她到底是工人还是贫农，是无产者还是半无产者，她听了翻翻眼，从嘴里啐出一口烟，说：我是五保户！五保户不就是自己人是阶级兄弟吗？

我们听了觉得有理，于是不再追问。

熟稔起来以后，应婆子不再满足于我们天天放学后为她扫地洗衣提水了，她开始露着被烟熏黄的牙床告诉我们，当年她看见比她穷的人总要转身将自己的东西送给他，而且不让家里人知道。她常送人的东西有钱有粮票有菜橱里的鱼和肉，我们听了大有茅塞顿开的感觉。

于是我们开始竞争着从家里拿来一些东西。开始是零钱、粮票、肥皂头、牙膏皮之类，后来渐渐发展到用纸包些菜橱里的酱油肉、五香肠。每次我们把东西呈现在应婆子面前，应婆子总要垂下眼帘笑几声，用那种假嗓子似的声音夸我们"阶级感情深"。

这类事上登峰造极的是我。有一天我一来情绪，干脆把母亲刚刚炸好的整盆炸鱼块给端来了。

应婆子看见那一大盆黄澄澄的炸鱼块高兴得眼里全没了阴冷的光，她把烟头一抛，假嗓音挑得高高的："我可是吃过地道的熏鱼的，那年我乘飞机去上海……"

后面的话应婆子咽住了。她警觉地瞥了瞥我们，清清嗓子转变话题，说起旧社会穷人如何受苦受难来。

再后来应婆子知道我们在为她做好事的同时也为学校

附近的五保户陈阿婆做好事,并且渐渐知道我们更喜欢陈阿婆。因为陈阿婆眼光没那么凶,嗓子没那么假,牙没那么黄,衣服没那么黑,走起路来也没那么提着腰晃着腿。而且陈阿婆虽然也穷也孤单,但陈阿婆家里墙不黑、床不乱,总是齐齐整整干干净净,脸上,则总有一种和和气气的慈祥神情。

应婆子知道这些后很生气,她开始阴冷着眼睛告诉我们陈阿婆如何如何不好,如何不是无产阶级的兄弟,不是受苦受难的人,甚至说她并不是孤老婆子,说她还有个儿子,却赖着让政府养她。

有一次在街上碰见陈阿婆,她甚至叉了腰,往陈阿婆脸上啐起口水来。

这一切自然令我们反感。加上后来母亲知道我偷走的那盆炸鱼是送给应婆子的,便一副哭笑不得的神情,母亲说:"你当她是什么人呀你们竟然整天往她家跑!她过去是最不清楚最不那个的啦……你们这些傻孩子竟然信她的话!"

从此我们便不再登她的门了。对我们这些小学四年级的孩子来说,我们愤怒的不是她过去如何不清楚,我们愤怒的是她用瞎话骗了我们。

应婆子只好又自己扫地提水洗衣了。有一次我去井边打水碰见她,她马上垂下眼帘,很亲热很讨好地叫我,我却绷着脸只当没听见。

但她提了水悻悻地走开时,我看见那提着腰晃着腿倾着身子几分困难地往前挪的背影,心里的感觉却突然复杂起来。

(1992年)

近 邻

龙灿一家是我家的邻居。他家和我家斜对着门好几年,中间隔着一条不太宽也不太窄的石板街。

这条石板街在小镇算得上是古老的,石板街上鳞次栉比的"竹篙厝"也很有些年头了,而龙灿家的房子却是"新生代"。我母亲说那里原本只是山脚下的一块空地,不知什么时候有人傍着岩石搭起了一间简易房,又不知什么时候简易房上又续起了一间简易房,于是我家大门就从原先的斜对着岩石变成斜对着一座草草搭成的"两层楼"了。

龙灿家搬进这座"两层楼"的时候,"两层楼"已经更加摇摇晃晃,更加破旧不堪了。龙灿是一个人高马大、肤色黝黑的安溪汉子,带着一个同样人高马大、同样肤色黝黑的婆娘,还有一群从十八岁到周岁年龄不等的生龙活虎的儿女。他们一群人扑腾腾地进驻这座"两层楼"的时候,正在对面好奇地张望的我看见"两层楼"愈加剧烈地摇晃起来。

龙灿的长子叫阿狮,据说已经十八岁,可是个头却显矮,远没有他父亲高大健壮,脸膛也不像龙灿。龙灿是天庭开阔,颧骨也开阔的。虽然辛苦虽然艰难,龙灿脸上总是黑黑红红地放着光,阿狮却是一脸菜色,促狭的额头,促狭的眼,神情也阴鸷黯淡,绝无半点英武勇猛之气。

镇上很快就有人传说阿狮不是龙灿的儿子,是龙灿婆娘"讨干兄"(婚外恋)讨出来的。持此说的人并且振振有词,说:"不信瞧瞧龙灿对阿狮的态度:那是虎瞅着狼,哪是爹护着儿?"

的确龙灿在家总是"干伊娘"、"干伊娘"地骂骂咧咧,而且总是将婆娘、阿狮捆到一块儿骂。到外面干活,如果阿狮不幸和他分在一块地里,人们便会听到龙灿不断找茬,粗话连篇地臭骂阿狮。

龙灿的一对女儿年龄似乎相差不大,一个叫阿珠,一个叫阿瑛,都是十三四岁的光景,体态却大异。阿珠瘦得跟猴似的,浑身上下都是皮搭着骨头,有气无力的样子,只有眼珠大而且活络,常常骨碌骨碌地转,翻出许多眼白来。阿瑛则永远胖墩墩、傻呵呵、乐陶陶的样子,常常很得意地伸出手来,让我们看她手背上十个大大小小、深深浅浅的梅花坑。

龙灿最小的儿子龙仔那年刚刚周岁,还成天被吊带吊在龙灿婆娘的后背上。夏天,龙灿婆娘常常袒着上胸,在灶前忙来忙去,龙仔如果哭起来,龙灿婆娘就会把她那坠得老长的乳房顺手甩到肩背上,让伏在背上的龙仔叼住吸吮。

有一次龙灿婆娘正在灶前烧菜,叼着奶头的龙仔吃饱喝足,终于沉沉睡去。奶头从龙仔嘴里滑出,不偏不倚正好掉在冒烟的锅上,龙灿婆娘大叫一声,发现甩离锅沿的奶头已经嗞嗞冒烟。

这类逸事有一阵很让小镇人津津乐道,讪笑冷笑。因为龙灿一家穷酸,也因为龙灿一家是外来户,他们一开口,永远带着满口土气的"地瓜腔"。在小镇人眼里,龙灿一家从一开始就显得滑稽可笑。

而我却渐渐知道龙灿家其实一点儿也不滑稽。

龙灿家的"两层楼",其实就是上下两间房。楼上不用说是卧室了,大大小小八口人两种性别挤在一间二十平方米的房间里显然不是什么舒适的事。楼下呢,简直就是大杂烩。说它是灶房它便是灶房,进门左手是一个大灶台,灶膛里常常蹿出滚滚青烟,满屋子循环往复;说它是仓库它便是仓库,墙角地上堆着白薯、谷糠、青柏蕾,以及扁担、镰刀、粪桶等;说它是餐室也可以是餐室,一家子除了围着墙边一张半残的桌子喝粥外别无去处;说它是猪圈更是丝毫没有冤枉它——他们进住的第二天,龙灿便带着阿狮在房子的后半部用石头搭起一个猪圈,龙灿婆娘在里面养了三头猪,三头猪的猪食猪粪把龙灿家搞得整日臭气熏天。

甚至龙灿家的人一出门身上也带着一股猪圈味。胖墩墩的阿瑛喜欢跑到我家来找我说话,我倒也欢迎,可是每次她一走近,她身上散发的那股臭味总是差点令我作呕。

有一次我忍不住跟阿瑛直说了。阿瑛听后立刻收起她的梅花坑不再让我看了,她瞅瞅我,怪怪地说:"下雨天你到我家来看看。"

不久便是梅雨季节。有一天放学后我刚要迈进家门,想起阿瑛的话便动了好奇心,于是转身走进阿瑛的家。

一进门立刻满屋臭气迎面扑来,而且脚下立刻被滑腻腻的东西粘住了。我低头一看大吃一惊,原来满室泥泞!这才知道阿瑛家地面是不铺砖也不抹水泥的,它只是一片光秃秃的泥巴地。这泥巴地在连日漏雨的侵蚀下,早已是沼泽地一般的一片泥泞!

而房间里仍旧到处都在嘀嘀嗒嗒地淌水!

看见我惊愕的样子,龙灿婆娘大概觉得开心,她指指楼上,阴冷里带着讪笑,说:"这算什么,楼上漏得才热闹呢!"

我自然从此不敢再嫌阿瑛身上有臭味了。

而龙灿婆娘的阴冷与诡谲却渐渐在镇上著名起来。

小镇人渐渐发现,龙灿婆娘连过年过节时拜佛敬神也撤不去脸上那一派阴冷与诡谲。他们发现她将供品摆上当街的条凳上(闽南人敬神是在家门口进行的),双膝跪地,手里举着燃香念念有词时,她的嘴角也牢牢逗留着阴冷与讪笑。

而她丈夫喝完酒骂她、打她时,她也从来都是不愠不恼,不痛哭流涕更不气急败坏的。她对付丈夫的拳头与连篇粗话的,永远是嘴角上那阴阴的讪笑。

有一次她的二儿子,十五岁的大呆因天热跑出房间,在二楼那没有栏杆的走廊上睡觉,夜半翻身不慎摔落下地,摔断一条腿时,她居然也是不气急不心疼,依然一副阴阴冷冷的神情!

于是渐渐有人叫她"神经病",叫她"少一灶火"(意谓火候不够,未熟)。可是若让她听见了,她会收起阴冷和讪笑,凛然地说:

"你才是神经病!"

最后是有一年夏天龙灿婆娘终于得暴病死在她家的猪圈旁。临死前赤脚医生被叫去施行急救,病人没救活,赤脚医生回家后却病倒了。

有人说赤脚医生是被龙灿婆娘传染的,有人说是被她家的污浊空气熏病的。一个月后赤脚医生病愈了,病愈后赤脚医生才坦率承认,她是被龙灿婆娘吓病的。

她说龙灿婆娘临死前又一次阴阴地冷笑起来,那冷笑令她毛骨悚然。

而龙灿婆娘的阴冷与诡谲消失后,龙灿、阿狮、大呆、阿瑛、龙仔们是依旧烟熏火燎,依旧满屋泥泞地在那座飘飘摇摇的"两层楼"里又住了好几年的。

(1993年)

玉 兰 仔

玉兰仔是小镇景观之一。无论风和日丽,无论刮风下雨,小镇人永远可以看见那个高大而臃肿的身躯,臂上挽一个筐,头上顶一窝鸟巢似的乱发,一脚深一脚浅地在石板街摇晃。

跛了一条腿的玉兰仔从上到下只一个颜色。她的衣服说不上是灰还是黑,她的裤子也说不上是灰还是黑。她的脸庞手臂和她的衣衫裤子一样,是那种几十年来日积月累堆砌起来的污垢的颜色。

玉兰仔的一双大而圆的眼睛就从这满脸污垢中幽幽地显露出来。那眼睛有时很呆滞,半天不动一下的,有时却机敏活泼,通了电似的骨碌骨碌转个不停。

玉兰仔的住处地地道道是个狗窝。那是码头边水产供销站旁的一个临街的一米见方的地方。我常常纳闷这样窄、这样小的地方原来是做什么用的,或者它竟就是专为玉兰仔预备的?

总之那个地方虽小,于玉兰仔却似乎合适。窝里靠墙堆着些稻草,是玉兰仔的被子褥子。地上一只筐一副破碗筷,是玉兰仔的全部家当。地方太小,玉兰仔无法伸展了躺下,便挨着墙半倚半靠地蹬着腿坐。那张污垢斑斑的脸,正好对着门外来去匆匆的众生相。

从玉兰仔门前走过的人,不是刚从船上下来的,便是赶着上船去的。玉兰仔常常端坐"宅"中,眯缝着眼,似欣赏似审视地看人间风景。

我的三姨妈每回从鼓浪屿回小镇探亲,都要从玉兰仔的门前经过,而玉兰仔也每回都会从她的窝里探出身来,用沙哑了的女低音瓮声瓮气地招呼:

"缎子,你回来啦!"

我的三姨妈便会走上前去,在玉兰仔的门前略略和她交谈几句,然后,从钱包里掏出两元钱,递给她。

玉兰仔接了钱,并不卑微地道谢,她每回都是抬起那肿胀的手,在胸前缓缓划个十字,以跟她的现状极不协调的肃穆神情说:

"感谢主。"

接送三姨妈是我的任务,所以我对三姨妈和玉兰仔之间的这一套很熟悉。常常三姨妈上船回鼓浪屿去了,我便走到玉兰仔的门前,端出一副大人腔问她:

"玉兰仔,你也信教?为什么不见你做礼拜?"

玉兰仔照例不回答,而是东拉西扯地告诉我,三姨妈从前多么漂亮,是多么风光的小镇一枝花,而现在又是多么憔悴,憔悴得熟人看了都心疼。

有一次玉兰仔还凑到我跟前,很神秘地告诉我:

"犹大,犹大。小娟子,犹大多着呢。"

她的臃肿、肮脏和粗声粗气都让我受不了,我应付地

"嗯"了一声,便一溜烟跑开了。

后来三姨妈再来时,我想起玉兰仔那古怪的神情,便将她的话当笑话告诉三姨妈。

三姨妈却大吃惊吓,她捂住我的嘴,严厉地训斥我,说这种话绝不可以乱讲,乱讲是要惹大祸的。

我不懂三姨妈何以如此大惊小怪,我只是有些委屈,而且埋怨玉兰仔。她的古怪神秘害我挨了一顿训。

但是三姨妈从此不再走到玉兰仔的门前和她谈话了。她依旧给她钱,但是通过我传递的,三姨妈只是站在石板街的那一侧朝玉兰仔点点头,笑笑。

后来三姨妈很长一段时间不回小镇来了,母亲有时去看她,回来便说她家里的情况很糟糕,三姨父连家都不能回了,三姨妈整天眉头紧锁,只有在夜间祈祷的片刻工夫里不唉声叹气。

玉兰仔却仍旧挎着筐,深一脚浅一脚地满镇转。碰见小孩子,她还常常出其不意地走上前去,瓮声瓮气地嚷:"狼来了!"等他们被她的脏脸吓得尖叫着四下逃散,玉兰仔便"嘿嘿"地笑,几分得意几分诡谲。

我那时常常纳闷玉兰仔那样脏,那样有一顿没一顿,那样无论刮风下雨都满镇转悠,却从来不见她生病。不但不生病,她甚至从未有过愁容,她的神情似乎永远只有两样:不是诡谲地"嘿嘿"笑,便是一脸肃然若有所思。

她甚至不见衰老。斗转星移,时光流逝,镇上孩童长成了大人,新娘变成了老妪,连镇东头老榕树的胡须也一年密似一年,玉兰仔却始终如故,永远是人们初见她时的模样。

是她的浮肿掩盖了她的憔悴,还是几十年堆积的污垢填塞了她的皱纹？随着年龄增长，我对玉兰仔的好奇与日俱增。

记得我曾不厌其详地问遍了镇上的老人。老人们有的说打她到这个镇上来玉兰仔就是这副样子。有的说不，玉兰仔可是漂亮过、风光过、绫罗绸缎里滚过的。有的则叹口气，说，咳，这都是命，都是命呀。天意谁也不能违拗的呀。

我最后访问的是班上一个同学的九十岁的祖奶奶。祖奶奶几年前便陷入半痴迷状态，听说我来请教她，祖奶奶颤巍巍地鼓起那掉光了牙的嘴，嘟嘟囔囔念叨：小姐，姨娘。姨娘，丐婆。丐婆，小姐……

我的同学朝我做了个眼色，我们便退出祖奶奶那阴暗潮湿的房间。一种从未有过的茫然情绪顿时在我心里弥漫开来。

接着是上山下乡的洪流来了。我到钟子尾插了四年队。四年艰苦的乡村生活使我把玉兰仔渐渐忘了个干净。

最后一次见到玉兰仔是离开小镇北上的那个早晨。我提着行李匆匆赶往码头，忽然听见玉兰仔瓮声瓮气地叫我。许多年没有听见她的声音了，我应付似的朝她笑笑，预备接着赶路。玉兰仔却起劲地摇她那肿胀的手，要我过去。

我走到她跟前，玉兰仔有些笨拙地从贴身的兜里掏出一个小绢包。绢的年头似乎很久了，一副发黄发朽的样子。

"把这个带给缎子。"玉兰仔粗声粗气地说。

"什么东西呀？"我想拒绝，又怕玉兰仔不高兴。

"你给缎子——她正用得着。"

我无法拒绝这个瓮声瓮气又执拗得可以的声音。而且开船的时间马上就到，我便含糊地应承下来。

轮船渐渐驶离了小镇码头。我想起玉兰仔塞在我手里的那个小绢包,想起三姨妈正在为刚刚过世的三姨父和几个遣往山区改造的孩子悲痛不已,哪有心思理会玉兰仔呢?

但是上岸后我还是把小绢包交给了三姨妈,三姨妈打开时,我听见她低低叫了声:"主啊!"我扭头看去,看见三姨妈手里托着个那年代已绝了迹的黄澄澄的十字架,正在喃喃祷告。那块发黄发朽的绢子飘落在地上……

如今十几年过去了,听说玉兰仔依旧无恙,依旧顶一窝鸟巢似的乱发,依旧不管刮风下雨挎一个竹筐满街转,依旧一有机会便乐呵呵地吓唬小孩子。

那早年被她吓唬的小孩子如今已是一镇之长,玉兰仔今年也该有七十几岁了。

七十几岁的玉兰仔还会继续多久她那深一脚浅一脚的跛腿生涯呢?

(1988年)

玫　珍

玫珍结婚时,凡是参加婚礼的亲朋大都一边敷衍着向新人举杯祝贺,一边在心里反复转着一句话,好花插在牛屎上!

玫珍的新郎颇显老态,而事实上他对于二十二岁的新娘来说也确实嫌老。据说他那年有三十七八了。人倒高高大大,只是面相有些阴又有些凶,骨架也显得别扭。令人过目不忘的是他的眉毛,他的眉毛宽阔、浓密、杂乱又有些短促,挂在那双深沟似的眼睛上,给人一种隐隐的不祥之感。

玫珍看来也不喜欢她的新郎。整个婚礼上她都闷闷不乐。她甚至连敷衍的笑都不肯做出一个。这种状况让亲戚们发现后自然又私下里琢磨了好久。

玫珍的母亲明舅母对新郎倒不置可否。她不喜欢的是玫珍和玫珍的态度。她对玫珍说:"哭丧着脸做什么?这是出殡啊?!"

玫珍只好打起精神应酬来宾。她好几次咧了咧嘴想笑,却终于没能咧出笑容来。

女宾们于是从心里可怜玫珍。她们可怜玫珍已经好久了。因为玫珍虽然生得秀丽玲珑,人也敦厚灵慧,又是明舅母惟一的亲生女儿,明舅母却待她很凶。而玫珍的大姐玫琳虽然是抱养来的,且长着一双吊眼,玫珍的弟弟光中虽然过分憨厚,人称"少一灶火",却深得母亲宠爱。

大家便觉得玫珍只有指望出嫁了。大家都想玫珍那样的长相那样的品行,嫁个好人便可以舒舒心心过日子了。

玫珍在师专念书的时候,大家也曾听到她恋爱的消息,暑假里她带着男友回小镇,大家看见那个生气勃勃的青年也着实替她高兴了一下。

哪里想到婚礼上的新郎却是老到并且阴鸷的,大家心里便有些惴惴起来。

后来才知道这位新郎是玫珍任教的那所小学的校长。他为了将玫珍和男友拆开,很用了些手段。

然后便是向玫珍求婚。求婚的手段也与众不同,他是恩威并施,而且威远大于恩的。

玫珍却不屈不挠。她用在家里对付母亲的淡然来对付蛮横的求婚者。

最后是玫珍终于听到了男友结婚的消息。极度失望的玫珍痛哭了一夜,一夜间她老去十岁。

心灰意冷的玫珍再也没有心气和老辣阴鸷的校长抗衡了,她像扔一件讨厌的东西一样随手终止了求婚者令人心烦的纠缠,玫珍答应结婚。

婚后的玫珍却越发不幸起来。她低头走路,自行车飞窜过来撞她,造成小腿骨折。她生儿子,儿子不久却染上脑膜炎,留下癫痫后遗症。她好歹也算有了丈夫有了家,丈夫却动辄拳头相向,辱骂有加。本来就畸形的家更是日益阴森、日益凄厉起来。

玫珍于是无法再漠然下去,她提出离婚,可正沉醉在暴戾与威严的独特快感中的小学校长简直气疯了。他亮出手枪咆哮怒吼。

玫珍这才知道丈夫不只是一个小学校长,他的老辣阴鸷凶险暴戾来源于他的真正面目。伴着这样一头负有秘密使命的凶险的狼,玫珍不寒而栗。

无法可想的玫珍(所有的路都被丈夫挥舞的枪口堵死了)只好暗自饮泣,整日提心吊胆,战战兢兢地当她的女仆厨娘兼婆姨。

这样可怕的日子玫珍居然过了好几年。

直到"文革"末期,玫珍丈夫才东窗事发,锒铛入狱。锒铛入狱的丈夫罪过不小,被判了十五年徒刑。

玫珍于是松了一口气,心想这地狱般的日子总算有结束的一天了。她再度提出离婚。

谁知丈夫从牢里传出话来,口气依旧暴戾依旧布满了淫威:胆敢离婚,他爬也要从牢里爬出来和她算账。

而且社会把她和丈夫看做一体久矣,对那个阴鸷凶险的"小学校长"充满敌意的人们,根本不理会他的妻子的任何要求。

玫珍只好再度熄灭她的希望。她看看自己病弱的躯体,憔悴的面容,想想那顶看来永远摘不掉的潜伏特务家属的帽子,居然连眼泪也不再淌了。

她带着那个智力低下、时常发作癫痫病的儿子,那顶人人望而生畏的反革命家属帽子,还有满身心的伤与痛,过起了近乎麻木、近乎枯死的生活。

据惟一接近她的一个远亲说,后来玫珍心里只剩下一个念头了,这个念头是:在丈夫出狱之前死掉。

小镇上的女士们呢,是一提起玫珍,人人都要摇头,都要叹息着说一声"她真是命苦"的。

(1988年)

方 姑 姑

方姑姑曾是我弟弟的保姆。因为两家相距不远,她家也还宽敞,所以母亲把弟弟送到她家去。母亲只是得空便过去看看,常常一天要去三四趟。

去勤了母亲便不放心起来,她跟外婆说:"方姑姑好像很性急。阿弟越来越瘦。"躺在病榻上的外婆轻叹一口气说:"我早说她是不会爱孩子的。"

后来母亲终于把弟弟接回来,从乡下另找了一个保姆。原因是母亲发现给弟弟订的牛奶全都进了方姑姑的肚子,弟弟顿顿只喝米汤。而且,方姑姑的脾气越来越躁,动不动就死劲拧弟弟的大腿。母亲看见弟弟腿上左一块右一块青紫,登时呜咽失声。

方姑姑被辞了活儿似乎无所谓,仍旧每天穿着青布长衫,怡然自得地坐在门边的藤椅上呷茶、看报。

母亲说弟弟在她家里她也是这个气派。孩子在地上的席子一爬半天,她呷茶看报也半天。

方姑姑有一个女儿当时已初中肄业。女儿浓眉大眼丰满快乐。方姑姑和她说话时咕咕哝哝又快又卷舌。小镇人当然听不懂,她们讲的是北方家乡话。

方姑姑是"北贡"(闽南人对北方人的谑称),但她不许别人视她为"北贡"。她一个人带着女儿到小镇来似乎很久了。谁也不知道她是什么人,为什么孤儿寡母地流落到闽南地界来。

明眼的是她始终操一口夹生的闽南话,也始终着一袭青布长衫,几分气派几分威严。镇上渐渐有人喊她"先生娘"。

如果不是后来出了那桩事,以方姑姑的威严与气派,本可以平平安安地在小镇长住下去的。

那时候正是"文革"盛期,小镇慌慌的乱乱的大家都有些六神无主。一天从青礁海埔那儿传来噩讯:一颗孤零零满嘴泥的女人头被海水冲上海滩,头发七缠八绕挂在海枷桩上!

我记得我也跟着成群的孩子慌慌地跑了半个钟头的路去看女人头。女人头模模糊糊满嘴海泥,头发如泥泞的拖把。我看着看着便"哇"地吐了起来。

凶手很快就查到。原来是驻军某部一个副营长。他把从北方来探亲的妻子杀了并且尸首分家,然后诡称已送妻子返乡。卸成几块的尸体从他床下的箱子里翻了出来。抛到大海里的头颅却执拗地漂回海滩,粉碎了他的换妻梦。

谣言很快就在全镇流传。所有的人都重新打量方姑姑和她那浓眉大眼的女儿。谣言说那个副营长就是常到方家来的几个军官之一,方姑姑有意把女儿嫁给他,而军官也对方姑姑的女儿着迷。

甚至有人说方姑姑便是同谋。持此说的人历数她平日的威严与厉害。他们并且说,她若不是卖女儿,她何以维持她的青布长衫与茶与报纸?

但谣言与推理终归没有被证实。革委会和专政队的人在她家进进出出，最后也没有公布什么惊人消息。

那个副营长很快就被就地正法。执行那天全镇的闲人都跑去看。我吸取上次呕吐的教训，乖乖呆在家里。

呆在家里的还有方姑姑和她的女儿。方姑姑仍旧着青布长衫，威严气派地在门边的藤椅上呷茶，看报。

方姑姑的女儿却不再快乐不再丰满。她遭了霜似的萎靡困顿下去。她的朋友们都不再上门了，她也渐渐的不和任何人说话。

后来上山下乡的洪流来了。方姑姑便卖掉藤椅茶具，带着女儿去了永定山区。

几年后方姑姑的女儿重新出现在小镇的石板街上，她变得有些苍老有些肃穆。有人问起她的母亲，她淡淡地说：

"死啦。"

问话的人说她注意到方姑姑的女儿眼圈一点儿也没红。她只是神情越发阴郁起来。

（1992年）

文莲女士

在我们那个狭小却热闹的小镇，文莲可算一位知名人物。镇上的人，尤其那些常常摆张小凳在走廊上晒太阳的老婆婆，那些三三两两在小河边捶衣的阿婶阿嫂，一提起她，多半会用一种古古怪怪的神情说：

"她吗？那个安南人吗？"

言下有些不屑有些愤懑又有些一言难尽的悲悯似的。

好几次正是说话人做出这副神情时，文莲正好就走过来了。她那时已是四十开外，黑黑的脸，周周正正的五官，结结实实的身子。走起路来有些男子气又有些八字脚。她的外表惹人注目的地方是她的头发。她不像大家那样或者随随便便别个卡子或者干脆剪一头那时候很时兴的运动发，而是将拂颈的直发梳成一个非常精心非常复杂的发式。至今我也不明白那发式该怎么做，只知道那发式顶部蝴蝶式地参差隆起，下面是飘飘摇摇的浓密直发。

她天天都有些男子气又有些八字脚地在石板街奔走，天天都梳这种精心复杂的发式。大家都知道这是她与众不同之处。她是从越南回来的，越南女人都梳这种头。

她走过时，多半步子很大有些仓促有些神秘，像是急于去办什么大事。碰见平日里有些来往的人，她便点点头，矜持地笑，很超脱的样子。

但是镇上人并不敬佩她。虽然她一直有些神秘而且住在一个很大的旧庄园里。庄园里原来有花园有假山，就是现在也还有一个令全镇孩子乐而忘返的猴洞。

后来我才知道她之所以不受人尊敬并不是如我猜测的不守妇道，也不是那年月很容易侵染又很让小镇人私下反感的"左派"作风，她之所以不受尊敬是因为她的借钱癖。大家说她常常会出其不意地走进你的家，很矜持地开口跟你借五元钱。

我母亲曾经借给她五元钱，她很有风度地道过谢，然后走出大门。

过了一个礼拜她在河边遇见我。她有些尴尬却又不容拒绝地说：

"你有两元钱吗？借给我买仔猪，我一个礼拜后还给你！"

其实她从来不养猪的，她有洁癖。连鸡鸭她都嫌脏。

但我还是跑回家将储蓄罐里的钱倒出来，数出两元交给她。

一个礼拜后她看见我就远远地绕道走开了。两个礼拜后再碰见，她好像已忘了这回事。她在石板街的那一侧向我点点头，矜持地笑。

我也不和她要。我的外婆常常教导我"有度量则有福"。何况她的女儿是我的朋友，她的儿子是我的同学。

后来才知道她借钱是从来不还的，当然她也不再开口向同一个人借。她的告贷是一次性的,从亲近的人借起,一直借到不甚熟稔的人。

好在小镇人口不少,她的一次性告贷断断续续也维持了好几年。

令我纳闷的是她的大儿大女已到龙岩山区自食其力,她的丈夫在外地银行工作,每月都有钱寄回来维持她和身边两个孩子的生活,她借钱干什么呢?

小镇人都知道她除了精心侍弄头发外,穿着并不讲究。她也并不置家置业。"都从这里进去啦!"小镇人指指嘴巴,认为她借钱是因为好吃。

但我是常常到她家去的,我知道她的饭食其实很普通,也不曾碰见她独自躲在房里吃点心或者喝烧酒。她借钱做什么呢?

后来钱不大好借了,她开始卖东西。她家既是世家,自然有好东西。她卖了楠木箱,又卖太师椅,卖完红木书桌,再卖雕花木床,然后是旧旗袍、绣花鞋、大抱枕……

有一天她发现原来拥挤气派的家已空空荡荡。很大的房间里,只剩下一张摇摇晃晃的旧木床,一张褪尽油漆的老饭桌。

他们家族里早就对她不屑的妯娌们开始冷笑:"看她还卖什么?——总不能把胳膊折断拿去卖吧?"

但她们没有料到她还有一招。有一天深夜,她们听到她的房间里传出"吱吱扭扭"的锯木声。第二天清晨,她们借故走进她房里,发现两间卧室的椽木已被锯掉了。

锯掉的椽木自然是拿去卖的,听说还卖了好价钱。妯娌们只好瞠目结舌,从此无话可说。

她们闭嘴自然是明智的,因为不久似乎一无所有的文莲女士又做成了一桩大买卖。她惟一的也是受她钟爱的女儿此时已从龙岩调回厦门,在一家工厂当工人。她四方奔走给女儿找了一个婆家,拿了男方四百元聘金。不久她又将女儿改许给一个人高马大的三十岁男人。这个男人出了八百元聘金,并替她还了前一个亲家的四百元钱。她那在小镇颇有名的俏丽女儿向来十分孝顺,这次也毫无例外地顺从了母亲的安排。

只是女儿婚后却不快乐。三十岁男人常常动辄大打出手,打得俏丽的瑞真眼青鼻肿常年不散。瑞真说这一切还能忍受,最不能忍受的是男人常常当着工友的面张口狂吼:

"你是我一千二百元买来的!你妈把你卖断了要打要骂任由我!"

那时候一千二百元是一个很大的数目,瑞真低头想想觉得理亏,只好擦干眼泪走进厨房,给男人端来一盆洗脚水。

但是非常奇怪的是,尽管这样,瑞真和她的兄弟们却仍旧爱母亲孝敬母亲。他们谈起母亲时和别人一样自得自豪,他们甚至很早就不叫"阿母"改叫"妈妈"了,这个称呼较小镇那土里土气的"阿母"是要多几分亲昵几分敬重的。而他们族里的长辈们,则常常为这四个孩子惋惜,因为他们都是好孩子,在学校里,他们都是有志有为品学兼优的好青年。

他们说:"可也奇了,偏她的孩子一个比一个好。"

(1992年)

美　玲

　　美玲有一阵红得发紫。她的照片摆在照相馆的橱窗里，贴在公社大楼的走廊上，登在《鹭岛日报》的头版上。无论在哪里，她都是浅笑盈盈，俯着身正和一个青年学"毛选"。

　　那青年是她的未婚夫。据说美玲动员他去参军，他舍不得美玲，美玲便和他一起读"毛选"，终于做通了他的工作，报名参了军。

　　于是美玲的美名不胫而走，公社、县里，都知道美玲是一个深明大义的好女仔。

　　美玲确实长得不差。虽然是渔村里长大的女仔，美玲却没有一般海边姑娘的黝黑与粗大。她是白白的、高高的，眼睛不大却妩媚，两腮有两坨淡淡的红晕的。惟一不美并露出几分俗气的是她的嘴。她的嘴有点往外鼓，牙齿不齐而且黄，笑起来便隐隐露出里面的一颗金牙来。

　　我认识她以后，曾经建议她去掉里面那颗金牙，她不以为然地看看我，以为我在嫉妒她。

　　美玲一定是个很自信的人。她虽然没文化（据说她连小学一年级也没上完），口才也不好，但却一天比一天显得重要起来。

她先是当了大队民兵营的副营长(那时候每个民兵营都配有一个年轻的女副营长),然后当了大队支委(这在当时是很重要的角色),接着兼任了大队妇联主任(把老的妇联主任挤掉了,据说那位老主任恨她入骨)。然后又兼着公社党委委员、公社妇联副主任、县妇联常委、市妇联委员等官职。一天到晚,只见她在公社机关出来进去很忙碌的样子,脸上则永远浅笑盈盈,满面春风。

公社里上下人等都喜欢和她说话儿、开玩笑,她也乐于和大家周旋。碰上有人喜欢拧她一把、拍她一下的,她也不愠不恼,很随和的态度。

她还很注意修饰自己。那时候大家都是越朴素越革命越好的,不是蓝大褂就是绿军装。她却不随俗,不是花棉袄就是粉上衣,配上溜光的发辫,高挑的身材,还有扑了粉的白里透红的脸庞,显得分外醒目。

渐渐的便有人传说她脸上的红晕是每次临出门前用手拧出来的(那时没有化妆品);传说她那送郎参军的故事纯粹是编造出来的;传说她一无所能,既不能下地也不能出海。至于当干部么,每逢开会发言只会"嗯嗯"地附和别人的意见,甚至连学舌都学不好,常常闹出洋相来。

更有人带点诡秘的神情说她和支部书记关系暧昧,和某某某、某某某也不清楚。

有一次在县里开会我有幸和她同住一个房间,我留心观察了她的脸庞:那脸上的红晕直到洗了脸,躺下好久了也没褪去,显见得不是拧出来的。

至于她的本事嘛,我相信她不是那种能干、麻利、风风火火、很能吃苦的渔家女,她是多少带着点花瓶意味的,虽然不幸生在农村。

口才自然也是不好的。她的性情是属于"温吞水"一类的,又兼没文化,也算不上聪明,闹点笑话在所难免。

重要的是她感觉不错。尽管开会发言常常出岔子又常常有人人前人后地指指戳戳,她却全不在乎,依旧是整日里乐呵呵、满面春风的样子。

后来我和她更熟一些了,有一次终于忍不住问她:

"美玲,有人说你那送郎参军的故事是假的,到底是真是假?"

她一听便哈哈哈地乐起来,"告诉你吧——只对你一个人讲——那自然是假的。事实上是他要参军,我舍不得他,他就搬大道理来压我。后来传到公社,不知怎么变成了我动员他参军了。"

"那照片呢?照片上不是你在帮他学'毛选'吗?"

"那也是假的呀,是按公社的要求现摆姿势拍的呀——你可真是个傻瓜!"

美玲说完不无得意地又乐了起来。

我却有点目瞪口呆。这是我头一回知道先进事迹是可以编造,可以作假的。

(1993年)

锦云姐妹

都说锦云曾是小镇一枝花,如今她虽已是满脸苍白、皱纹纵横,却仍旧隐约看得出当年的风韵。当年她是出了名的大眼睛白皮肤,笑起来有一个很深酒窝的。她并且是镇上有地位有威望的余牧师的小女儿,牧师爱她如掌上明珠。

锦云的美丽是她的骄傲亦是她的不幸。在她尚未度完她那快乐的少女时代时,父亲已整日忧心忡忡。德高望重的余牧师不再安详不再平和持重了,他经常眼皮狂跳心口骤疼,夜深人静时,他一次又一次大汗淋漓,惊悸着从噩梦中醒来。

一再被噩梦惊醒的余牧师终于痛下决心求生存。他坚强(虽然不无犹豫)地撇开一贯的信条与尊严,开始如所有凭本能生存的人那样行事。

余牧师的目标是化干戈为玉帛。他惧怕那年轻气盛、满脸斗志的贫农党支书久矣。一天夜里,他把锦云的姐姐锦平叫到书房,开始结结巴巴、满脸歉意地请求大女儿做出牺牲。

相貌平平的锦平听完父亲的话目瞪口呆,她无论如何也不相信自己的耳朵。她于是一再问父亲为什么要开这样的玩笑。

德高望重的余牧师狠狠叹了口气,告诉女儿这不是玩笑。

锦平霎时苍白如纸。

苍白如纸的锦平很快就调整过来。她一向深明大义,为了老迈的父母为了美丽快乐的小妹妹,她决定牺牲。

不料媒人带回来的结果完全不同。年轻气盛的党支书仰慕的是美丽的妹妹而不是相貌平平的姐姐。

这消息令余牧师如遭电击,一连几天他不思茶饭辗转难眠。他苦苦思索,想弄明白自己究竟更爱谁:是女儿还是自己?

当余牧师终于老泪纵横痛心疾首地向家人宣布他的决定时,一夜间老去十岁的牧师夫人叹了口气,说:"也只能这样了。"

于是锦云中断学业,由牧师爱女变成了农家主妇。

变成农家主妇的锦云不再娇嫩不再白皙了,她上山下海,喂猪养鸡,生儿育女,伺候丈夫。每回,当丈夫粗暴地享受完她的身体,躺在她身边呼呼大睡时,锦云心里便会涌起阵阵苦涩:少女时代所幻想的爱情和眼下的生活是多么不同啊!

惟一令锦云感到安慰的是:她的牺牲换得了父亲和全家的安宁。

然而镇上的人对余牧师的这出美人计并不以为然,尤其那些一向尊敬牧师的教友们。即使不从道德的角度评判,他们也对此举大加怀疑:"躲得了初一躲不了十五!"他们从心眼里怜悯余牧师。

果然,不久新的运动来了。锦云的支书丈夫因为"被资产阶级糖衣炮弹打中"而被解职。新上任的党支书头一个斗争目标便是余牧师。

余牧师被批斗、被游街、被抄家、被管制。受尽屈辱的余牧师很快丧失了生存的信念,他的老迈病弱的躯体也承受不了种种凌辱。在一个台风肆虐的夜晚,余牧师摸索着爬进礼拜堂后面的仓库,将自己挂在仓库里的梁木上。

三个月后牧师夫人也遽然长逝。痛失双亲的锦平姐妹如雷轰顶,从此变了一个人。

全镇人都知道锦平从此成了一个不会笑的人。三十几年过去了,多少喜庆佳节,多少可笑之事,人们从未见她开口笑过。而锦云呢,她的变化更令小镇人惆怅:她从此一语不发,又聋又哑。无论家中失火,还是小儿落水,锦云都不曾开口说过一句话。小镇人提起她多半都是痛惜。他们看着她那苍白憔悴的脸,忆起她当年的快乐与美丽,常常陷入深深的惆怅。

(1992年)

安　宝

安宝神气的时候真神气。

以她一个公社食堂炊事员的身份,居然公社书记也来吃茶,副书记也来闲坐,常委们,还有武装部长、妇联主任,任谁再忙也不忘定期到她家拜访。虽然三餐他们大都要在食堂和她碰面。

登门拜访是一份尊敬、一份关切。安宝不是那种德行高涵养深的女人,自然言谈举止便显得重要起来、气派起来。

于是镇上就有人撇嘴:

"不就是一点俗貌吗?"

就连一些正"黑"得不见天日的世家女性,虽然天天低眉顺眼地做人,看见安宝有些夸张地谈笑风生走过,也忍不住从心里"哼"出几声来。

她们看不上她不是因为她确实长得俗,也不是因为她做下的事。她们只是瞧不上她那股张扬劲儿。"婢女升做娘子,不知怎么好啦!"她们鄙夷她。

但鄙夷毕竟是私下里的,面子上近处里安宝看见的都是巴结与奉承。而且,好处一桩接一桩落到头上来。紧巴巴的住所换成了粉刷一新、楼上楼下的宽敞新居;临时工转成了固定工;女儿招工儿子当兵;连年不及格的小女儿变成了广播站的通讯员。甚至她家后院的猪栏也扩大起来,平价的细米糠源源不断,猪栏成了安宝的聚宝盆……

于是幸福与满足天天洋溢在安宝的脸上。虽然有时看看那些从她家门口走过的白皙轻盈的女教师女医生,她也会怅然若失,对自己肥硕的体态、深色的皮肤和眼皮下那微微发红的蒜形鼻子感到不满。

还有,和妇联主任的微妙关系也令她心烦。妇联主任是一个道行深心眼窄的人,她既是土改出身的"老干部",又曾是风风光光的官太太。安宝曾经一口一个"大姐"地赶着她叫,如今突然颠倒过来:有身份的老大姐来走半文盲的炊事员的门槛,一向抬首挺胸的妇联主任自然心中不平。所以,妇联主任常常在拜访过她之后,冷不丁地往她喉咙里撒一把针。

安宝于是被她噎得面红耳赤。她还未神气到和妇联主任跳脚抗衡的程度,而且在这位资深主任面前,安宝多少也还觉着些自卑,所以安宝只好强按捺下,掉头走开。

但是安宝的心口便要生疼起来,食堂便要一连几天交给临时工打理。书记、副书记、常委,包括妇联主任,便要川流不息前来探视。

妇联主任站在病床前按安宝的额头又按安宝的脉搏,关切地嘱咐她吃什么不吃什么,安宝闭着眼睛一边道谢一边在心里诅咒她。

于是就吹枕边风。吹了几遍副县长说:"你不要理她,她就是那么个人。"安宝想想只好作罢。

好在不快的时候毕竟少,更多的日子安宝笑口常开。她的木讷丈夫也因她而快乐起来重要起来。出来进去人们不再当他是区区店员了,人们视他为一方人物。

安宝后来一定非常庆幸她的及时果断当仁不让,就像现在人们说的"有权不用过期作废"一样。安宝虽然大字不识几个,有些事情上似乎还相当精明。

安宝很快就住腻了租来的新居,况且她的肥猪不断售出,她的有形无形的收入日渐增多。眼看积蓄渐丰,安宝于是再度吹响枕边风。

当然这是小事一桩。于是很快批到了全镇最好的地皮,很快购得了平价木材、水泥。

人工当然也是廉价的,进度和质量则是一流的。不久,一幢新崭崭的砖楼砌起来了。

砖楼较原来宽敞的"新居"宽敞五倍。有长廊迎风,有客厅临水,八间卧室的地板间间都是五彩斑斓。安宝站在高高的凉台上,迎着满楼呼呼作响的晨风,对自己欣赏极了满意极了。

只是不幸应了乐极生悲的古话。不久安宝的门前渐渐冷落起来。她心口疼得死去活来时,书记们、常委们也都绝了迹。

只有妇联主任依旧前来探视。但她不再按安宝的额头与安宝的脉搏了,她袖着手站在床前笑。拖着调子的话语刀一样一把接一把掷进安宝的胸腔:

"苗副县长刚才检查完工作就到汝珍家吃茶去了。唔,他要我替他来看看你。他工作很忙不能亲自来啦。当然,你大概也知道,副县长现在非常关心汝珍呢,嗯,她死去不久的丈夫一直是副县长的老友嘛。"

妇联主任说完很有意味地笑起来,然后不胜愉快地走了。楼梯上传来她"嘚嘚嘚"的轻快脚步声。

斜躺着的安宝突然翻身坐起,抄起床头的药罐朝木讷的丈夫狠狠砸去。丈夫躲闪不及,鲜血和着药汤顺着脸颊滚滚而下……

镇上的人很快知道了这件事。他们不再偷偷撇嘴了,他们近乎喧哗地说:

"安宝痛苦的时候真痛苦呢。"

然后他们夸张地笑。

(1992年)

汪娘与琼

汪娘与琼是妯娌俩。她们一起住在一所很大的房子里。房子方方正正,有厅堂有厢房,有宽敞的楼梯盘旋而上,有明亮的天井临水迎风,二楼三楼还有回廊。每到夏季夜晚,汪娘与琼就分别倚在二楼三楼回廊的躺椅上,摇蒲扇,啜香茶,一小时一小时地等候海边那潮润而清爽的风。

说起来妯娌俩一样孤单,但汪娘的孤单是另一种孤单。她是汪家的长房媳妇,在家族里享有一定尊荣。她还有一女一男。女儿在外地工作,嫁了一个县团级的局长。儿子刚刚到外地念书,每月有信寄回。汪娘的丈夫汪庚先生又是家族里的栋梁(汪家房产就是因他才得以保存)。他是南洋有名的侨领之一,深受同乡与家族的爱戴。汪娘自然也爱丈夫,但汪庚先生却带着一个薛姓姨娘长年漂泊海外,连信都很少寄回。

琼则不同。琼无儿无女,无亲无故,连名分也是上不了台面的。她比汪娘强一点的地方是,她自己便是那有可能专宠的小姨娘,不必担心丈夫移爱如夫人。

何况丈夫的正妻早已长眠地下。何况社会剧变,丈夫想再纳妾也不可能。

只是丈夫早几年便入了狱，罪名是吸鸦片、偷听敌台，而且游手好闲。琼便只好伴着大嫂，一个楼上一个楼下地夜夜摇蒲扇、啜清茶，躺在回廊上一遍一遍地回味孤单。

妯娌俩境况相仿，性格却大不相同。汪娘敦厚和蔼，脸上总是扑着淡淡的粉，脑后总是梳着光光的髻。绸衫也好，布衣也好，一天到晚总是齐齐整整、干干净净。琼则吊着眉，挑着眼，时而浓妆艳抹、华衣丽服，时而披散了头发，一脸倦色，露出一口被烟熏黄了的牙。

后来琼的丈夫因了汪庚先生的面子被提前释放，汪庚先生却仍旧日复一日驻足海外。汪娘的小叔子一回来，家里的平衡顿时打破。琼和丈夫一起抽鸦片，一起哼小曲，一起摇蒲扇，一起下河去泅水。汪娘那在二楼回廊上孤孤单单摇蒲扇的身影，便愈见孤单起来。

不久又来了个琼的丈夫的朋友。那朋友年轻英俊，有钱有闲。琼开始说那朋友是个侨生，来小镇度暑假的。不久则说那朋友喜爱小镇生活，干脆退了学，预备在小镇长住。

明眼的是从此他们三人行，更较过去有说有笑其乐陶陶。他们常常扛着钓竿嘻嘻哈哈从横街走过，到海边去钓鱼。也常常在天凉的夜晚，召几个昔日的世家子弟，在家里偷偷开舞会。

舞会开过几次后街坊邻居便传说琼和丈夫和朋友共宿一个厢房。街坊邻居早就对那个蓄长发的侨生滞留小镇起疑，此刻便确切地撇嘴骂琼。

琼的几个嫁在本镇的大姑子小姑子便渐渐不上琼住的三楼去。她们路过娘家时，只到汪娘的二楼坐坐，陪大嫂子说些柴米油盐家长里短。

但家长里短说多了往往勾起汪娘的满腔心事,小姑子们于是赶紧刹车,转而指着楼上撇嘴。撇完了嘴她们便等汪娘共鸣,哪想到汪娘却哼哼了两声,说:"不然又怎样?"

小姑子们于是目瞪口呆。目瞪口呆之后她们赶紧告辞。一出娘家的大门,她们便连琼连汪娘一起撇嘴起来。

最后是汪娘终于不再独自一人摇蒲扇了,她到我家来帮忙。我母亲说:"您又不缺钱不缺粮的,放着清福不会享?"汪娘笑笑不置可否。她搬了张板凳坐在洗衣盆前,开始一件接一件搓起衣裳来。

不久便是"文革"闹剧,镇上整天抄家、批斗的闹得很凶。母亲每晚都要到学校去开会,这种时候,汪娘便连晚上也陪着我们。后来我常想,那些口号震天、杀气腾腾的夜晚要是没有汪娘陪伴,我们姐弟三人幼小的心灵里,不知更要怎样恐慌呢?

琼和她的丈夫此时自然也在劫难逃。琼被剃了十字头,肩上挂一堆破鞋子,边走边敲着铜锣满街喊:"我是破鞋——!还是寄生虫——!"她的丈夫则戴了顶高纸帽,前面写:资产阶级阔少,后面书:鸦片鬼。

那个有钱有闲的朋友呢,听说进了省第二监狱。有消息说他是国民党派遣特务,又有消息说他是苏加诺的远亲,派到中国来反华的。

(1988年)

美 倩

到村里的第二天,我就听说了美倩这个名字。是大队妇联主任钟亚珠特意向我提到的,因为美倩是我将要去的第三生产队的妇女队长,同时又是大队妇联的副主任。

但不知为什么,亚珠提到她的时候,目光有些闪烁,言辞有些飘忽,仿佛其中有些典故,或者有什么尴尬似的。

这样,美倩在我心里就有了个大致轮廓。我猜测她是长得不俗,又比较风流的一类的。不仅仅因为她有那样晃眼的名字,也因为亚珠隐隐约约暗示了什么。

很快就见到了美倩。但是她让我大失所望。

非常矮小的个子(也就一米五左右吧)。非常粗糙的皮肤(颜色和纹理都和树皮颇接近)。脸是圆枣似的,额头很低又很窄,连着圆圆的脸庞,猛一看有些像军用水壶的形状。

我本来很可能会下意识地脱口说"久仰"的,但她的形象把我有可能脱口而出的话全堵了回去。

她却很爽朗,拉起我的手便说:"多水灵的女仔。欢迎到三队来!"

她一开口我才知道她的声音也绝不是"清丽婉转"的,那是近乎男性的浑厚,至少是女中音一类。

我不明白这样矮小、爽朗、男性化的一个人,怎么会让亚珠那样闪烁其词地有所暗示?

后来我见到美倩那十四岁的女儿,这才明白年轻时的美倩绝不是粗糙、丑陋、毫无女性意味的。

美倩的女儿也矮小,也是圆枣似的脸,也是额头偏低偏窄,和她绝对是一个模子倒出来的。但她的脸白皙红润,眼睛乌黑锃亮,显得相当的妩媚。尤其开口一笑时,露出一口珍珠般的牙齿,非常动人。

原来时间是可以把美丽变丑陋,把细致变粗糙的。

我便留心观察起美倩来。

在田里、地里,美倩相当能干。插秧、犁田、耙地,她都是好手,而且做起活来风风火火、干净利落,连男人也不敢小看她。但是回到家里——你简直想像不出以她那样能干的人,家中怎么会那么乱糟糟脏兮兮,毫无章法。

我去过她家几次。头一次的感觉和初见她的感觉完全一样,就是说:惊愕,大失所望。

她只有两间房子。一间是饭厅兼仓库,一间是卧室。饭厅不必说了,自然是堆满了稻草、柴火、地瓜、稻谷等等的,连四四方方的饭桌底下也塞满了东西。而卧室,好好一间卧室却用竹席子隔成两半,里面又乱又暗又脏,似乎比牛棚强不了多少。

好几次我去时正赶上她家吃饭。她和三个孩子围在方桌旁。她的丈夫却远远地蹲在天井那边。

她不时打发孩子去给丈夫添菜,偶尔也用故作轻快的语调招呼丈夫过来夹菜。那做丈夫的却始终绷着脸,始终不理睬她。

她便装出若无其事的样子,招呼我坐,招呼我喝水。

美倩的丈夫是大队治保副主任,很温和的一个人,我也认识的。我便过去和他打招呼。

他笑笑,请我到桌边去坐。然后便又闷头扒饭。

美倩的三个孩子也全都闷头吃饭,连那最小的七岁男孩也安安静静的。似乎他们早已习惯了这种气氛。

后来又有一次我去美倩家,碰上美倩的丈夫要出门去县里开会,美倩正急急忙忙从一个旧箱子里给他翻拣衣服。

美倩终于翻出一套七成新的卡其布中山装,有些讨好地递给丈夫。

做丈夫的却"哼"了一声,随手就把那套衣服拨到地上:"你以为我还会穿这套衣服吗?你当我是什么人!"

然后,抓了个旧军用挎包,气哼哼地走了。

我站在门口,看见美倩慢慢蹲下身去,对着地上的衣服发呆。

过了一会儿,她似乎才意识到我的存在,连忙把衣服拾起来,招呼我坐。

我问她怎么啦,启中(她丈夫的名字)为什么总是气呼呼的?

她叹了口气,"没什么,不是他的错。"她说。

我帮她把衣服叠好,放进箱里去。我看见箱里的衣服全都破破烂烂的,只有这一套还像点样。

"喏,有五六年不穿了,气大着呢。"美倩说。

后来我才知道这套惟一像点样的衣服是他们结婚时新郎官的"礼服",但好几年了,启中一直拒绝穿它。

不仅仅穿衣吃饭,五六年了,启中从没有好声好气跟美倩说过一句话。至于睡床,就更不用说了,用竹席隔出来的里间,就是他自己的卧室。

看着美倩那苦恼却又无可奈何的神情,我隐隐约约明白了什么。

再后来是县里集中三天开扩干会,我作为知青代表也参加了。大队里各种各样的正副书记、正副主任也都到会。

美倩说她好几年没出来开会了,显得很高兴。她显然从上到下修整了一下,显得十分利落,脸庞也不再那么灰泥巴似的一片晦暗了。她甚至还扑了点粉。

我自然总跟她在一起。虽然我知道村里人谈起她多少都带点特别的神情,但我喜欢她远胜于那个慢条斯理、竭力要显得端庄的妇联主任。

渐渐的,我发现每逢有那个人在场的时候,美倩便格外有神。她的眼睛明亮起来,脸上有了红晕,说起话来妙语连珠,屋里屋外总听得见她那爽朗的笑声。

但那个人一走,她立刻就黯淡下来,无声无息起来。

会议的最后一天晚上,在广场放电影。我和美倩去广场的路上,碰见了那个人。他便和我们一起走过去。

我想走开,但美倩紧紧抓着我的手不松开。我只好继续与他们同行。

几百米的路上,并没有听见他们谈什么,但我能感觉得到美倩是很高兴,很快慰的。

最后是听到那个人和美倩开了一句玩笑,美倩半嗔半恼地回敬了他一句,然后两个人便分开了。

那个人也是我认识的。他也是大队干部,只是不和我们一个村。他是高大、黝黑、双眼如炬、精力过人,并且说话做事颇有些大将风度的,是公社里上下公认的能干、有魄力的一个人。他给我印象最深的是他的阿拉伯血统——他祖上是阿拉伯人,不知怎么到了闽南,并且在这里落地生根了。他的几个兄弟都和他一样高大、黝黑,顶着一头鬈发,浑身上下透着一股虎虎生气。

直到我离开村子,上调回城,美倩也没能和她丈夫和解。我始终忘不了她家中那种乱糟糟的、世界末日般的情景,忘不了她面对丈夫时的黯淡与无奈。前几年我回村里去过一趟,一心要去看美倩的,结果找到她的新家时(她在村东头新盖了五间瓦房),偏偏她上山去了。当年那个七岁的小男孩如今已长成小伙子了,他告诉我,他母亲要到天摸黑才能回来。我因为要赶汽车,无法等那么久,只好带着遗憾走了。至今我不知道美倩的生活是否有所改变,是否她的笑声里,不再夹着几分苦涩?

(1993年)

特 派 员

蔡高初到小镇时,听说还算规矩。大概因为他是同安人,而公社里上下人等大都不是本乡便是本县的。

蔡高虽名高,身材却是矮矬矬的。有些胖,脑袋出奇的圆又出奇的大,像一颗饱满光泽的大南瓜。于是有人喊他南瓜蔡。

喊他南瓜蔡的不是上级便是同事。一般居民绝不敢这样放肆。他们见了他,不是"老蔡"便是"特派员、特派员"地叫。

蔡高的职务是公安特派员。在机关里不算什么,在黎民百姓眼里却是要紧人物。

尤其那是"阶级斗争"的时代,多数居民一天赛一天地诚惶诚恐,蔡高若想和谁过不去,谁还不就是现成的"阶级敌人"、"反革命"?

所以只要蔡高从石板街走过,便有无数笑脸无限敬意向他涌来,矮矬矬的蔡高于是很满足很快乐。

而且渐渐有人请他喝酒。请他做朋友。请他和自家的女人拉手。

请他拉手的人大都屁股有屎又大都知道蔡高只爱拉手不爱别的,所以他们乐得大方慷慨。

蔡高倒也义气。只要喝了酒做了朋友,有什么事上面吩咐下来,蔡高也会挺挺胸替你扛住。

所以和他做朋友的人渐渐多起来。蔡高于是天天晚上都有酒喝,有手拉。

蔡高在老家有女人也有儿子,但他很少回家去。也不想将女人从同安老家接过来。

跟他要好的同事喝了酒便劝他把家搬过来,蔡高每次都摇头。同事于是接着劝,劝急了,蔡高说:"我不行,要她来干吗?"

同事听了有些意外,他偷偷地笑然后便真诚地替蔡高唏嘘慨叹起来。

蔡高却不在意,他仍旧天天矮矬矬地从石板街走过,天天心满意足地享受人们的笑脸与敬意。

这样过了几年。

后来小镇上的笑脸与敬意竟一天天少下去。蔡高对此当然不满,但他知道无力回天。

小镇人渐渐不再诚惶诚恐地礼待公安特派员了,他们知道世道已经变化:如今只要奉公守法,冷淡一个特派员是不会惹什么祸的。

蔡高觉得小镇人太功利太势利眼了。夜里闲来无事(如今几乎无人请他喝酒),蔡高便搬一张躺椅在乡政府的长廊上躺着,默默追思往昔的绚丽风光。

好在寂寞的日子持续不久,很快蔡高就发现了新舞台。

镇上有些钱的人渐渐多起来,赌风也渐渐繁盛起来。两个和蔡高尚有来往的朋友于是成了赌局上的常客。

他们赢了便罢,他们若输了,蔡高特派员便会别着手枪,带着民警突然出现在赌客面前。于是大家乱作一团。蔡高特派员吆三喝五,民警声色俱厉,桌上的赌具赌资一古脑儿进了特派员的手提袋。

进了手提袋的赌资和朋友在赌局上的赢利一样为大家所共有。蔡高将钱分成四份,然后朋友、同事一起"你兄我弟"地去吃夜宵。

现在蔡高躺在躺椅上时不再黯然神伤了,他一边等朋友的电话,一边兴奋地揣测今晚的进项。

蔡高禁赌积极很快传到县委。不久县里下达表彰:蔡高禁赌有方,荣记三等功一次。

立了功的蔡高反而惴惴不安。他也许觉得树大招风,也许觉得于心有愧。

事实证明蔡高的疑虑不无道理。不久县里就来了个刘科长,开始调查蔡高禁赌细节。

刘科长的调查接近尾声时,乡政府里传出一声凄厉尖叫:蔡高的同事推开蔡高房门时,发现蔡高直挺挺地挂在天花板下。

死去的蔡高令他的朋友唏嘘慨叹好几天。他们认为他矮得蠢胖得蠢:"顶多给个处分,大不了开除公职,上吊干吗?"

只有和蔡高好的那个同事知道蔡高死得正常死得必然。因为他知道蔡高一直很自卑,也一直很胆小。

(1991年)

二　舅

　　二舅在镇上也是知名人物。而且，他不是那种昙花一现或者仅仅是各领风骚三五年的。他的知名度在小镇维持了三四十年，几乎大半生都是小镇人瞩目、谈论的中心。

　　近年来，二舅引人注目是因为他的错案被平反了，他恢复了公职，重新成为镇供销社的主任会计——他离开这个职位快三十年了。当年他风华正茂，精明能干，被誉为供销社的铁算盘，如今却是两鬓斑白，"廉颇老矣"——二舅重新坐到办公桌前的那个刹那，他说他差点老泪纵横，呜咽失声。

　　这十几年，二舅的能量彻底释放出来了。他虽然只有小学毕业程度，但早已自己练就了一手漂亮的建筑设计。在他被开除公职、锒铛入狱，后来又被取消了城镇户口，沦落到城关大队当农民时，他就因为那手漂亮的建筑设计，被收留到大队建筑队搞设计，而不必去做那在他完全一窍不通的农事。而城关大队的建筑队，因为有了他，承建的工程越来越多、越来越大，终于成为县里颇有名气的一支建筑队。当然，那时二舅拿的只是和工人一样高的工分，天大的本事带给他的，也只是免做田里活，免因入过狱遭人白眼而已。

不过二舅对此事的看法和我迥然不同。他认为建筑设计惠及他的,远不止我说的这两方面。"至少'文革'我没有再挨斗,横扫牛鬼蛇神,清理阶级队伍,一打三反,运动一个接一个,有点污点的,谁躲过去了?可我就是没有再被人揪斗、被人羞辱。"二舅知道这全是因为那手过硬的本事。整个建筑队全仗着他,哪个领导不肯用心保护他呢?

现在,二舅恢复公职了,但建筑队仍然离不开他,他便工余仍然在建筑队兼职。只是他现在拿的不再是区区几个工分了,现在真正是按劳计酬了,每张设计图带给他的,都是相当的收入。小镇上,除了做生意、跑买卖的,就数二舅有钱了。

不过二舅依旧很节俭,很拼命。下班回来,总是扒几口饭就立刻坐到书桌前去,描呀,画呀,一直做到夜深人静。生活也仍旧非常简单俭朴,甚至还不如邻近的农人。亲戚们劝他不要太苦自己,他总是叹口气说:"父老子幼呀,我不给两个孩子留点钱,他们将来怎么办?"

我弟弟曾告诉我,二舅私下里托付他,万一他有个三长两短,他在银行存的那笔钱,就委托我弟弟代管,以保证他两个年幼的孩子将来的生活及教育费用。

二舅经过多年的牢狱生活以及后来漫长的压抑苦闷的单身生活,身体变得非常虚弱。如今他五十出头,却已是满头花白、步履蹒跚,患有肝炎、胃炎等好几种慢性病。他四十多岁才成的亲,二舅母年轻,一双子女幼小,他便常有危机感、紧迫感,总觉得不抓紧做事,不给孩子多留点钱,孩子们以后连生活都成问题,更不要谈教育了。而他最希望的,是一双儿女都能接受良好教育。

我想起十几二十年前,那时二舅也是小镇人谈论的中心。人们谈论他好多方面的事,比如他的本事,他的怪癖,他的未果的婚姻等等,但有一个枝节也是小镇人津津乐道的,那就是他的"抠门",闽南话叫"猫神"。人们说他是全镇最"猫"的,一分钱都要拆成两瓣花。这方面的逸事,在小镇人嘴里流传的,恐怕不下一打。

我也领教过二舅的"猫神"。那时他和我们住在一起,我母亲心疼这个半生坎坷的弟弟,总是另外给他加菜。家里做点好吃的,也总是给他留得最多(因为他吃饭不定时,常常很晚才回来)。但他从来不给我和弟弟妹妹买东西,不像三舅暑假一回来,便带着我们去买小人书、买玩具什么的。过年给压岁钱,更是明显,其他舅舅都给一元两元的,只有二舅永远是两毛。我那时偶尔也会纳闷,二舅无家无累,轻轻松松的一个人,为什么要那么"猫"呢?

现在想来,二舅是虽然坎坷不得志,却始终有自己的生活目标,并一直在为之奋斗的。

二舅初恋夭折,并且给他带来许多麻烦。那时他那个绝情的恋人早已嫁做他人妇了,并且就住在一条街上,天天抬头不见低头见的。不知面对这样的尴尬,二舅的心灵、神经要多么坚强,才能不被触痛,不再旧伤复发。

那时,我的表舅母家还有一个表姐,也是三十好几了,长得眉清目秀,却始终未谈婚嫁。二舅晚饭后常到表舅母家闲谈,表舅母家有什么事,他也常去帮忙。镇上便渐渐有人传说二舅在追求那个表姐。可是好几年过去了,二舅仍旧常到表舅母家闲谈、帮忙,二舅和那个表姐,却仍旧各人孑然独立,分别形吊影单。

最后是二舅终于娶了邻县的一个农家女儿。没有表姐清秀、斯文,却比表姐年轻、壮实。至此,二舅的婚姻大事,才从此不在小镇人谈论之列了。

现在,我想该交代二舅为什么半生坎坷了。那是三十多年前的事。那时台湾和大陆关系正是最紧张、最对峙的时期。有一天,二舅一觉醒来,发现同居一室的同事,也是平日里要好的朋友给他留了一张条子告别,暗示自己"下海投敌"去了。二舅大惊,知道朋友此去凶多吉少,连忙摸他的被窝,发现尚有余温,知道还未走远,便拔腿就追。谁知朋友没有追回,宿舍桌上的纸条已被人发现,于是,二舅落了个"送友下海投敌"的罪名,立刻被关押起来。家自然也被抄了。那阵二舅正因初恋失败,在日记里写了一些忧伤悲愤的话,此时自然被视为"对现实不满",罪上加罪。再加上家里本来就有兄姐在台湾,"社会关系复杂",二舅的罪名,自然是铁板钉钉,毫无推脱的余地了。

二舅就这样锒铛入狱,开始了他长达六年的铁窗生涯。等他刑满释放,他已不复是那个机敏聪慧精明强干的有为青年了。他两鬓花白,弯腰缩背,少言寡语,虽然从此成了小镇人的话题之一,他却全无知觉,终日像个局外人似的,悄没声息、孑然独立地出入在小镇的石板街上。

多年后二舅的大姐、我的大姨妈从美国回来探亲(在这边因台湾关系战战兢兢的时候,姨妈一家早已去了美国),看见二舅花白的头发、病弱的身体,还有那双年幼的子女,不禁失声大哭。大姨妈说二舅从小便聪敏过人,"假如他有机会上大学,假如他有好一些的条件,他一定不是等闲之辈的。他做什么,绝对都是拔尖的。"大姨妈说着,又一次呜咽起来。

(1993年)

祖 父

　　我称祖父者，其实是我的外祖父。关于他老人家，无论在称谓上还是在心灵深处，我从来都没有在祖父前面加上个"外"字。不仅因为我从小在外祖父家里长大，外祖父对我来说，较之漳州老家的祖父要亲近得多，更因为无论从气质、秉性还是心灵、教养上，我都更接近母亲家族。若要寻根，我知道我的根在外祖父、外祖母这边。

　　外祖父是在我七岁那年逝世的，他比外祖母晚一年离开我们，所以他在我童稚的心中留下的形象较之外祖母更为清晰、完整。如今，我只要回望三十年前的那座闽南小镇，就会看见一个曾经高大健壮而终于苍老瘦弱的老人，正迈着不无蹒跚却仍旧有力的步子，拐过横街，落座到汪宅走廊上那洒满阳光的躺椅上。

　　我看见老祖父在和煦的阳光下放松了全身筋络，满意地眯起眼睛，渐渐打起盹来。也看见过一会儿一个小女孩连蹦带跳地跑过来，急切地摇醒老祖父，伸出的小手在阳光下仿佛一把金色长勺。老祖父醒了，嘴里嘟囔着，从口袋里摸出最大的钢镚，吧嗒一声答复了急切的长勺。长勺蜷缩起来，开心地晃悠着,跑开了。

在阳光下打盹是祖父晚年惟一的享受,可这个享受一天要几次被不懂事的孙女打断。长大后的我对此愧疚不已,而老祖父却从无愠怒之色,总是一边嘟囔一边便让钢镚吧嗒一声落进大张着的手中。

晚年的祖父是孤独的。外柔内刚、始终和他共赴艰难的外祖母已经去世,十二个子女有的浪迹天涯,音讯全无,有的近在咫尺,却丧失自由,有的尚能如常生存,可是大都战战兢兢,朝不保夕,度着凄凄惶惶的日子。我不知祖父面对这样的现实是否感到痛苦,是否焦虑不安、茫然不解。我只知道晚年的祖父沉默寡言,落落寡合,除了偶尔和孙儿孙女们亲近外,阳光和阳光下的躺椅便是他生活的全部了。

不知祖父在阳光下眯缝着眼睛打盹的时候,是否会猛地忆起少年时代。那时候他当然不是如此老态龙钟,那时他刚刚九岁,高高的身架,瘦削的脸颊,黑亮的眼睛里隐含着几分忧郁。他正从他父亲的宅院中出来,手里牵着年幼的弟妹。他们兄妹三人,几乎是两手空空地走出那个弥漫着继母淫威的家的。那时我的祖父虽然还只是一个少年,但面对滥施威风、虐待前人子女的继母,他决心另起炉灶,为弟弟妹妹营建一个没有打骂凌辱的家。他们借居在同父异母的大哥家里,祖父白天出去做工,挣钱养活弟妹,晚上进夜校苦读……后来,祖父连如此艰窘的业余教育也无法继续了,因为大哥大嫂相继病逝,十四岁的祖父不但要抚养弟妹,还要抚养大哥遗下的一子一女。

祖父的求学梦至此结束。他是多么喜爱课堂,喜爱在昏暗的煤油灯下听先生讲人之初性本善呀。晚年的祖父对自己早年失学并且过早地挑起生活重担是否感到遗憾呢？如果那个强悍歹毒的继母没有走进林家大门，如果祖父和他的弟弟妹妹能够一起住在父亲的宅院里，祖父的一生是否将遵循完全不同的轨迹？

多年以后，当漂泊美国的大姨妈还乡探亲时，我才知道，祖父的求学梦虽然不得不中断，但几年后，他让自己的弟弟走进了鼓浪屿的名学校——养正中学。一个失怙的乡镇穷少年能够进入鼓浪屿的名学堂读书，作为一家之主、一家栋梁的祖父，要做出怎样的牺牲，付出怎样的辛劳啊！

在阳光下打盹的祖父或许偶尔也会记起他的哑巴侄子娶亲的情形。哑巴是祖父大哥的遗孤，自幼和姐姐一起由祖父抚养，祖父、祖母视他们如同己出。哑巴娶亲，是家里第一桩喜事，祖父和祖母全力安排，不因哑巴只是侄儿，更不因他有缺陷而马虎从事，反而锣鼓红轿迎亲，大宴宾客三天，办得热闹非常。内外亲朋从此都不敢看低哑巴。

晚年的祖父大概记不清早年经商时雇用的那个中年舵公了，而我却在姨妈的叙述中看见了他。那是一个只靠摇船养活众多孩子的辛劳的父亲。他家徒四壁，满脸风霜，为了填饱那一张张嗷嗷待哺的小嘴，常常向祖父借钱，每次祖父都是有求必应。日子长了，钱越借越多，眼看无力偿还，舵公心中不安，有一天终于对祖父说，他要卖掉一个孩子来还祖父的钱。祖父一听立即正色："这种砍掉手指头的钱我不要。那笔钱你不用还了，需要钱再来拿。"

据我姨妈说，类似的善举祖父一生不知做了多少。抗战期间，祖父往返乡间经商，因国难当头，人人艰窘，祖父总是让店家赊欠。抗战胜利后，姨妈曾经问祖父，抗战期间的旧账有没有清理。祖父说,镇上从街头到街尾,没有一家店不欠账的,大家都说没钱清还。对此,祖父只有一句话,算了,不用还,重新开始。祖父逝世后,二舅整理祖父遗物,发现二十多年前的老账本,里面有成叠的欠条,全都成了废纸。

姨妈还说,那些年,祖父每年都捐钱给教会的附属学校溯源小学,并且让自己的女儿到该校当义务教师。他不是那种沽名钓誉之辈,类似的事从来不声张,连自己的子女都不告诉。直到姨妈问他为什么她在学校教书却不拿薪水时,祖父才告诉她,自己便是学校的赞助人。

姨妈和舅舅们常常感慨,祖父一生看起来平平淡淡,没有什么丰功伟业,但他小小年纪便自立门户,抚养弟妹,失怙失学却不屈不挠,在穷苦中挣扎,依靠自己的勤劳机敏创造了一份家业,仍旧不忘帮助弱者,救济穷人,对人始终抱着一份善意与爱心,把平凡人的善良与正直发挥到了极致。这样的风度,也不是人人都可以达到的。

我相信晚年的祖父虽然孤独凄清,常常在阳光下打盹,但他对自己一生的超负荷劳作以及众多的助人壮举一定是不怨不悔的。或许他惟一不解的是那个他曾经资助过教育费用,使之得以继续升学的孩子,学成后竟然气势汹汹地来斗争他,清算他的所谓"罪行"。祖父对此事一定颇感伤心,因为以他那善良、宽厚、正直的心灵,一定是无法理解宵小卑劣、奸诈险恶的。

祖父早年即信奉基督,他的一生充满了宗教情感,但到他晚年,宗教活动在这片土地上近乎绝迹,他连进教堂做礼拜的权利都丧失了。或许在他告别这个他曾参与劳作运转、充满艰辛、充满险恶的人世间时,他真正遗憾的是他无法再到教堂做一次礼拜？

而我们这些晚辈后生，除了承继祖父的正直善良，面对污泥浊水保持一份精神独立，一份为人的尊严，还有什么可以告慰他老人家的？

（1992年）

韩 舟

韩舟不是小镇人,他随父母到小镇来的时候,小镇上的少年家都拿斜眼溜他。因为他是城市仔,是白面书生,是很有些狂气和傲气的自命不凡的家伙。

那时候的韩舟确实是一介书生。只是他的书生气较别人不同,他是多了些狂气也多了些狷气的。论读书,他自诩已破万卷;论作文,他自命不在鲁迅之下(前提是如果时代合适)。烟酒之类,虽不常为之,但一有气氛,他便也大碗喝酒,大块吃肉,大口大口地吐着烟圈,并且常常口出狂言,或者说一些沾腥带荤的过分话。

插队的时候,他也不像别的知青,或者老老实实,大卖其力;或者小心翼翼,巴结讨好村里的农民。他是依然我行我素,高兴了和你拍肩膀、称兄弟;不高兴了耷拉着眼皮,见谁都当没看见。

他的劳动成绩也远不如别人。别人都是有苦不敢说,有泪往肚里咽的,越是农忙越不敢疏忽,天天地里场上挥汗的。他却是一苦就叫唤,一累就躺倒。"双夏"季节、"三秋"季节,请假躺在屋里的日子,全村可能要数他最多。

他又极机警,极惜生。夜间大家用拖拉机去公社送公粮,山路崎岖不平,拖拉机忽蹦忽跳,劳累了一天的人们,无论知青,无论农民,都一律"笑骂由他去",倚着粮包、车斗昏睡。只有他警觉如鹰犬,始终瞪大了眼睛注意山路走势和拖拉机运行情况,一遇大起大落的地段,立即起立,神情紧张地准备跳车。

村里的青年农民于是常常笑他,说数他怕苦数他怕死,他听了也不恼,反而"嘿嘿"地乐,拖长了声音说:"怕苦与怕死乃人之常情、人之天性也!"

他常常捧在手上的书不是英文便是数学,为此带队干部便将他列入另册。因为那时代允许人们捧的书除了"毛选"、"语录"便是各种学习材料,而韩舟却明目张胆地大反其道。

"四五"运动爆发的时候,一村子人只有韩舟听到风声受到震动。"首都民兵"挥舞木棒铁棍驱散抗议的人民之后,层层都按"四人帮"的布置追查政治谣言,抓反革命分子,气氛好不紧张。韩舟却逢人就悄悄打听天安门流了多少血,北京抓了多少人。尤其遇到从北方出差回来的公社干部、县干部,韩舟更是从不放过,总要一反常态地递烟递茶,千方百计想从对方嘴里掏出点真情实况来。

偏偏那时候闽南农村多数人仍在沉睡之中,到过北京的干部对广场上的鲜血大都视而不见,他们告诉韩舟的,除了报纸上广播里编造的那一套,别无他。

而且遇上和善厚道一点的还罢,他们除了复述官方的那一套之外,并不再说什么。遇上奸诈刁钻一点的,则两句话之后就联想开了,立刻扬起眉毛,厉声问:

"你问这些做什么?你和那批反革命有瓜葛?"

韩舟于是只好摆手叫停,悻悻然愤愤然走开了。

但是有鹰犬癖的人并不就此罢休,他们往往马上就通知有关人员,要他们对韩舟多加注意。

好在韩舟自投胎人间后便因家庭成分不好,父亲是右派等屡受注意,对那种鹰犬式的注视早已习以为常,并不放在心上,依旧我行我素地当他的"逍遥知青"。

这期间韩舟的家里发生了一件大事。

他的父亲,一个原厦门大学高才生、因"中右"问题沦落到镇中学任教的温和勤勉的知识分子,一夜之间悄然离世。

他的死因很简单也很罕见。晚餐时喝了一小盅酒,第二天早晨家人发现他躯体已经僵硬。

韩舟对父亲的骤死惊愕万分,但他并没有掉泪,他对这个突发事件说的惟一一句话是:

"他没有安乐生,倒意外地安乐死了。"

接下来便到了一九七六年底,改造了几年的知青们终于获准招工回城。

家庭出身不好,屡受"注意"又常泡病假的韩舟自然分不了好单位。他的命运是或者到郊区当小学老师,或者去小镇水产供销站当售货员。

大家都算定读书人韩舟自然去当小学教师。但韩舟给大家来了个意外。

韩舟在水产供销站那排又腥又臭的柜台后面操起了秤杆,并且常常扯开嗓门潇洒地朝过路行人吆喝:

"买鱼喽——"

插队的同伴纳闷这个成天捧着英文书的"读书人"何以偏要去卖鱼,韩舟却说:

"卖鱼有什么不好？想吃好鱼人人都得来求我！"

不过话虽这么说，一九七七年高考制度恢复的时候，韩舟还是报名了，并且很做了准备。

录取榜发下来的时候，却没有韩舟的名字。小镇人都觉得稀奇，因为韩舟虽有些狷气，却是公认的"读书人"，这半年来又天天清晨晚上地在水产站小楼的阳台上"ABCD"、"之乎者也"地摇头晃脑的。

奈何运气不好，几分之差，韩舟落了榜。

好在韩舟一向潇洒，又一向立志做读书人，一时的名落孙山，在他看来不算什么。

他照样一边操秤杆吆喝卖鱼，一边清晨晚上地温书做功课。

书温得不耐烦的时候，他便撇了数理化、ABC，奋笔疾书写起文章来。

他的文章有散文有小说也有杂文政论文。散文是恢宏气派的一类，颇有浪漫主义古风。小说虽是写实一派，人物却也是或狷或狂、个性卓然。惟杂文政论文不敢恭维，不是在那儿掉书袋，便是在那儿玩逻辑游戏。

但是你若据实将意见告诉他，他一定会极不服气地从鼻孔里"哼"出一声来，长叹道："知己难逢，伯乐安在？"然后掉头走开。

不过大家不得不佩服韩舟的韧性。第二年高考，他又以几分之差落榜，但他居然面无戚色，心无游移，依然劲头十足地准备第三次高考。

第三年从考场出来的时候，韩舟称得上志得意满，胜券在握。他对同伴说，他有把握以高分录取第一志愿。

不料发榜的时候榜上依旧没有韩舟的名字,已经在悄悄准备扶摇九天的韩舟死也不肯相信。事后托人一查询,果然是冤枉。

原来韩舟过于马虎,竟然坐错了位子。高考中为避免舞弊,试卷上是不写名字只印编号的。韩舟坐错了一个位子,试卷便等于是替邻座答的。虽有好成绩,也记不到他名下了。

邻座因他而受惠,他却因邻座而最后幻灭了做读书人的意愿。

他自认晦气,从此再不提"读书"二字。

这期间他家里又发生了一件大事。

他的母亲,一个善良和气又处处谨慎的女教师,在市区马路上好端端走着的时候,竟然被对面急驰而来的摩托车撞倒,当场毙命。

关于母亲的惨死,韩舟未置一词,他只是愈加脱去了"读书人"那层皮,愈加和小镇上的少年家们融为一体。大家抽烟,他也抽烟,大家骂娘,他也骂娘。而且渐渐他的烟圈吐得比大家漂亮,娘骂得比大家狠。大家骑车东扭西歪横冲直撞,他骑起车来更是龙飞凤舞狂放不羁潇洒自如。一到深夜,小镇的少年家喜欢在石板街晃悠,将手指伸进嘴里,吹尖利的口哨,韩舟也常混迹其中,而且他不用手指帮忙,吹出的口哨便更凌厉更狂暴更令成人老人皱眉。于是,小镇的少年家不再斜眼溜他了,不再几分轻蔑地叫他"读书人",他们渐渐和他称兄道弟。

但是,韩舟似乎是注定不甘沉寂也不该沉寂的。随着时间的推移,社会的演进,韩舟有一天终于感到"柳暗花明又一村",眼前豁然开朗!他暗自庆幸当年选择职业时的精明:如今手里这杆又腥又臭的秤杆,倒有可能成为一个辉煌历程的起点。

"读书人"韩舟做起了水产生意。说来也怪,屡试不中的落榜书生做起生意来倒左右逢源。他以平价到渔村去收鱼,再以高价卖给城里的鱼贩子,再从鱼贩子手里接过一沓沓钞票。大把的钞票使落榜书生不再穷酸也不再怨叹了,他脱去蚊帐布做成的旧背心,甩掉烫脚的塑料凉鞋,穿名牌绸衣,蹬进口皮鞋,抽名烟,喝洋酒,渐渐有了一副老板的架式。

有了老板架式后韩舟便辞去水产供销站的职位,他羽翼已丰,无需再借助水产职工那区区职务之便。他告别小镇回城,开始梦想更辉煌的历程。

这期间韩舟的思想越发活络越发开阔起来,他不再满足于勤勤勉勉地经营。他渐渐有些不讲信用、不守合同了,钱挣得越多,上门索款的人也越多。

于是免不了争吵和斗殴。一经动起手来,索款的人才发现,这个读书人样的韩舟并不像想像的那么好对付。

原来韩舟也学过武术练过拳头的,而且还有几个弟兄同仇敌忾。他虽然曾经是读书人,如今已相当尚武了。

后来是闹得不可收拾,韩舟的大名终于上了当地报纸。报纸说韩舟投机、诈骗,要人们警惕。

和他一直有联系的插队同伴说,韩舟这期间口袋里装了十几种名片。遇到文化人,便递上一张某报"特约记者"。遇上经理老板一类的,便递"水产品开发公司经理"。幸会青春年少的小姐们呢,则往头上戴一个香港某公司办事处主任的头衔。

他这时已经结了婚,有了一个儿子,置了一辆摩托车,盖了一所小楼,有存款十几万。

最后是他的人生终于也发生了一桩大事。

去年十一月,他到舟山群岛出差。在他常去的一家豪华餐厅里,他喜欢的一个女孩子被人当他的面叫去陪酒,他顿时勃然大怒。于是双方打起来,打到最后,他寡不敌众,被当地人活活打死在餐厅的门口。

有知情者说,他原已逃出来了,因为有一个同伴仍陷重围,他返回去相助,结果终于在劫难逃。

小镇上的熟人听到他的死讯后,无不唏嘘慨叹,他们联想到前几年他父母的骤死,心里顿时惊惧起来。

(1992年)

表舅母

明舅母和裕舅母同是外婆家的隔了两代的表亲。

外婆在世时,常常这样评价两个表舅母:

"一个谦和,一个骄横。谦和的受苦骄横的享福。命好命坏是与做人无关哪。"

外婆说的谦和受苦之人,指的是裕舅母。她生性温和,待人友善,只可惜嫁了裕表舅没几年,就从一个端庄秀丽的少奶奶,变成了终日眉头紧锁的小地主婆。

明舅母则不然。她虽然是裕舅母的亲妯娌,并且和裕舅母同住在祖上遗下的两所紧邻的房子里(因为是华侨地主,裕表舅的房子未被没收),她却要轻松得多。因为明表舅厌恶农事,早在革命之前就弃农学医,并成为那一带的名医了。他的成分是自由职业者。

对此外婆常常慨叹:

"你明舅母才真正是富家小姐哪。她一向瞧不起裕舅母,笑她只值十亩盐碱田。如今她又笑她是个可怜兮兮的地主婆了。"

原来裕舅母娘家贫寒,只是因为她生得端庄,才换得裕表舅家的十亩劣质水田,成为体态臃肿相貌丑陋的裕表舅的妻子。

我的外婆和明舅母来往很少。因为虽然住得很近,但明舅母对这个家道中落的表姊却没有敬意。外婆也讨厌明舅母那一脸倨傲的神情。

不过明舅母的倨傲自有她倨傲的道理。

在我们小镇上,明舅母是头一号的"先生妈"——明表舅当着名医,受着众人包括镇上要人们的尊重(无非因为要人们也常常要生些疾病),明舅母自然很是体面。明表舅又很有些积蓄(外婆说明表舅机灵,很早就将他名下的那份田产换成了金条),行医的收入也颇丰厚,明舅母又出身富家,言谈举止自是大家风度,对于诸多如今变得又穷又酸又黑的亲戚们,她有些不屑也是自然的。

我那时年纪尚小,往往看到明舅母挽着高高的发髻,穿着半袖的黑绸衫,露出戴着玉镯子的浑圆雪白的手臂,便就要钦羡与赞叹:

"明舅母真美!"

外婆却总要横我一眼,外婆说:

"当年你裕舅母比她美十倍!"

我不知道当年的情形,但我如今见到的裕舅母,却是又干又佝偻着的。尽管外婆一再说当年裕舅母是四乡里有名的美人,我却总是怀疑。

不过明舅母的盛气凌人我很快就领教了。

那是暑假里的事。我和裕舅母的小女儿璇子在裕舅母家里玩捉迷藏。衣柜、壁橱、阁楼上,所有可藏的地方都藏过了,我突然灵机一动,打开了二楼北面过道里的小木门,轻手轻脚跑进明舅母家藏起来（他们两家原是相通的）。我非常得意于我的这份机智，因为过一会儿，璇子果然找不到我，正在自家的楼上楼下到处嚷嚷，高声认输呢。我得意扬扬地从藏身的卫生间里跑出来，正要大声招呼璇子，肩头却被结结实实地扳住了。我回头一看，明舅母正眉毛倒竖，怒气冲冲地站在我面前。

我立刻想起外婆的警告。外婆从来不许我上明舅母家玩，她说明舅母会像打狗似的把我打出来。

我的手脚立刻彻骨地凉起来。我怯怯地说：

"明舅母。"

明舅母根本不理会我。她弯下腰，很快地移动那双浑圆雪白的手，在我的兜里、腰里乱摸一气。

我立刻明白明舅母比外婆说的还要可恶十倍。

"你不能搜我！我不是贼！"我甩掉她的手，愤愤地喊。

"嘀嘀，还挺厉害。我问你，不偷东西，你到这里来干什么？"明舅母说着，再次动用她那锐利的目光在我浑身上下搜寻。

"我和璇子，我们在玩捉迷藏！"

"捉迷藏？喏，过来——"明舅母伸出肥胖的手，像拎小狗似的将我拎进她的卧室，"看看看看，这是玩捉迷藏的地方吗？"明舅母猛地拉开梳妆台的抽屉，"金项链金戒指金耳环翠玉手镯，丢了你赔吗你赔得起吗？——哼，怕是连你外婆都没见过！"

"我外婆有，比这还漂亮！"我一点也不肯示弱。

明舅母大概没想到我会这么嘴硬，她愣了一下，然后有些气馁地说：

"对,你外婆有过,可她现在是个穷光蛋了。算了,你走吧。慢点,给我记住,以后不许再到这边来!"

我狠狠地剜了她一眼,算作回答。然后,把她的木板地踩得山响,噔噔噔地跑回裕舅母家。

当璇子惨白着小脸问我前后经过时,我恨恨地指着她的鼻尖说:"以后,再不上你们家了,你们周家全是地主婆!"

后来,我果真再没有去过裕舅母家。明舅母那里,则更不用说了,每次遇见她,不管离得多远,我都毫不犹豫地朝地上啐上一口。

和明舅母和解是十年以后的事。

那是我到钟子尾插队的第二天。我正在天井里准备草鞋、镰刀等,突然听到有人叫我的小名。我抬起头,看见一个村妇模样的清瘦的老妇人和一个胖胖的小女孩正在朝我走来。

"蕊蕊,快叫姑姑!"

我十分奇怪。这老妇人虽然有些面熟,可我怎么也想不起她是谁了。而胖胖的小女孩却正在甜甜地叫"姑姑"。

"小娟仔,不认识我了?明舅母呀!"老妇人满脸皱纹地看着我笑。

明舅母?这个清瘦憔悴和气的乡妇怎么会是那个挽着高发髻、穿着黑绸衫的丰满白皙傲慢的表舅母?

我真不能相信自己的眼睛!

"你怎么愣了?真是我呀!"

老妇人的声音的确是我所熟悉的。虽然已略带沙哑,失去了当年的圆润,但口气、音调确是明舅母的。

"真是明、明、明舅母吗?"隔了十年第一次称呼她,我竟然口吃起来。

"看来我变化非常大,是不是?喏,你都出落成大姑娘了,我也是该老了。"明舅母解嘲似的说着,移过一个木板凳,在我身边坐下。

我这才知道,自从我们离开小镇以后(外婆去世后,我和母亲便到父亲那里去了),明舅母家发生了大变故。先是红卫兵抄了家,值钱的东西被一扫而光,再是明表舅不堪凌辱,悬梁自杀了。接着是动员城镇居民上山下乡,明舅母家首当其冲。明舅母不愿去遥远的龙岩山区,便咬咬牙,全家迁到一直是农业户口的儿媳妇厉治的娘家大队来。

"没想到你也分到这里来,"明舅母一脸笑意地看着我,眼圈却渐渐红起来,"这下我可有个人说说话了,你不知道我都快要憋死了。"

原来明舅母的儿媳妇不是善良女人。当年她在镇上读高中,看见明舅母家又体面又富裕,便三天两头跑她家,终于让明舅母的独生儿子光中娶了她。如今明舅母家道中落,背着黑五类的牌子依附到她娘家村子来,她便恢复了本性,天天恶言相向,骂光中窝囊,骂明舅母害了她,并一再扬言要离婚。她在小学里代半天课,一回家便歪在床上,什么都不做。明舅母给她带三个孩子,给她做饭、洗衣、喂猪,里里外外全包了,天天累得直不起腰来,还得忍气吞声听她骂。

我很奇怪以明舅母的刚愎与倨傲,怎么能忍受这样的恶媳妇。

明舅母叹口气说:

"现在不是又黑又矮嘛。在人屋檐下呀。喏,这个村子全和她一个姓。"

我后来每忆起明舅母这起伏很大的一生,常常要惊叹人性的复杂与无限潜力。

那个挽着高高的发髻,黑绸衫被风吹得呼啦啦响的丰满白皙骄傲自负的妇人,如今天天扎着灰头巾,穿着粗布衫,上山,下地,洗衣,喂猪,额上的皱纹比村妇们深,手上的皮肤比村妇们粗,做起事来比村妇们干净利索,甚至吃起苦来也比村妇们毫不逊色。

明舅母的儿媳妇厉治却越来越不安分了。没多久她干脆连代课教师也不当了。她十分洒脱地扔下三个孩子,失踪了。

后来村里有人在城里遇见她。她正挽着一个又干又瘦的中年男人,在海滨散步。

再后来她回来过一趟,剪着很飞的短发,穿着很瘦的裤子。她找到明舅母的儿子光中,正式提出离婚。

光中却不肯,他既窝囊又执著。他泪流满面,跪下来求妻子留下。

明舅母从山上回来时,看见了这一幕。她捶胸号啕,将一只只瓷碗狠狠地扔到儿子身上。

第二天她背着最小的孙子走了。她的大女儿在省城工作,几次接她都不去,这回她下决心不管这窝囊废儿子了。

可是上了船她又慢吞吞地下来了。她背着小孙子顺着来时的小路又走回了钟子尾。

到家时她看见儿媳妇躺在儿子的床上,一脸无耻的得意与自豪。

据在场的邻居说,明舅母弯腰放下小孙子时,嘴里喷出了一口鲜血。她脸色铁青,可她什么都没说。她走进灶间,拿了镰刀和竹筐,上山了。

最后一次看见明舅母是我临离开钟子尾的前一天。

我们几个同时招工的知青正在老宅里收拾行装,突然光中慌里慌张跑来了,一路跑一路大呼小叫地喊我。喊得我们个个头皮发麻。

"小娟仔小娟仔我妈不行了她要见你,你快走快走她要见你你快走!"

我这才知道明舅母出事了。

说来很惨,明舅母这个名医的妻子,原来也曾自诩于略通医道的,却竟然吃错药铸成了大错。

原来明舅母迁居钟子尾时,家里已一贫如洗。表舅公去世前吃剩的十几服中药,明舅母舍不得扔,便连同几件棉被家什等一起带到钟子尾。出事前的那些日子,正是青黄不接之时,明舅母已半饥半饱地挨了好几天,突然想起表舅公留下的中药来。她恍惚记得里面有一两味补药,便赶紧翻出来熬了。

其实明表舅学的是西医,明舅母对于中药根本不懂,但她一心一意地指望那里面的补药帮她战胜饥饿与衰弱。

药熬好后,她舍不得喝,先倒了半碗给蕊蕊。小孙女喝了一口嫌苦,她打了她一巴掌,自己喝下了。

没多久药性发作了。蕊蕊喊肚子痛,明舅母满地打滚。闻讯赶来的赤脚医生束手无策,愣了半天只好让病人服止痛药。

我赶到明舅母家时,明舅母的剧痛已缓解了。但她眼珠外凸,大汗淋漓,样子十分吓人。

看见我进来,明舅母做出一种微笑的努力(这笑容比哭难看十倍),然后,她急切地、断断续续地说起来:

"我知道……你一直在笑话我……我叫你来……就是要告诉……你……我比你裕舅母……强十倍……比你外婆……强十倍……我没有戴过……地主婆帽子……没有卖过……家当……那几年……我比她们多过了……好多年……好日子……我到现在……还有……还有……还有……"

明舅母絮叨着,把手伸进怀里摸索了半天,终于掏出一个皱巴巴的小红纸包来。

"看这个,这个……足金耳环……这一对……四钱重呐……她们……早都卖光了……我还留着……我不像她们……"

明舅母用那越来越浑浊的老眼凝视手上的耳环。突然她嘶哑着嗓子笑了起来,笑得我毛孔倒竖。

"那天……红卫兵在……门外嚷嚷……我就知道……要抄了……赶紧把耳环……摘下……塞进发髻里……他们……到底娃娃……"

明舅母又一次得意地笑起来。

"这是……他给我的……还有一只……四钱重的……戒指……结婚那天……他亲自给我……戴上……努,你……你过来……"

明舅母突然对着儿子使劲招手。

光中惨白着脸走过去。明舅母说:

某年某月

"你给我……戴上……我要去……见你爸爸……你爸爸他……你不许……再摘下来……我是个……体面人……我得戴着它……"

光中"喏喏"地答应着,手和膝盖都在颤抖。我只好走过去,帮他将耳环给明舅母戴上。

"怎么样……很气派吧……你们年轻人……是再戴不上了……嘻嘻……把镜子给我……镜子。"

我将桌上一只缺了一半的破镜子递给她。她立刻很兴奋地举起来。

她无疑是看见那对金光闪闪的四钱重的足金耳环了。她应该也看见戴着耳环的那张干枯蜡黄、眼珠外凸的陌生老脸了。

她突然很凶地叫了一声。

我和在场的人都听见一声苍脆的巨响,镜子重重摔到地上。明舅母仰天倒下,她眼珠怒凸着,死了。

第二天我和伙伴们离开村子到公社所在地办理最后一道上调手续。经过裕舅母家时,听见里面传出一片哀声,我这才知道,谦和友善并且曾经美丽端庄的裕舅母也谢世了。她得的是癌症。

(1988年)

歪嘴仔

"歪嘴仔……没水啦……歪嘴仔……"是晚水婶急切的、沙哑的呼唤。

醒来,听见窗外秋风飒飒的,正运载着这呼唤,低低回旋着,奔突着。

"歪嘴仔……没水啦……"

这呼唤仿佛一段乐曲,幽幽地飘着、飘着……飘在窗外,飘在屋里,飘在我的枕边。

静静地,屏住呼吸,凝神听着……

可晚水婶沙哑的声音没有了。

窗外只一阵低低呼号着的风。

歪嘴仔已经死了。

然而,透过六岁的瞳仁,我分明又见到了他。

是九月的黄昏,在我们小镇那条窄窄的石板街上。

"歪嘴仔……浇菜啦……歪嘴仔……"晚水婶沙哑的声音刚刚响过,歪嘴仔便从小山包下那个石窟里钻了出来。不一会儿,他扛着喷桶,低着头,慢腾腾地出现在石板街上了。

"歪嘴鸡仔偷吃米,吃了胀破肚——皮,歪嘴鸡仔偷吃糠,吃了变成谷——缸!"隔壁的波仔又向他唱起这支"儿歌"了。

歪嘴仔照例是没听见。他依旧低着头,慢腾腾地走着。可是嘴巴更歪了,快爬到鼻子上边去了。

我小跑着进了家门,饭碗"砰"地甩到桌上——只一会儿,我又像一条尾巴似的跟在他身后了。

他家的菜地很快就到了。

喷桶"咝咝咝"地响着。歪嘴仔微微倾着肩,两手抓着喷桶,一来一去地晃着、晃着。

"歪嘴仔,你的嘴为什么歪呀?"

"因、因为……"他的头低下了,"我不知道。"他嗫嚅着,手中的喷桶不动了,菜垄上蓄起一窝水。

"我知道。"我忽然聪明起来。

"是……是什么?"

"因为——因为你又矮又丑……说话又结巴!"

歪嘴仔的小眼睛撑圆了,然而他无可奈何地瞪着我,嘴巴颤抖着,一下一下地爬到鼻子上边了。

然而歪嘴仔已经死了。

"歪嘴仔家来客了,歪嘴仔家来客了!"

一群叽叽喳喳的童音拥进歪嘴仔家低低的屋门,团团将喜笑颜开的晚水婶、歪嘴仔和一个陌生的男人环绕起来。

陌生男人又高又大,而且是"四只眼"——架着一副和我家镜框一个颜色的眼镜——这时他正弯着腰,从旅行袋里往外掏东西。

"阿母,这是您爱吃的雪片糕,这块黑绸子给您做衣服,这……"

"哎呀,康儿,怎么又乱花钱?我老骨头了,用不着……"晚水婶的嘴巴咧到耳后根了。

歪嘴仔静静地站着,嘴巴也无声地咧着。

"歪嘴仔!快给阿康烧点水……不,先烧碗面线,我去拿鸡蛋。"晚水婶忽然从欢乐中醒来,匆匆下达了命令。

歪嘴仔带着笑容,慢慢转过身,朝灶间走去。

"哎,歪嘴仔!"正在楼梯上爬着的晚水婶突然停住了,沙哑的声音又响了起来,"缸里没水啦,先去担一担……快一点!死歪——嘴仔!"

歪嘴仔挑起水桶匆匆出发了。

叽叽喳喳的孩子扯着他的桶绳也出发了。

"歪嘴仔,你哥怎么没给你买东西呀?"

"歪嘴仔,你哥还是个'四眼狗'呢。"

"歪嘴仔,你家有四眼狗……"

歪嘴仔突然站住了——他两手高高抓起水桶,眼睛瞪得直直的。

"谁……谁再骂我弟弟,我……我砸他了!"歪嘴仔的脸憋成了绛紫色。

弟弟?哈!那个高他三个头的阿康是他弟弟!那个"四眼狗"是他弟弟!——大伙儿发现了新大陆,开心地叫着、笑着、嚷着散开了。

我想起来了——有一次妈妈说过,歪嘴仔该有三十七八岁了,他是晚水婶家的"长子"。

然而……歪嘴仔是已经死了。

"啪!啪!啪!……"这回,是在镇东头清澈的小河边。十二岁的我,正挥着木棍,使劲地、有节奏地抽着铺在石板上的衣服。

"啪!啪!啪!"对面的石板也响起来了。

原来是歪嘴仔。他的身边摆着一大篮衣服——他最近又兼任"洗衣妇"了。

"啪……啪……"对面的响声越来越疏了。

我抬起头,看见歪嘴仔索性扔了木棍,怔怔地盯着铺在石板上的衣服。

"你怎么了,歪嘴仔?"

"我……我……这……这衣服真……真好看呢。"他呢喃着,脸上有一种莫名其妙的表情。

我仔细看了看那衣服——真是好看呢,米黄的底,褐色的花,穿在身上一定很漂亮。

"那你也去买一件吧。"我说。

他的脸腾地红了,眼睛直直地瞪着我。

"真的,买一件,以后你娶'爱人'了,给她穿呀。"我真心实意地说。

他瞪着我的眼睛渐渐现出迷惑的神色,"爱……爱人……是……什么?"

"爱人呀?爱人就是老婆!"我很高兴有地方卖弄我的知识。

歪嘴仔可没有一点高兴的样子,他的嘴巴又一下一下颤抖着往上爬了,随后是一阵嘟嘟囔囔的声音:

"老……老婆……?我才……才不要呢。我阿母骂……骂我歪……歪嘴仔不成器,骂……骂我还不快死掉,好……好转世换一……一副嘴脸,也能娶亲生子,接……接香火……我……我才不要死……死呢。"

然而,实实在在的,歪嘴仔死了好几年了。

我前天一到家,立刻觉得久违的故里少了一样我所熟悉的东西。正搜寻着,母亲告诉我,歪嘴仔死了,死在他家的菜地上,已经好些年了——我再也听不到那熟悉的沙哑的呼唤了。

我让波仔领着我,来到西头山上歪嘴仔的坟前——他的坟和他的人一样,矮矮的,佝偻着躺在地上,坟头上只几根疏疏落落的青草。然而,使我惊诧的是,他的墓碑却十分堂皇。又宽又厚的雪白的石碑上,极鲜明地刻着:

先考海澄石乡氏
　陈全福之墓
　男陈立平立
　　　公元一千九百七十二年

波仔说,陈立平是四眼阿康的次子,在歪嘴仔死后的第二天,从名义上过继给他了。

我怔怔地望着墓碑上鲜红的字迹。

某年某月

"先考……陈全福之墓"

歪嘴仔……死歪嘴仔……

——晚水婶沙哑的声音突然泛起在我沉寂的心底。

"先考……陈全福……"

歪嘴仔……死歪嘴仔……

——沙哑的声音在我心底回旋、摇荡。

我的眼睛模糊了。鲜红的字迹渐渐离开墓碑,飞扬起来,流动起来了……终于,一串急切的、沙哑的呼唤在我耳畔响起:

"歪嘴仔……没水啦……死歪嘴仔……"

我的眼泪终于下来了。

(1985年)

婉穗老师

一

婉穗老师姓林,但没有人叫她"林老师",学堂里每一个人,无论老师还是学生,都叫她"婉穗老师"。婉穗老师也不教书,她是中学里的一名会计,但依然没有人称她会计,人人都喊"婉穗老师"。

在我们闽南,只要是在学堂里做事,便就是先生,便就要尊称老师。

二

婉穗老师有一个妹妹,年轻并且美丽,镇上的英俊少年、富家子弟,无不或偷偷或公开地追求她。婉穗老师却不然,她已四十有余,却始终孑然一身,处子风度依旧。

三

婉穗老师有一米七〇之高。一副嶙峋瘦骨凑成了她的肩膀。肩膀上是长长的脖子,曲线很好的脸上有一双凹而大的眼睛。

婉穗老师的两颊也是凹陷的,她的背并且永远地微驼着。

婉穗老师走路的时候,总是拱着肩,低着头,身体前倾,气喘微微,如同一匹负载的瘦马。

四

我的母亲和婉穗老师很熟,她说她十年前调回这个镇上和婉穗老师共一所学堂时,婉穗老师就是这样高这样长这样凹陷这样气喘微微的。

母亲并且说,婉穗老师虽然相貌平平,却很孤傲,一般的人,她都不屑于搭理的;虽然孤傲,心地却善良,差不多的学生,没钱交学费了,去找她,总能拿到三角、五角的。

五

婉穗老师很有些钱,她是我们镇上最有钱的华侨地主的长房长孙女。虽然后来林家的产业失散了大半,婉穗老师却依然有钱,依然睡觉的时候有一对雪白的缎面绣花大抱枕陪伴。

(当然,这是她与世长辞后人们才知道的。)

六

婉穗老师虽然有钱,却绝对不愿在家吃闲饭。她在学堂里前后做了十四年的事,只要不生病,每天准在七点三十起步,七点四十五抵达办公室,没有一天例外。寒暑假,学堂放假了,婉穗老师却不放假,照样每天七点三十起步,七点四十五抵达。到了办公室,或翻翻账目,或看看旧报,实在无事可做,便低头静坐。挨过了一个上午,婉穗老师便复背起那永远鼓鼓囊囊的蓝色帆布包,拱肩,低头,慢慢走回荷花洲。

七

婉穗老师后来添了一对养子女。这养子女是她惟一的一个朋友的儿女。这朋友和她共过事,知道她孤单孤僻善良有钱,知道她将近晚年却膝下无子,便慷慨地将她最末的两个孩子送给婉穗老师。

八

婉穗老师的养女黛丽到荷花洲来当养女时年龄已和我相仿。她做了婉穗老师的女儿便时常随婉穗老师来我们家。每当这种时候,我和黛丽便叽叽喳喳,在我房间里或读书或唱歌,婉穗老师却只是啜着一杯清茶,和母亲相对静坐,直到一个多小时的拜访结束,也不开口说一句话。

(我的母亲其实是个健谈的人,她之所以静默,完全是为着配合婉穗老师。这是我长大后才明白的。)

九

婉穗老师的居所荷花洲是一个四面环水的小岛。小岛的四周原先飘满了蓬蓬的荷花,荷花洲因此而得名。后来荷花洲四周见不到荷花了,只剩下没有色彩没有变化的清清河水。

婉穗老师闺房前的天井里却依旧养着两排荷花,共计十六缸。婉穗老师很爱荷花,她每次从学堂里回来,第一件事就是到那列队而立的荷花缸前,依次检阅,细细观赏。

婉穗老师的养女黛丽后来却发现,她的"姨妈"(她管婉穗老师叫姨妈)其实只爱荷叶不爱荷花。荷花一旦含苞欲放,婉穗老师立刻毫不留情地将它掐去,没有一丝一毫的犹豫。

所以那两排矮而胖的水缸里才永远飘着绿意,绝无一点花讯。

黛丽并且说,她的姨妈掐荷花时,总要拿一方白手绢垫手,并且带着一脸送葬的神情。

十

婉穗老师那时已没有父亲,只有一个继母是六十来岁的小老太太,大家都喊她"月季婆婆"。月季婆婆也常来我们家,因为她的小女儿,婉穗老师那个又年轻又美丽的妹妹婉榕姑娘在学堂里念高三,就在母亲的班上。

月季婆婆来的时候,我就拿一串关于婉穗老师的疑问去

问她,月季婆婆听了,只是干干地笑,说:

"她的怪癖多着呢。"

"什么怪癖呀?"

"不吃早饭是不是怪癖?不许人进她的卧室是不是怪癖?不管冬天夏天窗户永远紧闭是不是怪癖?怪癖怪癖,她的怪癖多着呢!"

月季婆婆说着,不再干笑,转身去找我的母亲,商量她的宝贝阿榕考大学的事去了。

十一

我原来以为既然婉穗老师的养女黛丽喊月季婆婆做"阿嬷"(外婆),并且十二分的亲热,那么月季婆婆必是婉穗老师的母亲必是待她十二分的亲热无疑。后来才知道月季婆婆其实只是一个婢女出身的继母,并且婉穗老师并不是林家的亲骨血,她只是月季婆婆的前任抱养的。

还有人说婉穗老师甚至不是抱来的,她是林家的老家人林三从一片血泊中捡来的。她的亲生父母和诸多的兄姐全被土匪杀了,大概因为她是个女婴,又在襁褓期,盗匪们动了恻隐之心,才让她免死刀下的。

难怪婉穗老师也时常到林三一脉单传的孙子林全义家里静坐。

十二

婉穗老师虽然在襁褓期幸免于难,中年却无可挽回地早逝。我上初一那年冬天,婉穗老师终于不能每天像钟表那样准时出现在校门口了。她不得不喘微微地躺在病榻上。

婉穗老师日见衰弱,日见枯萎下去。奇怪的是婉穗老师虽然病得气息奄奄了,却依然不许人进她的卧室。月季婆婆给她送饭,只送到门口为止。黛丽和泓要尽孝心,也只到门口为止。若有客人探视,婉穗老师则一概不见,再熟的客人来,也只允许在她门口,高声说几句关切慰问的话。

我随母亲去看过她一次.母亲站在门槛边,隔着半开的门,大声说:

"婉穗老师,你要宽心静养。"

婉穗老师没有答话,屋里只是一阵剧咳。

"婉穗老师,药要按时吃!"

婉穗老师仍不答话,仍旧是一阵剧咳。

"婉穗老师,学校里的同事都记挂你,大家请你静心养病!"

婉穗老师咳得更离奇了,屋里传出一片"空空空"的咳嗽声。

那声音太古怪了,像急促的犬吠声,听着听着,我的毛孔全竖了起来。母亲大概也不忍再听了,她拉起我的手逃似的往前厅走,边走边胡乱地说:

"婉穗老师你好好养,我改日再来改日再来。"

十三

母亲之所以关照婉穗老师按时吃药,是因为月季婆婆说,婉穗老师那一阵已不好好吃药了,给她送去的汤药,往往仍旧放在房门口的石凳上,动也不动一下的。

后来婉穗老师总算进了医院。那是她第一次昏迷之后,她的妹妹和堂兄弟们不顾她的禁令,硬闯进卧室,用担架将她抬上开往市里的轮船,送她到市立医院。

婉穗老师进医院一周后就过世了。听说她临终前翻来覆去只叫一个人的名字。那人其实早已故去,那人就是从血泊中把她捡回来的林家的老家人林三伯。

十四

婉穗老师一过世,林家的人(除了婉榕姑娘和月季婆婆,尚有婉穗老师的堂兄弟婶娘侄女)和婉穗老师的养女黛丽家的人都忙碌起来。因为婉穗老师很有些财产,而且林家只有婉穗老师得以保留这些财产。因为婉穗老师是孤女出身,赤贫出身,且有当年尚健在的雇农林三伯的庇护,而不像婉榕姑娘既无人庇护,家庭出身又是华侨地主。

十五

但是婉穗老师早有安排。

镇上德高望重的庄牧师很快就造访了荷花洲。庄牧师出示了婉穗老师三年前立下的遗嘱。遗嘱全文如下:

余承先人之恩,有黄金十两,存款八千,余委托庄思明牧师在余身后将上述财产悉数分赠本镇下列女性:

孤儿出身,尚未成年者;

终生未婚,已近晚年者;

晚年独处,膝下无子者。

十六

庄牧师的造访当然令黛丽及其母亲难堪。她们尤其尴尬的是,婉穗老师的遗嘱竟然是黛丽和泓出任养子女的第二天立的。

月季婆婆却比较大度,月季婆婆说:

"怪人做怪事,一点也不奇怪,我算白侍候了她一辈子。罢罢罢,幸亏不是我养的,幸亏我们阿榕不是那副怪脾气。"

月季婆婆说着,走到婉穗老师的天井里,指挥人把那十六缸荷花一一抬出去卖了。

(1992年)

回想外婆弥留之际

三十年前,当外婆痛苦地辗转于床侧,彻夜不眠地准备告别这喧嚣人世时,她是否已经知道,三十年后的今天我会夹着一管铅笔,坐在书桌前苦苦回味她在病痛夹缝中留给我的神秘微笑,并且紧紧追上她的思想?每当我穿过时空再度走到外婆的病榻前,看见外婆幽幽地看着我并且发出她那意味深长的微笑时,我心中便会涌起一股奇异的感觉。仿佛历尽沧桑、皱纹如网的老外婆和当时仍是稚语声声的我早已相通早有契约,仿佛后来三十年我所经历的人生均在外婆的预料之中理解之中。我觉得我若不做完我六岁时外婆便知道我会做的事,即追踪她临终前的神秘微笑,我便无法将思维从六岁那年移开,无法回到现在的我三十六岁的我。也就是说,生命将从此裂开巨缝,而我却无力跃过它。

现在,我真的光着脚丫蹑手蹑脚来到外婆的病床前。这是一九六〇年初冬的一个深夜。家里人全在酣睡中。在外婆房里值夜的姨母也已蜷在躺椅上沉沉睡去。我将脸蛋轻轻贴在外婆那枯柴般的手臂上,我立刻闻到那股久已令我激动令我陶醉的气息。我贪婪地呼吸着这熟悉的亲爱的气息。渐渐地,我恍若回到很久很久以前……在温润柔软的水波之中,惬意的我浸泡着、漂浮着,世界那么安宁、那么静谧……外婆的手臂突然抽动了一下。我记起我曾不止一次追问外婆,为什么我不是她的女儿,为什么她以前不曾让我在她的身体里呆着。而外婆每次听了都是会心地笑,脸上涌出难得的惬意。我还记起外婆常常用两根长绳把弟弟妹妹拦腰拴在大门的吊环上,让他们在固定的范围内活动,而对我,她却网开一面,任我楼上楼下疯跑折腾。我不知道外婆看见我撒开光脚丫疯跑的劲头有什么感觉,不知道乐不可支的我是否勾起了外婆对自己童年的清晰回忆。

直到外婆故去十多年后,我才从颤颤巍巍的小脚的大姨婆那里得知,外婆和她,父母原是旅居菲律宾的富商,一次大地震中死于非命。嫡亲的叔叔次年便将她们分别出售,令她们各自做了养女、童养媳。大姨婆是随我们躲避强台风借居在山上中学校舍里时告诉我这件事的。"你外婆这一生……"大姨婆看着屋外一棵棵被台风连根拔起的老榕树,突然老泪纵横。

然而病榻上的外婆神志却安详平和得近乎神奇。我此刻已将脸庞从外婆手臂上移开,正立在外婆的床头静静倾听她的呼吸。她的呼吸微弱并且时断时续,令人想起如泣如诉的忧伤二胡。我想起后来,当残酷暴戾的"文化大革命"爆发后,被批斗、被抄家的姨妈们舅舅们每回见到我必定要说的一句话是:幸亏外婆没有活到今天没有看见这一切……

外婆动弹了一下,似乎想翻身。我赶紧伸出手去帮助她。我发现外婆的皮肤已经如揉过后又摊开的纸一样又薄又皱了,皮下的肌肉不知什么时候已经消失。纸一样的皮肤稀稀松松地耷拉在骨头上。一股哀痛滚过我的心头。我听见屋里响起低低的啜泣声。

侧过身来的外婆似乎也听见了啜泣声,她睁开眼。"是你吗?"外婆喃喃地说,复又将眼皮合上。我的啜泣声渐渐小下去。因为我想起外婆那惟一的一次饮泣。刚强的外婆极少落泪,我见到的那惟一一次例外是在清明节的西头山上。带着我们去扫墓的外婆一走近山腰上那两个异常矮小的坟包,便止不住热泪盈眶。低泣良久,外婆才强作平静。"这里躺着你们的两个舅舅。"外婆抚摸着坟包黯淡地说。

后来我见过躺在西头山上的两个舅舅的照片。那是两个有着清澈大眼睛的可爱男孩。外公为他们起的名字是思齐、思平。然而思齐思平未及长成便夭折了。西头山上两个矮小的坟包每到清明时节便撞击着外婆的心。

蜷缩在躺椅上值夜的姨母不知什么时候已经醒来。她看见我似乎并不诧异。她走过来跪在外婆的病床前,和我一起静静凝望那张安详平和的脸。

我很快就将注意力转移到姨母头上的发髻。我和往常一样纳闷姨母为什么和外婆一样梳着发髻而且比其他姨妈苍老许多。多年以后我才知道,姨母并非外婆的亲生女儿,她是外公兄嫂的女儿。和外婆一样,她尚在童年便失去了双亲。她十八岁的婶娘也就是我的外婆按住她暴戾的后母高高扬起的木棒,热泪盈眶地收养了她。

和姨母一起住到外公外婆家来的还有姨母的哑巴弟弟。姨母一直为外婆给予他们姐弟的爱而感动,也一直为愚顽暴躁的哑巴弟弟给外婆带来的无尽麻烦而内疚。

"可是外婆是一个真正的基督徒,她悲悯一切。"多少年后,当我带着新婚喜糖到鼓浪屿拜访两鬓斑白的姨母时,姨母提起了她在外婆房间值夜的那个夜晚。已届晚年的她显然常常沉浸在对往事的回忆中。

外婆在弥留之际是否也沉浸在对往事的恍惚追忆中?当她一小口一小口咽下姨妈们为她挤榨的鲜橙汁时,她是否透过那橘黄色的液体看见了自己的成婚大仪?十四岁的外婆,矮小瘦削的外婆戴着耳环手镯,蒙着鲜红的头帕,在那一夜成了高大健壮的外公的妻子。驾船云游四方的外公从此有了自己的温馨港湾。他感激并珍惜他的新娘吗?

梳着发髻的姨母站起来为外婆擦拭身体,并喂了外婆小半杯橙汁,然后回到躺椅上去。我也离开外婆的房间,回到我的小床上来。可是我满脑子里想的仍旧是外婆、外婆……

六岁的我当然无法理解养育了十四个子女,其中病死两个、云游两个、蹲监狱一个的外婆的心境,可现在,当我自己的儿子也将近六岁时,我觉得我开始理解外婆那丰富异常的心。

外婆在回光返照的最后几天里,脑海里一定异常清晰地一一浮现出十四个子女的面容。她最钟爱的长子,那个厦门大学金融系毕业的高大英俊的思贤令她牵肠挂肚二十多年,如今连音讯都杳然了。外婆想起她和外公屡次三番被叫到派出所,屡次三番被人像训狗似的训斥的日子,想起那些日子虽然难挨,可是那些日子还有辗转寄来的"那边"的信!而现在,现在却是音讯全无了!还有同在"那边"的长女赐美,外婆现在也许很想听她轻轻叫一声"阿母"?外婆想起姐妹里长得最俊俏、人称小镇一枝花的三女儿,当年嫁到鼓浪屿的大户人家,如今却是天天眉头紧锁,低声下气地在苦水里熬煎……外婆艰难地翻了个身。她一定也想起家族里的一系列"黑帮"，地主家庭出身、终于被革去公职的四女婿；因在日记里抒写失恋痛苦而被视为"对社会不满"锒铛入狱的二儿子……甚至那惟一一个共产党出身的五女婿，不久前也因"右倾"被贬到同安山区去了。

外婆不胜感慨地忆起几年前她和五女儿背着全家从牙缝里挤出来的一点炒米一点盐，前往新安的劳改农场探望二儿子的情景。她们走了三天的路才走到身陷囹圄的二儿子面前。面前的二儿子已是一夜之间两鬓斑白，二十几岁的人瘦得像是千年骷髅。五女儿见状放声痛哭，外婆却掩住她的嘴，一字一句倾听儿子的心声。骷髅般的儿子没有哭腔没有眼泪，"假如我顶不住，你们就当本来没我这个人。"我二舅说这话时淡漠得如同在例行公事。

外婆至今仍然感觉得到那天下午心头那刀割般的疼痛。她没有一滴眼泪但她把二儿子紧紧搂在胸前。她惟一欣慰的是她的爱帮助儿子度过了那可怕的难关，如今二儿子已刑满释放，外婆多么希望他能如常生存。

仍旧高大却不再健壮的老外公此刻来到外婆的病床前，外婆凝视他那如今也变得混浊的眼睛，记忆回到新婚时期。新婚的外公曾经粗暴曾经强悍，然而瘦削的外婆温和的外婆不久就使他自叹弗如。闯荡四方的外公开始随外婆进出教堂，一次次为各种慈善事业捐款赞助。

是宗教给了矮小瘦削的外婆力量吗？还是外婆自身的力量使她真正接近宗教精髓？

外婆想起她的老姐姐曾经非常钦羡她脸上常有的那份平和圣洁，想起镇上教友们对她的诧异：她们不明白她何以历尽苦难却能始终从容始终安详?

但是外婆一定相信我(也只有我)能了解这个秘密,因为此刻她正把思维久久地停留在我身上。她对我的特殊信任不是因为我是她那始终和她患难与共的五女儿的女儿,也不仅仅因为几年来我早已变成她心心念念的小东西,她爱我如同爱自己晚年生养的幼女。不,不是的,虽然她此刻仍清晰地忆起那一个个月光如水的夜晚。在那些恍如昨夜的美丽夜晚,月光穿过天窗静静倾泻在古老的雕花木床上,外婆一边轻轻哼着催眠曲,一边任我的小手在她的干枯老脸上移动、抚摸……外婆每想到要把我一人扔在这喧嚣繁杂的世界便会不忍吧?她是否曾经苦恼于既不能照料我又不能带走我的两难境地?

我现在更倾向于外婆对我的信任是出于天性出于直觉而不是因为爱,因为随着时光的流逝,我发现外婆的性情、思想都逐一在我身上闪现。我想外婆早就知道我是什么样的人将走什么路了,尽管时代变迁生活流动,尽管环境偶尔也会将我扭曲,但外婆一定知道我的天性自会导引我,我的轨迹已在她生命的规定之中。这便是她后来为什么终于平静地撒手西去,终于将那个意味深长的微笑永远地留在我的心中了。

外婆是在度过那漫长的病痛缠磨期,迎来最后的清楚与振奋时留给我那份微笑的。在她那短暂的回光返照期,她好几次支开别的亲人和我独处。她握住我的手,久久地凝视我,仿佛要将她的全部力量传导给我……最后,她发出了那个意味深长、永垂千古的微笑。

我甚至相信外婆连我何时追踪她何时赶上她都了如指

掌,她一定早就知道我后来的欢乐、痛苦、追求、迷惘,知道我那必定会发生的一连几天的枯坐与冥想,知道冥想后的绝望与绝望后的透彻,知道我将在三十六岁这一年一步一步接近她的心灵。我相信,我的矮小瘦削的外婆早在三十年前就神奇地预见了这一天——这一天,我将如她一样在透彻之后悲悯一切。

所以平和安详的外婆才在她的弥留之际向我发出意味深长的微笑,并且在我终于完成我的追踪时突然出现在我的窗前——此刻,我矮小瘦削的外婆正隔着窗棂久久凝视我,并且,在一片拍打窗棂的簌簌风声中,再度朝我发出那永垂千古的神秘微笑。

(1992年)

跋

由于身体的缘故（严重的颈椎病，无法持续低头打字），这些年我写得少了，转而以大量的阅读"为生"。读哲学，读历史，读宗教文献，读中医典籍……阅读越多，感觉文学越小，感觉文学所能承载、能担当、能影响的实在有限。当年狂热地视文学为天下第一圣事的劲头自然不复，甚至是，和文学竟然有些渐行渐远了……直到重新检校这堆年轻时、中年时写下的文字，方才惊觉，无论现在思想有多大的变化，也无论将来生活与兴致还会有多少流徙变迁，此生的重头戏是已经交付给文学了。

俄坚格桑多杰活佛曾说我前世是个修行人。重读旧作后我想他也许所言不虚。虽然这个曾经的修行人此生是一边迷茫空寂，一边执著激烈；一边慵懒怠惰，一边辛辛劳作。或许正因前世修行时俗缘未绝，尘心未了，此生才又投到人间当作家，把前世未了的情义在今生以文学的形式重新铺陈演绎一番？

总之，虽然此刻我的思想较这四本书所呈现的已是大不同，我还是要庆幸年轻时选择了文学，并且深深感谢上苍赋予我些许才情，使我在重新检校时没有脸红，没有后悔年轻时误打误撞,以一颗枯寂与不才的心灵冒用了文学的名义。

斯妤
2012年元月于北京